U0135905

彩圖精緻本

# 觀音菩薩的故事

（清）曼陀羅室主人／著

好讀出版

觀音菩薩的故事
目　錄
Index

引　　言　觀音菩薩——中國第一佛 4

觀音菩薩與佛教 4

觀音菩薩與儒教 6

觀音菩薩與道教 8

觀音菩薩與民間宗教 10

觀音菩薩與《法華經》 12

脅侍觀音菩薩的人與物 14

觀音菩薩的道場 16

觀音菩薩東傳流變圖 18

觀音菩薩形象的變遷 20

觀音菩薩與其他宗教中的女神 25

第　一　回　菩薩化身 30

第　二　回　明珠投懷 35

第　三　回　慈航聽偈 39

第　四　回　蟻動慈心 43

第　五　回　捨身救蟬 47

第　六　回　雪山寶蓮 51

第　七　回　迦葉尋蓮 56

第　八　回　偈語禪機 60

第　九　回　違逆父命 66

第　十　回　壽筵妙旨 73

第十一回　一念精誠 79

第十二回　妙語禪機 84

第十三回　捨身耶摩 88

第 十 四 回　　斬斷六根　92

第 十 五 回　　功行滿心　96

第 十 六 回　　往朝須彌　101

第 十 七 回　　旁生枝節　106

第 十 八 回　　同伴求援　111

第 十 九 回　　聖尼白象　115

第 二 十 回　　赤足行路　119

第二十一回　　糯米癒疾　123

第二十二回　　殲除虎患　127

第二十三回　　巴蛇神將　131

第二十四回　　白熊靈猿　136

第二十五回　　迷津徹悟　140

第二十六回　　當頭一棒　147

第二十七回　　中原化度　150

第二十八回　　甘霖救旱　156

第二十九回　　止貢消疫　161

第 三 十 回　　拒寇現身　166

第三十一回　　點化番僧　171

第三十二回　　市集寶鏡　175

第三十三回　　托夢庇護　180

第三十四回　　慈容隱現　184

第三十五回　　一峰剃度　188

第三十六回　　善士孝子　193

第三十七回　　治病醫痧　197

第三十八回　　割股療疾　201

第三十九回　　萬里尋親　205

第 四 十 回　　回歸南海　209

附錄

觀世音經（法華經‧觀世音菩薩普門品）214

心經（般若波羅密多心經）216

觀音菩薩的有關齋日　217

觀世音菩薩成就的五種觀　218

觀音菩薩三十三現　218

佛門密宗六觀音　220

■Index

# 觀音菩薩──中國第一佛

## 觀音菩薩與佛教

傳入中土的小乘佛教與傳入西藏的大乘佛教，均將觀音菩薩做為最重要的崇拜對象，其受到膜拜的程度甚至比釋迦牟尼更廣泛。

這幅描繪觀世音的唐卡，用以幫助觀想，屬西藏密宗寧瑪派（紅教）之物。觀世音是大悲菩薩，或許是藏傳佛教諸菩薩中最受歡迎的一位。祂在《法華經》中佔有重要的地位。在生生世世中，祂不一定都現人形，有時祂返回極樂世界，即阿彌陀佛國土。

### 十一面觀音

這是十一面觀音。上方紅色者是阿彌陀佛，與觀世音關係特別密切。人們在遇難時祈求觀世音救助，帶他們前往阿彌陀佛的西方極樂世界，是大乘佛教宇宙論中諸多世界之一。阿彌陀佛則在西方極樂世界護持他們走上涅道。

前額中央的
眼睛象徵度母洞
察一切的本性

手掌張開結與原印

手掌上的眼睛
象徵度母洞察世間
各處痛苦的能力

### 八輻輪 ●

據說觀世音菩薩有一百零八個化身。在此將祂描繪成具有千手，其中一隻右手象徵佛陀之教的八輻輪。

### 慈悲之眼 ●

觀世音菩薩手掌中央的眼睛象徵祂洞察一切事物的本性及慈悲。

### 綠度母 ●

綠度母與白度母皆為觀世音的修行伴侶。雖然二者的象徵意義不同，但此處呈現的差異只在於顏色。

### 慈悲的女神白度母

此尊度母（Tara）呈白色造型，祂被視為諸佛之母。度母是大悲菩薩觀世音的伴侶，據說是由觀世音因見眾生受苦而流下的眼淚當中一滴所形成，也有說法認為祂是觀音的一個化身。另一個西藏傳說描述綠度母和白度母如何成為西藏首位佛教國王之妻。祂以「死亡的欺騙者」聞名；信徒們相信祂能令人平安長壽。

在此尊雕像中，前額中央以及手掌上的眼睛表示祂有洞察一切的能力。

● **西藏上師**
　　在觀世音菩薩四周者爲西藏紅教或噶舉派的喇嘛。

● **佛陀**
　　此佛陀是二十五佛中的最後一位。在遙遠未來的某個時期，觀世音菩薩將成佛陀。

● **開悟**
　　觀世音菩薩手持蓮花，此乃佛教開悟的象徵。

● **王子般的裝飾**
　　觀世音菩薩戴著與菩薩有關的王子飾品。戴著沉重珠寶的耳垂爲西藏圖像所特有。

● **合掌**
　　中間的那雙手畫成禮拜狀。

● **弓與箭**
　　弓與箭暗示菩薩能夠瞄準眾生的心，此爲常見的密教象徵。

● **靈光**
　　觀世音菩薩四周的靈光是由一千支象徵其無盡慈悲的手臂所組成。

● **觀世音菩薩**
　　觀世音菩薩爲幫助眾生證悟，一直延緩進入涅槃。在藏傳佛教中具有崇高地位。

● **白度母**
　　白度母是觀世音菩薩的女伴之一，以救世母聞名。祂在西藏特別受歡迎，是西藏的保護女神。

### 天嬰禮拜

由嬰兒禮拜觀世音，可確定觀世音與小孩的關聯，她常常以「送子娘娘」的形象出現。嬰兒結手印以表恭敬，此手印亦代表身心合一。

## 觀音菩薩與儒教

觀音信仰在漢化的過程中與中國傳統的儒家思想有了非常密切的結合。儒家的精神與審美不斷地影響著觀音的內涵與形像。儒家重現世的思想令中國的觀音平添了許多「實際」的法力：祂是大慈大悲的菩薩，也是送子娘娘，還常常化身為成年女子幫助遭遇災難的人。每當人們陷於困境時，便會持觀音名號求祂救助。任何從事危險旅行者也都會供奉祂。這幅10世紀的圖畫所描繪的觀世音，是大悲觀音的一種化身。

「若有無量百千萬億眾生受諸苦惱，聞是觀世音菩薩，
一心稱名，觀世音菩薩即時觀其音聲，皆得解脫。」
摘錄自《法華經》，唸誦於法會中。

委製此畫的親屬

焚香爐

### 委製此畫的施主

一位著宋服的官員手持焚香爐，正禮拜觀世音。他是委製此幅畫的施主米還德。銘文上記載：「施主米還德永遠一心供養」。他的幾個弟弟伴隨其側，以對觀世音菩薩表示敬意。此處對觀音的禮拜形式與傳統儒家供奉祖先的儀式幾乎完全一致。在古人來說，儒家的「禮儀、忠孝」與觀音信仰並行不悖。

### 施主的小孩

圖下方是出資製作此圖的施主米還德的兒孫，他們被描繪成禮拜觀世音的信徒。在他們上方是施主之妻及其姒娌或施主的妾。全家人按儒家傳統的尊卑順序井然排列。觀世音的慈悲被視為女性的美德。

● **西方極樂世界的佛**

在觀世音頭冠上的是阿彌陀佛，即淨土或西方極樂世界的佛。凡禮拜此二者中任何一位，將來都會往生那方國土，親近阿彌陀佛。

● **禪定的法器**

觀世音衣著華麗如王族，最顯眼的是祂那串鑲有寶石的大念珠。念珠是佛教信徒和坐禪時必備的法器。此觀音像右手結說法印。

● **閃爍奪目的寶石**

觀世音手持璀燦寶石，象徵祂的「有求必應」。此寶石在佛教是主要的象徵，代表「法」（佛陀中的教義）的光輝和清淨，以及教義中所蘊涵的真理。佛、法、僧（修行的團體）名爲「三寶」。

● **天侍**

觀世音的兩位侍者，手持卷軸，這幾乎可以確定是《法華經》中有關觀世音的「普門品」。《法華經》是中國佛教最重要的經典之一。侍者的衣服款式有如皇室的侍者。

● **圓滿的蓮花**

蓮花是最古老的佛教象徵之一。蓮花的根雖長於淤泥中，莖卻可以生出美麗的花朵，因此代表自世俗和不淨之淤泥中超越出來的純潔和圓滿。諸佛與菩薩的寶座多爲蓮花狀。

● **供養觀音**

此圖描繪對觀世音的供養，由高官米還德托人製作，以紀念他們全家到中國西域的敦煌寺廟朝聖。他之所以安排這次旅程，乃因爲他必須去山西的太行山巡察，這次遠行顯然需得到觀音的護佑。虔信佛教的他正在祈求觀音保佑。

# 觀音菩薩與道教

　　中國本土宗教道教在後期吸收了很多佛教的元素，特別是在民間傳說中，觀音菩薩的身影更是常常出沒於道家的天地。右邊這幅18世紀的絲帛畫描繪了道教天堂，其中有八仙、三星和西王母，祂們的故事和神跡中常有觀音的影子。在下面這幅畫有關文學作品《西遊記》的繪畫中，更可見到觀音在道教天堂自由出入的身影。

### 民間：觀世音與王母娘娘在西遊記中形象

　　道教的西王母在《西遊記》中幾乎是一個反面形象，而且毫無神力。她和玉皇大帝遇到孫悟空造反之後，是觀世音出來解圍。由此可見，明朝以後，中國人的女神崇拜已經由道教轉向了佛教。所有的民間女神，包括九天玄女和土地夫人，都漸漸地失去了往日的權威性，而觀世音卻如日中天，受到景仰。在這幅年畫中，孫悟空與道家的天兵天將大戰，但王母娘娘卻完全沒有出現，只有觀世音和太上老君(道家的第一主神)在指揮戰鬥，祂當時的神聖性可想而知。

象徵福壽齊全的鹿

### 王母娘娘和壽桃 ●

　　16世紀的小說《西遊記》描寫猴王孫悟空負責看管天上的蟠桃園，卻將能獲致長生不死的蟠桃全部吃掉。他被逮到時，因已達長生不死的境界故免遭處死，但被帶到佛陀面前接受訓誡。大悲觀音菩薩將孫悟空釋放，讓他在玄奘赴印度朝聖時服侍玄奘。為了從印度將佛經帶回中國，玄奘踏上險象環生的旅途，前後歷經14年。

### 仙人曹國舅 ●

　　曹國舅因胞弟殺人被處死，而滿懷羞愧出家修道。有兩位仙人看到他，就問他：「道」在何處？再問：天在何處？他指著自己的心。不出數日，他被確認為仙人。

### 八仙 ●

　　道教的八仙是人們如何獲得長生不死的例子。道教經典有許多有關八仙的記載。他們和佛陀已開悟的弟子羅漢一樣，對世人有許多啟示。八仙與羅漢的圖像常同時出現於祭壇和寺廟的壁畫上。

### 吹笛仙人 ●

　　韓湘子以吹奏笛子聞名。他是文人韓愈(768-824)的姪子，捨棄世俗功名，隨八仙之一的呂洞賓學道。韓湘子能命令百花盛開。

### 丐仙

　　仙人李鐵拐貌似柱著鐵拐的跛腳乞丐。相傳有一回當他睡著時，魂魄出外神遊，他的弟子找到他，以為他死了，就將他火葬。他的魂魄回來看見自己的身體不見了，因此就進入了一個才剛餓死的跛腳乞丐身體內。李鐵拐善以仙術治病，據說他曾蒙西王母教授醫術和長生不死之術，也曾經看管過長生蟠桃。

### ● 三星

三星自左起分別是：壽星、祿星和福星。壽星手持蟠桃，是非常受歡迎的神。祿星是位階很高的神，一身高官的打扮。福星曾是判官，他請求漢武帝（502-550）不要徵募侏儒，因那會導致他們家庭破碎，漢武帝因而禁止徵募侏儒。

### ● 仙人鍾離權

鍾離權是漢朝（公元前206－公元220）的術士。在一場饑荒裡，他運用仙術餵飽無數人。

### ● 仙人呂洞賓

呂洞賓本是儒生，後得道成仙。他旅行至長安，遇仙人漢鍾離教他不死之道。他繼續遊歷四百年，幫助世人驅邪降魔。

### ● 仙人藍采和

藍采和原是男扮女裝的詩人和歌者。他高唱人生無常，每當有人給他錢，他就分給窮人。某日，當他在客棧外喝得酩酊大醉時，留下微薄的財物便駕雲升天。

### ● 仙人張果老

張果老騎驢遊歷，他能將那匹驢變成紙。他在前往謁見武則天女皇的途中去世。他的身體雖已腐壞，但不久人們卻看見他在山裡活得好好的。

> 「物壯則老，是謂不道，不道早已。」
> 摘錄自《道德經》

### 仙人何仙姑

何仙姑是唯一的女仙。她與武則天（684－705）是同時代的人，自幼就誓不婚嫁，並赴深山苦修。在山裡，她夢到有位仙人傳授她長生不死的秘密。她會騰雲駕霧，常飛越群山採摘水果奉養母親，而她自己已無需進食。她的名聲傳到唐朝宮廷，武則天召她入宮，但因被呂洞賓邀入八仙之列而在途中消失。在民間，何仙姑的形象經常與觀音的一些化身類似。

觀音菩薩與道教

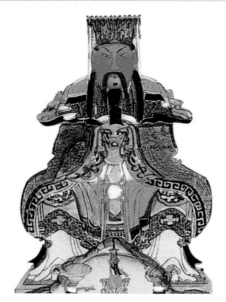

### 關帝

　　全稱「關聖帝君」，俗稱關公，即中國民間和道教尊奉爲神的三國蜀將關羽，甚至佛教也將其奉爲護持佛法的迦藍神。因爲傳說關羽「面如重棗」，所以關帝的形像一般爲紅臉。關帝主要做爲道教的神，特別在中國南方和海外華人中得到普遍的供奉。人們認爲他是團結、仁義、忠誠於友誼的楷模，是三大慈航之一（三大慈航分別爲觀音菩薩、呂祖和關帝）。關帝在民間的威信很高，也是人們普遍供奉的財神之一。

### 藥王

　　中國古代民間對一些著名醫學家均尊爲藥王。如神農、扁鵲、王叔和等都被尊爲藥王。各地大多建有藥王廟，並與每年陰曆4月28日舉行藥王會等紀念活動。常見的藥王爲生活於西元6到7世紀的名醫孫思邈的神格化。據說他在長達一百零一歲的一生當中，一直致力於向民眾普及醫學知識，著述了許多在中醫學史上極有實用價值的醫學實用手冊。

　　孫思邈同時也是一個煉丹專家，發明現存最早的火藥配方。佛教中也有做爲佛陀的脅侍「藥王菩薩」。他具有獨特的修行方法，即應以何身幫助眾生，即現何身。藥王總是在相應情下使用最需要的那種身，以便得到最佳的療救效果。藥王之道就是獻身、信任和慈悲，他不遺棄任何人、任何東西。

# 觀音菩薩與民間宗教

　　這幅清代彩印年畫中的觀世音，其神聖性已經被推到了極限。祂位於火德眞君和關帝之上，由善財與龍女侍奉，如日中天。圖中的另外兩位主神是藥王和財神，分別佔住畫下方的兩角。這些神佛是中國民間最受重視的五個，分別代表著武功、健康與財富，而觀音凌駕於一切之上，代表著絕對的救苦救難、無限慈悲。這說明觀音不僅已進入中國的民間宗教信仰，而且在其中擁有至高無上的地位。

### 龍女 ●

　　佛經中一般記述她爲婆竭羅龍王的小女兒，是法華會上的有名人物。龍女自幼智慧通達，八歲時已善根成熟，在法華會上當眾示現成佛。爲輔助觀世音菩薩普度眾生，龍女又由佛身示現爲童女身，成爲觀世音菩薩的右脅侍。

### 三國人物 ●

　　張飛等三國人物圍繞在關帝的周圍，顯示他們在民間均已神格化。

### 關帝 ●

　　「面如重棗」的三國名將關羽，因集忠、信、神武於一身，在其死後被道教、佛教和民間均奉爲神。他是道教的「關聖帝君」、佛教的護法迦藍神、民間的武財神。香蠟業、廚行、銀錢業、典當業、軍人、武師等都將他奉爲祖師。

### 文財神 ●

　　一般作宰相裝束，慈眉善目，手執如意，因爲他常被認爲是春秋越國宰相范蠡的化身。據說范蠡在爲越王設計滅吳國後，自己便遁入江湖四處經商，曾三次發財卻將錢財散發給窮人，被民間奉爲陶朱公。

### 寶馬火駒 ●

● **紫竹**

　　菩薩身後的竹林可能提示人們該菩薩法相爲南海紫竹觀音。

● **天女**

　　觀音身後祥雲密佈，天女來朝。

● **觀音**

　　明、清以來常被描繪爲面目慈祥、衣著簡樸的中年婦女形象。居於蓮座之上，整個身體被背光所附托，於樸素中顯示神性。

● **善財童子**

　　觀世音菩薩的左脅侍，常伴隨在觀音身邊施種種神跡。人們因「善財」之名而誤以爲他「善於理財」、「善於招財」，因此在民間常以他的形像招財。又因爲現童子身，婦女常拜求他以治不孕。

**善財童子**

　　據說是福城中一位長者的兒子，因「生時種種珍寶自然湧出」，無數財寶與之俱來而得名。儘管家財萬貫，但善財看破紅塵，發誓修行成佛。在文殊菩薩的指點下，善財童子歷訪53位名師（善知識），而進入佛界，佛經中即有「善財童子五十三參」的佳話。最後在普陀洛迦山拜謁觀音菩薩，得到觀世音的教化而示現成菩薩，現童子身，成爲觀世音菩薩的左脅侍。因其名爲「善財」童子，因此常被人從字面上誤解爲「善於理財」、「善於招財」。相傳婦女拜求他定能投胎其中而得貴子。

● **火德真君**

　　民間將其堆崇爲陶瓷、冶鑄、糕點、書坊、煙業的祖師，爲道教的五星七曜星君（七位星神）之一。五星指的是：歲星（木星）、熒惑星（火星）、太白星（金星）、晨星（水星）、鎮星（土星）。五星又稱五曜，加上日、月，合稱七曜。道教尊七曜爲神，名爲星君。道教以日爲陽精，稱其爲月宮黃貨素曜元精聖后太陽元君，做女像。五星也各有名號：東方歲星真皇君（又稱木德真君），南方熒惑真皇君（又稱火德真君），西方太白真皇君（又稱金德真君），北方晨星真皇君（又稱水德真君），中央鎮真皇君（又稱土德真君）。

● **民間的藥王**

　　唐代名醫孫思邈被中國民間尊爲藥王，是醫藥業的祖師。在佛教中另有因供養比丘僧眾、各處施藥救人的兩兄弟修成的藥王菩薩和藥上菩薩，在佛教寺廟中他們有時取代文殊、普賢菩薩，被做爲佛陀的左右脅侍。

# 觀音菩薩與《法華經》

　　《妙法蓮華經》(Saddharmapundarika-sutra)簡稱《法華經》，是一部古老的大乘佛教經典。在中國一直是最重要、最具影響力的佛教經典之一。《法華經》有兩個主要的教義，一是每個人都有能力成爲圓滿覺悟的佛；二是佛遍一切時、一切處。它也提及許多佛陀在普渡眾生時使用的善巧方便。現行流通譯本一般爲7卷28品，其中第25品爲《觀音品》，提供了修行觀音法門的方法，是觀世音信仰的主要經典和依據。在北魏至唐代以前，中國主要信仰《法華經》觀世音，唐代才開始信仰淨土教的觀世音，後者與地藏菩薩是一起與死後往淨土的信仰緊密結合的，由此中國出現了大量阿彌陀佛、觀音、地藏並列的「西方三尊」造像。這部經典在日本也得到了極大的推崇，下圖即爲16世紀日本所做的《法華經》手卷版畫。

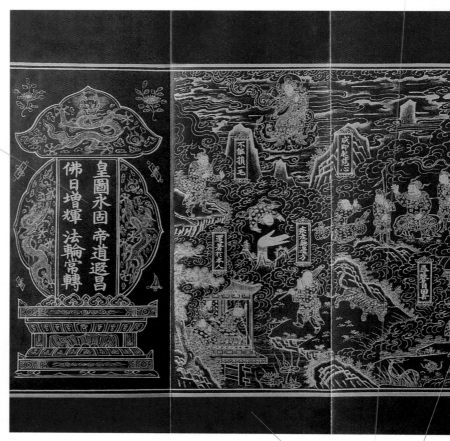

**國家興隆** ●
　　封面上寫著乞求國家興隆、法輪常轉的祈禱。人們一向相信頌念《法華經》可以保護國家。在日本，這部經典被列爲「護國三部經」之一。

**觀音的援手**
　　在此圖中，觀音的手接住並拯救從山上墜落的人。《法華經》：「或在須彌峰，爲人所推墮，念彼觀音力，如日虛空住」。

**第25品《觀音經》** ●●
　　這裡所展示的是《法華經》第25品，即《觀世音菩薩普門品》，常被視爲一部獨立的經典，即《觀音經》(Kannonkyo)。此品特別讚揚觀音菩薩的慈悲，以及祂救濟所有一心稱念祂的名號以尋求幫助的眾生之能力。

**變相** ●
　　將經典的教義和觀念轉成圖畫，可用以解釋經典的義理，法會時也可當作禮拜的圖像。

### 祈求幫助

根據《法華經》，當人身陷危險，若求觀音幫助，祂定會前來相救。在新興宗教中，祈求幫助極為普遍，且通常是祈求現世利益，例如身體健康或生意興隆。

### 信徒的救濟者觀音

據說觀音以種種化身出現在世間以救濟那些稱念其名號者。在中國，祂以觀音聞名。

### 觀音

觀音，即「關心世間的喊叫聲者」，是最受歡迎的菩薩之一，在民間宗教，觀音通常是以女相出現。

### 將霍澍大雨

《法華經》云：「雲雷鼓掣電，降雹澍大雨，念彼觀音力，應時得消散。」

### 開悟的來源

在 13 世紀時，日本有一位名為日蓮（Nichiren, 1222－1282）的改革者，斷言《法華經》含有最高的真理。日蓮宣稱信徒借稱念這部經的經名《南無法蓮華經》，就可以達到最高的悟境。

### 雙手合掌禮拜

佛教徒禮拜時與基督徒一樣，也是雙膝跪下，雙手合掌。合掌除了用以致敬外，也被看成表示因受惠而感謝的方法。

### 海難得救

暴風雨中遭遇海難者一心稱念觀音名號，菩薩必以神通力救他。《法華經》：「若有人於船上，一心稱念觀音名號者，必得救。」中國南部沿海地區後來出現的「媽祖」女神，與此有相似的法力。

### 免除死刑

人在最危急時，只需相信觀音：「或遭王難苦，臨刑與壽終，念彼觀音力，刀尋段段壞。」

觀音菩薩與《法華經》

## 脅侍觀音菩薩的人與物

在這幅珍藏於北京法海寺的明代「水月觀音」壁畫中，四個角落分別有護法、善財等侍奉，觀音隨意跏趺，衣著華麗如印度貴族。「水月觀音」是觀世音三十三分身之一，儘管叫「水月」，而實際畫面卻與水月無關。這是一個隱喻，說佛法如水中之月一樣沒有實體，只有精神。《智度論》上說：「解了諸法，如幻，如焰，如水中月」。這與書中直接用水月去比喻觀音形象截然不同。不過此圖中，圍繞著觀音有一圈巨大的光輪，讓人聯想到滿月。

**書馱**

位於水中觀音像右上部。佛寺的守護神，傳說又是觀音菩薩的護法神，體格魁偉，威武勇猛，面如童子，表示他不失赤子之心。

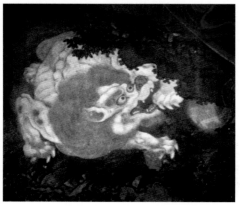

**金猊**

位於水月觀音像右下部，觀音的坐騎。金猊，獸名，又叫金毛猊。似犬，兇猛異常，食人。每與龍鬥，口中噴火數丈，龍往往不能取勝。

### 鸚鵡

位於水月觀音像左上部。佛經中關於鸚鵡傳說較多，如阿彌陀佛化爲鸚鵡教化國人；再如山火燒林，鸚鵡思林恩，取水灑林，天帝感之，降雨止火。

### 善財童子

善財童子雙手合十，虔誠地敬奉觀音。他的形象已經完全中國化，就像一般年畫上的兒童，只有美豔的服飾和腳鈴讓人聯想到他的原形來自印度。據說他經過了53次考驗，才最後成爲觀音的脅侍，也有人說他的原型來自《西遊記》中的紅孩兒。北京法海寺壁畫在離北京市中心20公里處，曾經叫龍泉寺。寺裡的十八羅漢像在文革時被毀，而壁畫卻完好地保存了下來。這些壁畫大都是當時的宮廷畫家所作，因此筆觸細膩規整，儀容肅穆儒雅，甚至對童子的描繪也透露出貴族氣質。

### 白紗衣

水月觀音局部，身披白紗衣，象徵潔白無瑕。披紗畫工極細，紗上每一六角小花，均由48根左右金絲組成。

# 觀音菩薩的道場

### 印度普陀洛伽山

　　普陀洛伽山是梵語 Potalaka 的音譯，另外還被翻譯成補但洛伽、布袒洛伽、布達拉等等。意思是光明山、海島山、小花樹山等，位於印度西高止山的南段。山頂有池，水從池中流出，形成大河。據說觀世音當初就在這裡來往優遊，感悟生命和佛法。後來，包括善財童子在內的崇拜者，都是到這裡朝觀觀世音，參悟佛法的。因此，這裡是觀世音說法的第一個道場。

### 西藏布達拉宮

　　西藏布達拉宮是觀世音崇拜傳入中國後最重要的道場，據說也是觀音來中國的第一站。布達拉也是梵語 Potalaka 的音譯，是對印度 Potalaka 的比喻。西藏人至今仍然認為自己是觀世音菩薩的後代，而觀世音與密宗的度母，都是布達拉宮裡的主神。

### 浙江舟山群島普陀山

　　中國東海的普陀山大約寬3.5公里，長8.6公里，南邊還有一個洛伽山，只有0.34平方公里。這是觀世音在東土最著名的道場，也是中國佛教的四大名山。據說唐朝時，有一個印度僧人到這裡，親自聽到觀世音菩薩為他顯聖說法，並傳給他七色寶石，於是這裡就成為了觀世音的聖地。不過更多的人相信這裡與觀世音有關的原因，是據說日本僧人慧蕚曾從五臺山偷出觀世音，企圖從這裡回國，但航船總是遇到颱風，無法回去。他相信這是觀世音不願意去日本，於是定居在這裡，並建造了著名的「不肯去觀音院」。後來，這個典故流傳華夏，普陀山遂成為海上佛國，第一道場。

### 河南香山寺

　　香山寺位於河南汝州，現在位於寶豐縣縣城東大約15公里的大小龍山之間，傳說是妙善公主修煉成道的地方。這是唯一與本書有密切聯繫的觀世音道場。香山寺修建於唐朝，到宋朝時香火尤其旺盛，近代以後，它的建築大多被戰亂和革命所毀壞。但現仍藏有大量石碑，包括大書法家蔡京的石刻書法。而且，在它的「大悲觀音塔」下面，據說還埋藏者妙善公主成為菩薩後的舍利子。

# 觀音菩薩東傳流變圖

## 印度大乘佛教中的觀音

　　觀音是印度大乘佛教所信奉的菩薩之一。佛教經卷中記載了兩種有關祂的由來：其一，據《悲華經》記載，觀音菩薩是後來修成阿彌陀佛的印度一位名叫「無諍念」的「轉輪聖王」（印度古代神話中的國王）的王子，當這位「轉輪聖王」最終修成西方極樂世界的教主阿彌陀佛後，他的長子不眴和次子尼摩也發願修行菩薩道，到西方極樂世界去脅侍阿彌陀佛，普渡眾生前往西方淨土。後來不眴就成了觀世音菩薩，尼摩就成了大勢至菩薩。佛教寺院中供奉的「西方三聖」一般即中為阿彌陀佛，左脅侍為觀世音菩薩，右脅侍為大勢至菩薩，後兩者形像類似，只是觀世音的寶冠上一般以阿彌陀佛坐像為標誌，大勢至寶冠上以寶瓶為標誌。也有傳說觀音和大勢至是有兩朵蓮花變化修行而來。圖上的印度繪畫中居中而坐的觀音菩薩一手持蓮花，一手持念珠。西方世界的諸佛圍繞在祂身邊，表現了《千光眼經》中記載的釋迦牟尼所說的：觀世音菩薩在我之前就早已成佛了。據釋迦牟尼所講觀音事蹟，說明觀音不但曾經是釋迦牟尼的老師，也是當時所有諸佛的老師，並且在功德和能力上都是成就很高的佛。但祂出於大慈大悲、普渡眾生的願望而永留人間。

## 印度婆羅門教的馬頭觀音

　　以駿馬為冠冕的菩薩帶著嚴肅的表情，注視著天下蒼生。祂的憤怒讓人感到祂還沒有成佛。馬頭觀音也叫馬頭明王，是畜生道的教主密宗胎藏界中的人物，在印度婆羅門教經典《梨俱吠陀》中，早有關於祂的記載，很多人認為祂才是觀世音的真正前身。馬頭明王出現於佛教產生之前的約西元前7世紀。在婆羅門教中，祂是一對小馬駒，是一般的善神，因為可愛而受到天竺國人的崇拜。釋迦牟尼創立佛教後，將這個傳說吸收過來，稱為「馬頭觀世音」。到了西元1世紀之後，祂的畜生身終於進化為人身，變成了一個印度男子。這樣推算起來，妙善公主傳說的成形，離原始馬頭明王的存在時間大約間隔了2000年，觀音的神奇實在是一言難盡。

## 傳入西藏後的觀音形象：度母

　　觀音是隨著佛教的昌盛傳入西藏的，後來西藏成爲佛教密宗的中心。在藏傳佛教中，對觀音的說法極其多樣。衪有時候被說成用一滴眼淚製造了度田，有時候又被稱爲「度母」，據說是佛陀的一滴眼淚所變。觀音也曾將西藏作爲衪的道場。

## 傳入日本的觀音

　　隋朝前後，佛教經過中國傳到日本，成爲那裡最重要的宗教，僅次於國家神道。不過觀音是在西元858年左右才傳過去的。這是日本香川縣鷲峰寺的11面觀音立像，鑄造於江戶時代，面目圓潤，慈祥，接近於日本民間女性的形象。

## 傳入東南亞的觀音

　　佛教大約在西元1世紀前後，經過印度支那地區，傳入東南亞，並成爲那裡的主要宗教。觀世音也在那裡受到廣泛崇拜。不過每個國家，每個民族對觀世音的看法不同，印象不同，鑄造的雕像與繪畫也不同。在東南亞很多地方，觀世音仍然是男性。

## 傳入東土後的觀音形象：正觀音

　　中國大多數學者都認爲佛教與觀音是西元3世紀中葉，也就是晉朝前後，經過西亞絲綢之路，隨著天馬、葡萄、沙漠和胡服騎射一起傳入中國的。當時正值五胡亂華時期，戰爭連綿，人們對觀世音救苦救難的形象十分崇拜，希望衪能解脫眾生的苦難。正觀音是那時最流行的佛教形象之一，僅次於釋迦牟尼。這是宋朝的正觀音，造型樸素但材料昂貴，是用銅鑄金而成。

# 觀音菩薩形象的變遷

　　中土佛教也叫像教，其信仰與對神像的崇拜是分不開的。佛教在中國的傳播過程中，深奧抽象的教義總是與或畫或雕的具體形像相互輝映，並且伴隨著不同朝代的特殊價值取向和審美情趣不斷發生著微妙的變化。

　　在不同時代的觀音形像中，既有當時的政治、經濟、文化生活的深刻印記，又集中了中國民間的無窮智慧，反映了中國民間的思想感情和審美要求。

　　觀世音菩薩是印度大乘佛教中的一位主要的菩薩「鳩摩羅什」的意譯，這種翻譯大約出現在魏晉南北朝時期。唐三藏（玄奘法師）後來將其翻譯爲「觀自在菩薩」，「觀自在」本來梵文是「Avalokitesvara」，其主要意思是遍觀任何時空萬事萬物與一切現象的根源，而且能夠顯現眞正的精神所在。圖爲 11 世紀喀什米爾地區製作的觀音菩薩雕像。六臂的菩薩一腳置於寶座之下作半珈的姿勢。這是爲幫助衆生準備降臨地上的準備姿勢。寶冠的正面有個小阿彌陀佛，縮小的佛像表示菩薩的靈「親」——這種樣式在唐代以前的中國影響很大。觀音手持的三叉戟及披於左肩的鹿皮均與印度教中的西卡神圖像相類似。

## 兩漢時期

　　兩漢末年佛教東漸，佛教造型藝術隨之經西域傳入中土，觀音的造像開始在中國興起。

　　這尊陶質搖錢樹座上的「一佛二菩薩」像製作於東漢末年，中間爲釋迦，兩側爲大勢至和觀音菩薩。有學者認爲這是中國最早的觀音造像，造型簡單，但含有犍陀羅藝術風格的影響。（四川彭山縣崖墓 南京博物院藏）

西域印度式的「豐乳細腰肥臀」的菩薩到中國發生較大的變化，早期的中國菩薩形體一般變得較粗拙，神態溫柔敦厚，以符合中國儒家的傳統。

　　這組位於甘肅省永靖炳靈寺石窟第 169 窟北壁 6 龕的「西方三聖組像」完成於西秦時期的西元 420 年，其中的觀音是中國最早有明確紀年的觀音菩薩形像（位於佛陀左側，對面站立者爲大勢至）。此時的觀音造型單純，神情安詳，爲蓄鬚的男性形像。造像手法清晰可見西域風格的影響。

### 犍陀羅樣式

　　印度北部犍陀羅王朝所發展出的一種影響極大的佛教造型藝術。其風格混合了希臘後期的寫實特點與印度傳統雕像的造型風格。這尊說教中的佛陀製作於西元 5 世紀，沈靜的眼神、穩定的表情、健壯的身材、輕盈薄軟的法衣和如同卷貝般並列的螺髮，這些都是犍陀羅樣式的典型特徵。

### 曹衣出水

　　出身於中亞的北齊時代重要畫家曹仲達以畫梵像著稱，風格優美纖巧。其造像特徵是薄衣貼體，似完全透明，縐紋稠密，如身著水浸的絲衣，此所謂「曹衣出水」。圖中的菩薩像殘軀爲北齊時期作品，是「曹衣出水」式的代表。

## 北魏

西元 494 年，北魏孝文帝改漢制，遷都洛陽，官場禮儀、服飾一律漢化。中原的瘦骨清像之風成為造型藝術的主導。觀音的面相從豐潤變為清瘦，長頸削肩、身材修長、嘴角上翹、衣裙飄逸。衣服一般不再是斜披式，而是以寬大的披巾遮肩，不露肌膚。

● 觀音本身各呈其態，既有男相，也有無鬚的女相，均遺容端正，挺然直立，神情靜穆。

● 與北朝時期不事雕琢的儉約之風更不同的是，在菩薩的寶館、臂環以及下垂的束帶上，都雕有各種極富裝飾性的圖案。

**隋代觀音雕像**

圖為位於甘肅天水麥積山 127 號窟的正壁龕，於北魏時期製作。中為主佛，左立者為觀音菩薩。觀音雙目含情，顯得神態慈祥，氣宇軒昂。頭部和雙手用圓雕處哩，其餘皆為浮雕，形像十分突出。

## 隋 代

隋代的觀音不再具有北魏時期的秀骨清相、瀟灑飄逸的風度，臉型變得方且厚重，身姿拙重粗樸。

至隋代，無論是壁畫還是石窟造像，觀音的形像已顯示出其主旋律，即慈悲的風格。所謂悲是解除人們的痛苦，所謂慈是給人以快樂。隋代開始逐漸出現了大量單獨的觀世音的造像，表明對觀音的信仰已開始從正統的佛教中游離開來，成為一個相對獨立的崇拜體系。

### 吳帶當風

唐代大畫家吳道子畫的佛像衣服飄舉，人物如沐風中，恰好與「曹衣出水」形成對比。

### 瘦骨清像

梁朝時期士大夫階層盛行「褒衣博帶」、「大冠高履」，至使顧愷之等一批畫家形成了以清瘦為美、追求風姿清秀、超然獨達的畫風。「瘦骨清像」之風對北魏時期的佛教造型藝術有深刻的影響。圖為北魏時期典型的瘦骨清像造型。

由隋代至初唐，無論是男相還是無性相的觀音，都已顯示出女性神的端倪。圖為初唐時期敦煌第328窟的觀音菩薩像，充分運用了泥塑彩繪的特長，使肌膚、衣裙、佩飾都極富質感。菩薩形像端莊，氣質高貴典雅，雖仍為男相，但已充滿陰柔之美。

**敦煌第 328 窟觀音雕像**

## 唐代

唐代社會的鼎盛也伴隨著佛教信仰和佛教藝術的普及。觀音的形像開始朝世俗化發展，變得豐滿嫵媚、端莊美麗。很可能是由於女性信衆的大量增加，女相觀音成為主流，即使是有鬍的男相觀音，其優美的身姿和嫵媚的表情都已十分女性化。

● 觀音的使命是普渡眾生，因此要下視百姓。

● 側面或半側面的形像使五官富於變化，具有優美的形態和立體感，並創造了一條富有節奏的輪廓線。

● 上身半裸，腹部隨微傾的身體自然突出，極顯女性魅力。瓔珞裝飾十分豐富。

● 在唐代，無論是站像還是坐像，觀音都出現了微微傾斜的姿態，更人間化和富人情味。

唐代婦女盛行華麗的香紫羅披，還盛行石榴裙，這些最時髦的裝束全都用在觀音身上了。

**敦煌第 45 窟觀音雕像**

## 宋 代

宋代以來，理學開始風行，但思想的禁錮卻似乎在觀音造像上有更多的反映，相反地，宋代的觀音形像較唐代更世俗化，得以流傳的觀音形像多以普通人的表情姿態傳神。宋代的觀音造像在藝術上達到了一個新的不可逾越的高峰，右圖中位於重慶大足轉經輪藏窟的數珠手觀音，在宋代觀音造像中極富代表性。

面龐較唐代清秀，柳眉櫻唇重頜的形像也完全中國化。南宋以後開始流行以清瘦為美，觀音的面孔將進一步纖美。

雙肩較唐代消瘦，體態婀娜，身體的裸露部分較唐代時少。

雙手自然的交叉於腹部，右手持念珠。手的造型優美纖細，極富表現力。

重慶大足數珠手觀音

寶冠造型華美，層層高聳，加上飛舞的飄帶，給人以向上飛升的神聖感。

伴隨著上身的微轉，頭部稍向前傾，這一姿態使觀音顯得更加溫和。

表情沒有矜持和狂躁，只有關切和寧靜，難怪當地農民送給祂一個極好聽的外號：「媚態觀音」。

密集的瓔珞下一般有一層內衣。

即使女性化了的菩薩，胸部也依然是童胸。

宋朝木雕觀音

## 遼 金 時 期

遼金時期是中國歷史上一個戰亂頻仍，民族衝突和交流都十分頻繁的時期。這個時期的觀音造像的最大突破，是在各個地區都出現了密教式樣的造像。與宋代並存的幾個少數民族政權，如回鶻、高昌、遼、西夏、金、大理等，更是留下了大量密教造型的觀音。此時的觀音既不是瘦骨清相，也不豐腴肥美，而是具有唐代影響的遺跡，同時又具有北方民族的臉部和身體特徵。

天津薊縣獨樂寺遼代彩塑十一面觀音立像（局部）

## 元、明、清、近代

由蒙古族人統治的元代提倡宗教信仰的多元化，及至明、清，民間的觀音信仰已徹底世俗化和程式化。這幾個朝代將唐朝開始出現的獨立的觀音題材發揮到了極致，出現了大量「水月觀音」、「漁藍觀音」、「千手千臂觀音」、「送子觀音」、「自在觀音」等觀音變身的形像。觀音的法器如柳枝、淨瓶等也開始伴隨觀音大量出現，觀音已變成中國道地的民間神。這幾個朝代觀音造像的形式和材料極其多樣化，不再僅僅以大型雕塑或繪畫的形式出現，而出現了大量民間製造且方便民間信仰的小石雕、玉雕、金銅小雕像、年畫、剪紙等等。這幾個朝代的觀音造像大多衣著簡單如同女尼，形像也多為道地的中年婦女，沈靜安詳文秀的品味成為主要的審美風範。

### 元代觀音

元代戰爭頻繁，觀音崇拜尤其昌盛。在西藏，觀自在更是主要的神靈。這尊觀音具有很典型的慈悲相，微笑、禪定、四臂，被稱為「雪山的救主」。祂的臉逐漸接近漢族，幾乎失去了一切印度的特徵。

### 明朝觀音

中國明朝是儒家的天下，民風保守，觀世音的形像也受到影響。這尊觀世音雖然也是金身，但雕塑家將祂塑造得猶如一個官家女子，謹慎的表情和方形的頭顱，幾乎難以相信祂是菩薩，更像是一個女管家。只有跏趺而坐的雙腳，能確定她的身分。

### 清朝觀音

清朝以佛教為國教，觀音崇拜再度昌盛起來。翡翠觀音在眾多的佛教工藝品中流傳頗多。翡翠是玉石的一種，多綠色。這尊價值三百萬港幣的翡翠觀音由於材料特殊，青白相間，更增添了觀世音的神秘感。

### 近代觀音

近代，觀世音崇拜更加普及，在民間到處都可以看到觀音的小雕像。用壽山石雕刻的觀世音十分普及，成為人們最喜愛的裝飾物和護身符。當然，觀音的形像也越來越世俗化，面貌臃腫、老氣、圓滑，似乎除了保佑平安和帶來金錢外，沒有任何宗教哲學上的涵義。

# 觀音菩薩與其他宗教中的女神

　　觀音是中國世俗佛教和世俗宗教中的第一神，她（他）是慈悲的化身，是人類進入極樂之地的引導者，是各種人世苦難的解救者。在世界其他宗教中，有許多女神的神格和世俗功能與觀音菩薩類似，以下所選擇比較的是幾位重要的女神。

**聖三位一體** ●

　　老人、嬰兒、鴿子是基督教聖父、聖子、聖靈的象徵。基督徒相信上帝從創造（作爲天父與王）、拯救遭困者（作爲上帝之子），以及聖靈不斷不斷啓示和賜與中顯示自己，上帝是這三種關係的愛，祂將這愛延伸到祂的創造和全人類身上。

**天使** ●

　　天使是天堂與人間的使者。他不但在宣告聖母懷孕時顯現，還在很多時候擔負傳報和拯救受苦者與受難者的角色。觀音菩薩在人間化危解難的功能與此類似。

**聖嬰** ●

　　被崇拜的聖母形像通常與嬰兒時代的耶穌聯繫一起。上帝天父存在於凡人耶穌的生命中。耶穌稱自己是「人子」：一個必定會死但將被上帝拯救的平凡人。他的復活與升天即是上帝的拯救，將他和全人類的人性與上帝永遠結合在一起。中國的觀音菩薩身邊也常見的兒童形像：善財童子或送往人世的嬰兒——前者是觀音的脅侍，後者是觀音變成中國民間的「送子娘娘」後所具有的一項法力。

## 聖母瑪利亞

　　基督教所尊崇的聖母瑪利亞以聖潔之身使耶穌誕生。對基督徒而言，處女生子表示上帝透過凡人瑪利亞，將人類的生命復原到罪與死都被克服的狀態。聖母在基督徒中與「聖三位一體」一樣享有至高的神聖地位。在基督徒眼中，她透過自己的子宮拯救了人世，將人從罪與苦難中拯救到天堂樂土。聖母的慈悲本性和救苦救難的本質與觀音菩薩驚人地相似。

● 時間之父
　　長鬍子的時間之父拉起
布幔，試圖遮住愛神。

● 維納斯與其子小愛神
　邱比特親吻
　　在十六世紀的畫家筆
下，她們間的關係顯得十分
曖昧。

● 嫉妒
　　被愛與美折磨得發狂的
「嫉妒」生氣地撕扯頭髮。

● 金蘋果
　　在著名的「帕里斯的判
決」中，維納斯戰勝了天后
和智慧女神，贏得了象徵最
美貌的金蘋果。

● 面具
　　在西方象徵著
慾望和享樂。

### 愛與美之神維納斯

　　維納斯的父親是宙斯，丈夫是殘疾且醜陋的冶煉之神。她複雜的情
人名單上包括了許多天神和凡人。在中國民間，觀音化身為「馬郎婦」
的故事流傳甚廣，其中的一個說法是觀音化身為美貌的「馬郎婦」，在
「金沙灘上與一切人淫，凡與交者，永絕其淫」。「馬郎婦」一直得到佛門
的認可，是清淨法身的代表。如果說維納斯的諸多性愛是出於「欲望」
，而中國的「馬郎婦」則是「以欲止欲」。

### 觀音美神

　　敦煌第 57 窟的這幅初唐的觀音壁畫中，
觀音體態婀娜，肌膚細膩，長目修眉，唇紅
鼻直，是典型的中國美人形像。

● 歡喜

並非指凡俗間的男女媾和，而是說佛以大無畏大憤怒的氣慨、兇猛的力量和摧毀的手段去戰勝「魔障」而內心發出喜悅。

● 男女雙修

是以氣功脈流控制精神並入定悟空，叫做「樂空雙運」，也就是平時所說的「以欲制欲」，「以染而達淨」。

**歡喜佛**

歡喜佛是藏傳佛教供奉的佛像，「歡喜」原爲古印度傳說中的神，即「歡喜王」，後來受觀音菩薩以大慈悲心點化信奉佛法，成爲護法神，又叫「歡喜佛」。藏傳佛教的蓮花部以印度佛教中的多羅菩薩（即現女身說法的觀音菩薩）爲明妃(密宗中時常稱白度母或綠度母，其來源也說法不一)，是觀音的修行伴侶。同時密宗的無上乘將男女雙身修法作爲成佛的途徑。

**多羅菩薩**

這尊印度人製作於西元 2 世紀的大乘慈悲菩薩多羅石雕像，表現的是極受歡迎的慈悲菩薩。據說祂是由觀音的瞳子所化，通常被認爲是化身爲女身說法的觀音菩薩。祂背負光芒，左手持蓮花，右手做與願印。一足往下表示進入人間解救眾生之苦。

觀音是最具中國特色的菩薩，
祂不僅是佛教中的重要人物，更是中國整個民族信仰的核心。
民間對祂的崇信遠在其他諸佛神之上。
是當之無愧的中國第一佛。

## 觀音頭像

### 無名氏　鎏金銅雕　宋代

純粹的銅金漆面相，讓觀音顯得很富貴，
斑駁的皮膚是年代久遠的見證。
特別是薄薄的嘴唇，
一反佛像的嘴唇豐潤圓厚的慣例，
成為這尊雕塑與其他觀音像的最大區別。
儘管內裡為銅制，
這尊文物的價值仍然難以估量，
這也許是由於在歷代觀音雕塑中，
這一尊的樣子最接近凡人的緣故。

# 第一回

# 菩薩化身

　　觀音的宗旨，是要使世人大徹大悟，共登覺岸。照《法華經》上說的：「苦惱眾生，一心稱名，菩薩即時觀其音聲，皆得解脫，以是名觀世音。」我們看了這幾句話，就可以知道世尊的宗旨。

### 普陀山佛學院
攝影 當代

　　禪海無邊，心量無涯，寂靜的晚鐘召喚著千萬信徒的皈依，這就是位於中國東海舟山群島的普陀山佛學院。自從宋朝之後，普陀山逐漸成為觀世音崇拜的中心。到今天，普陀山有大小寺院、庵堂等佛教建築共240餘座。每年有無數的佛教僧侶來這裡參拜，研修觀世音深奧的教義。印度古代曾將中國稱為「震旦」，普陀山則有「震旦第一佛國」的美譽，與供奉地藏菩薩的九華山、供奉普賢菩薩的峨嵋山和供奉文殊菩薩的五臺山齊名，並稱中國的四大佛教名山。作為觀世音的道場，它的盛名甚至超過了西藏的布達拉宮。

　　我們中國的宗教，向來分爲儒、釋、道三大門派。三教之中，儒教、道教是中國自身所創始的，釋教是由西域傳入的。因爲它以「覺世度人」爲宗旨，信仰它的人，也就人數眾多。所以勢力也與儒教、道教鼎足而立，一直流傳到現在，依然保持著它的地位。

　　在佛家的區分，把全世界畫分成四大部洲，稱爲東勝神洲、南瞻部洲、西牛賀洲、北俱蘆洲，中國是屬於南瞻部洲的。南瞻部洲有四座名山，號稱佛國。這四座山就是九華、五台、峨嵋、普陀。管領這四座山的是地藏王菩薩、文殊菩薩、普賢菩薩、觀音菩薩等四位大士。所以九華禮地藏王，稱爲大行；五台禮文殊，稱爲大智；峨嵋禮普賢，稱爲大勇；普陀禮觀音，稱爲大慈，領域也是很分明的。

在這四位大士裡面，最受一般人所崇敬的，無疑的首推觀世音菩薩。因爲我們只要在人群中提起她的法號，那是婦孺皆知的，差不多在世人的腦海裡，都深深地嵌著一尊觀世音菩薩的寶像。這種普遍的崇拜，是觀音法力所感化的嗎？這倒不是，其實他們中有九成以上是迷信的觀念所造成的。他們的理想，恰恰與觀音大士相反。

觀音的宗旨，是要使世人大徹大悟，共登覺岸。照《法華經》上說的：「苦惱眾生，一心稱名，菩薩即時觀其音聲，皆得解脫，以是名觀世音。」我們看了這幾句話，就可以知道世尊的宗旨。

可是現在我們看見的那一般信仰觀音的人，誰不在迷信裡討生活呢？他們認爲，只要相信了觀音，隨便自己怎麼做，觀音都會來保佑的；一切不能達到的欲望，觀音也會賜予圓滿的。他們害怕死，就以爲只要平時多燒香，多念佛號，便可以祛病延年了；他們最怕死後被打入地獄，永不超生，就以爲只要平時多齋戒，多誦經卷，便可以死後到天堂佛國中去享樂。甚至於一切的罪惡，只要念幾聲觀世音菩薩，就可以完事了。因此，念佛人的心理，就走入歧途了，以致會有「若要心凶人，念佛淘裡尋」的兩句俗語來。

相信觀音的人，存了這種自私自利的心理，就鬧出許多奇形怪狀的供奉來。尋常的求長壽多福的，供著白衣觀音；求子延嗣的，供著送子觀音；打漁人家求致富發家的，便供著魚籃觀音。越是這樣，越是與佛理相去甚遠了。所以世上崇奉觀世音的人，雖然多如牛毛，卻沒有一個能明瞭正道的，這的確是件令人歎息的事。

我提筆寫這部《觀音菩薩的故事》，並不是提倡封建迷信。而是一來想將觀世音菩薩的前後事跡，介紹給世人，使他們有相當的認識；二來是想揭示出佛經的奧旨，使一班誤入迷途的佛門弟子能夠大徹大悟，同登覺岸。但是，雖然有此宏願，不知道手中的一枝拙筆，是否能助我達到目的呢？

我現在既然決定替觀世音菩薩作傳，在這開宗明義的第一

**千手千眼觀音**
雕塑 明代
西藏拉薩大昭寺藏

這是千手觀音與十一面觀音合併而成的菩薩像，結構複雜，裝飾豪華，好似時間的轉輪，將你的視覺帶在一個神秘的「黑洞」。佛法無邊，充盈於智慧之海，無人不能拯救，無物不能度度。在關於妙善公主的另一個傳說中，她就像莎士比亞筆下李爾王的三女兒一樣：父親生了重病，需要人手與人眼做藥引。妙善的兩個姐姐都不願意犧牲自己，只有妙善依然斷手挖眼。此舉感動了佛陀，於是賜給了她千手千眼。不過觀音在宗教中要說的並不是一般意義上的孝道，而是一種包羅萬象、精進勇猛、見性成佛的佛教精神。

### 女媧
#### 無名氏 白描

女媧是華夏民族的第一個女神。相傳她是伏羲的妹妹,用泥土創造了人類。據說上古時代天破了一個洞,結果暴雨不斷、洪水泛濫,多虧女媧煉五色石補上了天漏,治服了洪水。人們對她的崇拜顯然要早於觀世音很多年,估計應該在先秦以前,因為《楚辭》中就有關於她的描述。

### 蓮花手觀音
#### 雕塑 西藏後弘時期
#### 西藏昌都地區八宿縣八宿寺藏

這尊觀音表情十分特殊,男性化特徵很濃,是典型的印度風格的觀音。觀世音菩薩在佛教以及印度歷史中的確是一位男性,面相飽滿,長耳廓,彎眉大眼,與本書中妙善公主的少女形象大相逕庭。雕塑的神情莊重,四肢結實有力,完全是一位印度番王的模樣。祂的目光中有一種憤怒,似乎表達出對當時西藏排佛運動的反抗情緒。觀音有時也被人們設想為一位極具英雄色彩的菩薩,尤其當佛教有危難的時候,祂的出現往往就不再溫文爾雅,而是威猛獷悍。

回,有兩個疑問,卻不得不先解答一下。

第一點,觀世音菩薩究竟是男身還是女身?我們現在所看見的觀音菩薩的法像,或是畫像,都很不一致。有的打扮是男身,有的裝束是女身,這就引起了一個疑問。依照世俗的見解,都當她是女身,所以有許多人會稱她為「觀音娘娘」!但是,據胡石麟《筆叢》和王鳳《觀音本紀》,又都指觀音菩薩是男身,說得有憑有據。另外一方面根據《北史》的記載,徐子才病中所見,以及北齊武成皇帝夢中所見的觀音菩薩,又都是美女變的。因此,這個疑問是不容易解答的。

不過,根據觀音菩薩的前後事跡,這個疑問也就迎刃而解了。因為觀音菩薩憫念眾生,曾經三十三次化身成人,到各地去救苦度劫,所到之處都顯化著不同的莊嚴寶像。祂化身為庶子學徒、宰官玉人、或者天龍神鬼的目的,不過是隨時間地點的變換,便利祂點化的工作。因此,世人所看見的觀音寶像,也就或男或女,或老或少,各個不同了!這不是我的無稽之談,《冰署筆談》一書中也明明記載著這些事跡。到此,觀音到底是男身還是女身的疑問就可以省略不提了。

第二點,就是觀音菩薩只有一位,為什麼會有許多不同的頭銜呢?像什麼「白衣觀世音」、「高王觀世音」、「送子觀世音」、「魚籃觀世音」等稱謂,法像也就因此不同。這許多頭銜不同的觀世音,是只有紫竹林中的一位觀音菩薩呢?還是另外有幾位不同的觀音菩薩呢?

關於這一點,我敢說,是因為當初菩薩現身時的法像不同引起的。比如,祂老人家在這個地方化身的是

一位美女，穿著白色的衣服，去設法點化眾生。後來大家知道這位白衣美女是菩薩化身的，塑像供奉，自然依照他們所看見的法像了。於是後世就有了「白衣觀世音」；因東海鼇魚害人，海邊的居民不能安居樂業，觀音菩薩就化身爲漁婦，前去降鼇，救助眾生。於是就有了「魚籃觀音」的法像。其餘種種的寶像，也都是化身時留下的，後人沒有察覺，就產生種種附會的理解了。

諸位不信。就讓我在正傳的前面，先舉一段觀音化身的歷史，來做個引子。證明以上的話。

我現在別處的觀音寶像都不說，只想說少林寺裡那尊法像是多麼的與眾不同。法像塑得環眼巨鼻，粗眉大口，頭上亂髮如蓬，兩隻耳朵長大無比，還穿著一對粗大的金環，直垂到肩膀，衣服的折痕也是散亂不

## 九天玄女
### 無名氏 白描

　　九天玄女的原形是燕子，也就是玄鳥，是上古商族人的圖騰。傳說她總是騎著鳳凰降臨人間，傳授上至兵書戰策，下至床笫秘技等種種人間稀缺的智慧。據說因為她曾幫助黃帝戰勝了蚩尤，所以受到崇拜。在明代小說《水滸傳》中，宋江也曾夢見她傳授兵書，並預言了梁山的未來。過去中國有很多玄女廟，在觀音菩薩傳入中國以前，九天玄女的香火一直都很旺，觀音崇拜開始以後也不見冷落，直到近代才逐漸衰落。

## 觀音菩薩現辟支佛身
### 版畫 南京 明代

　　此圖刻繪觀音菩薩法像莊嚴，以碧草結台，趺坐於滿月雲端，身著襌衣寶冠，瓔珞當胸，雙手持經，正在講道授教。下圖有一身披黃色衲衣的如來佛像，頭頂佛冠，雙手合十，坐於磐石之上。一穿藍衣裙，梳雙髻的童子，衣帛垂地，合掌作禮，拜於佛前，虔誠至極。佛祖所坐之地，草木仰容。空中雲霧蒸騰，直上天界。此圖所繪為觀世音度世說法，正如經文《普門品》所述：「應以辟支佛身得度者，即現辟支佛身而為說法。」

**觀音菩薩**

雕塑 清代

西藏拉薩布達拉宮藏

轟立在布達拉宮的觀音像，比一般的中土觀音像更加奢華，寶石和金銀鑲滿全身，似乎是要讓人憑此徹悟佛教的「色空哲學」，明白所有現世財富皆為虛妄的道理。此觀音左手作「說法印」，頭上的冠冕與首飾看上去像是一位正宮娘娘，彷彿出家前的公主，帶著珠光寶氣和深宮的氣息看護著芸芸眾生。

整，光著一雙大腳，手裡還斜抓著一條黃金寶棍。這尊法像倒像是五百羅漢裡邊的「鳩摩羅多尊者」，大概世上的人，誰也不會當它是觀音大士。但少林寺卻又明明將它供在觀音閣中，和尚們也都認為是觀音菩薩，這就奇怪了。原來少林寺的觀世音法像，之所以雕塑成這模樣，中間是有一段故事，聽我慢慢講來。

少室山原來是中國一座大山，有很悠久的歷史。自從六祖「達摩」禪師開山創立少林寺以來，不但禪教思想廣為傳播，而且少林功夫也是天下聞名。但是在初建少林寺的時候，並沒有觀音閣。直到元朝，天下大亂，戰亂蔓延到中州，有個首領叫李全，他知道少林寺的武功厲害，就想招編寺中的和尚擴充軍隊。不料少林寺的和尚都是嚴守戒律，不肯殺生的人，所以拒絕服從。於是李全惱羞成怒，率軍圍攻少室山，聲稱非剿滅少林寺不可。

那時，少林寺的弟子雖說是擅長武功，但因為敵眾我寡，不能退敵。大家雖拚死防守，也漸漸體力不支。正在萬分危急的時候，忽然從寺中殺出一個莽和尚，手持鐵棍，直衝到李全的軍隊中。眾人一看，那是個剛來的掛單和尚。只見他鐵棍一揮，如同疾風猛雨一般，寒光萬道，殺得李全的軍隊人仰馬翻。就是那為首的鐵槍李全，也戰敗身亡。等到大軍撤退後，眾人忽然覺得眼前金光一閃，就沒有了那莽和尚的蹤影。四下巡視，才看見他正站在嵩山禦寨上，現出丈六長的法身，自稱是觀音大士化身緊羅那王，來解救少林寺這場大難的。

於是少林寺就依照菩薩顯化的寶像，塑成那座觀音像，建造觀音閣供奉。這件事在《少林寺志》上也記載得清清楚楚，並不是我杜撰的。從這個例子就可以知道，觀音之所以有種種不同的寶像，正是現出化身時留下的遺跡。

# 第二回

# 明珠投懷

那一顆明珠，忽然冉冉地升起，轉瞬之間變成一輪旭日，漸漸逼近海岸，不多時已高高地懸在我的頭上。又是「轟」的一聲響，那輪旭日竟直落到我懷中來。

周朝末年，中原列國，互相攻伐，戰亂連連，使得生產倒退，民不聊生。而在西方興林國卻正值太平盛世，國內風調雨順，人民安居樂業。

說起這個興林國，在西域眾多的國家中，可以稱作是巍然獨立的大國，它領導著西域各邦。由於地勢的原因，它與中原一直不通往來，雙方隔絕聯繫。這是因為兩國中間，隔著一座須彌山。這一座山，高可接天，橫亙在西北高原上，好像天生的界限一樣。那時候，中原人雖然知道有這座山，但由於交通不便，加上山中幽深險阻，氣候又非常寒冷，所以始終沒有人敢冒險西行。而興林國又恰恰建在須彌山的西北部，在閉塞的當時社會，自然不會與中國有什麼聯繫了。

興林國在西方所有的部落中，歷史是最為悠久，開化也比較早。它佔據著三萬六千里的國土，有幾十萬人民，自然稱霸一世，惟我獨尊，小部落都不得不臣服於它。

那時在位的國王，名叫婆迦，年號妙莊，是個賢明的君主。他統治著數十萬人民，使得男耕女織，安居樂業。在位十多年，把興林國治理得國富民強。妙莊王做為一國之君，富貴尊榮自不必說。他正宮的王后娘娘，名叫寶德，是個賢良無比的女人。因此夫妻倆十分的恩愛，家庭和睦。

但是天下沒有十全十美的事。妙莊王雖貴為一國之君，富甲天下，但有一件事情，不是用他的權力和財富所能實現的。就是他膝下只有二位公主，並沒有一個兒子。妙莊王已是六十多歲的人了，還沒有繼承人，自然是盼子心切。為了這件事，他總是悶悶不樂，在那裡長吁短歎。俗話說得好，「子嗣是有錢買不到，有力使不出的」，他縱然煩惱，也無可奈何。時間在他的希望和焦慮中，一天天地過去。春去秋來，又過了幾年。

**蓮花手觀音**

雕塑 西藏後弘時期
西藏昌都地區八宿縣八宿寺藏

觀音頭戴三葉冠，冠冕中心有化佛。觀音修長的耳朵垂掛在肩膀上，嘴唇小如櫻桃，上身赤裸。這是後弘初期的銅合金雕塑。當時，一些沒有被西藏滅法運動消滅的僧侶逃到了甘肅青海一代，取道回鶻，繼續傳教。等到排佛運動過去，他們又再回到西藏，尤其是阿里地區。那裡後來成為後弘初期的藝術中心，是喀什米爾藝術和藏地藝術的結晶。

**觀無量壽經變**
壁畫 唐代
敦煌榆林窟第 25 窟

觀世音也叫「觀無量」，按照佛教的說法，他的前身是一匹馬，這實際上來源於印度教的明王傳說。這幅巨型的敦煌壁畫描繪的是阿彌陀佛與觀世音、大勢至菩薩在觀看歌舞，情景就像妙善公主出家之前在父親的皇宮裡那樣。曼妙的舞女、宏偉的宮殿、蓮花、童子和無數樂手正在歡歌踏舞，兩側描繪的則是「未生怨」和「十六觀」的佛教故事，中間穿插花朵與飛禽走獸，十分複雜繚亂但又朝向一個中心，是曼陀羅藝術中的上品。

這一年，正是妙莊十七年的夏季，御花園中的一池白蓮，正迎風爭放，香霧輕浮。寶德王后因為妙莊王心情愁悶，鬱鬱寡歡，就在蓮池旁的涼亭中擺下筵席，請妙莊王飲酒解悶。

夫妻二人，在亭中坐好。宮娥彩女，分班送菜斟酒。妙莊王心中，雖然為子嗣的問題不自在，但想到寶德王后的一片心意，不免強顏歡笑。看著池中的萬朵白蓮，參差地開放著，襯著碧綠的荷葉，清雅可愛。微風吹過，蓮花輕輕地顫動著，好像含羞欲語。一陣陣淡遠的清香，從風中傳送過來，沁人心脾。妙莊王在這種環境裡，也覺得別有天地，很是有趣，心中的愁悶，早已被清風吹散，蓮香蕩盡了。就這樣與寶德后互相舉杯，開懷暢飲，有說有笑起來。寶德后見他高興，自己也歡喜，親自執壺斟酒，又命群姬當筵歌舞。這樣一鬧，已是明月西斜。妙莊王飲酒過量，覺得有些睏，乘著一團酒興，下令撤了席，扶著宮娥，攜了寶德后，回寢宮安息

去了。

一覺醒來，已是日上三竿。寶德后梳洗完畢，便服侍妙莊王起床，待他洗盥之後，一面伺候飲食，一面向妙莊王說：「我昨天夜裡做了一個奇怪的夢，不知道是吉是凶？夢裡去了一個地方，像海邊的樣子，周圍一片白茫茫的，波濤滾滾，無邊無際，很是嚇人。

「正看著，忽然『訇』的一聲響，海中湧出一朵金色的蓮花。剛出水時，大小與尋常蓮花沒有什麼不同，離水面也很近。但誰料到這金色的蓮花，卻愈長愈高，愈放愈大，金光也越發耀目，照得人連眼睛也睜不開。於是，我就將眼睛閉了一會兒，等到重新睜開時，哪裡有什麼金色蓮花呀？聳立在海中的，卻是好端端的一座神山。山上縹縹緲緲的好像有許多重疊的樓閣，以及寶樹珍禽，天龍白鶴。這許多景象，由於距離很遠，時隱時現的，看不真切。中間的一座山頭上，湧出一座七級浮屠。浮屠頂上，端端正正的安放著一顆明珠，放射出萬道奇光異彩，十分耀眼。

「我正看得出神，那一顆明珠，忽然冉冉地升起，轉瞬之間變成一輪旭日，漸漸逼近海岸，不多時已高高地懸在我的頭上。又是『轟』的一聲響，那輪旭日竟直落到我懷中來。我嚇得慌了手腳，正想逃走，可兩隻腳卻像生了根一樣。嚇得我拚命一掙，就醒過來了，發現自己好端端地睡在床上，那裡有什麼海，有什麼山和一切的景象？這才知道是南柯一夢，這種夢不知道是什麼預兆呀？」

妙莊王聽後，心中一陣歡喜，安慰寶德后說：「愛妻夢中看見的，分明是佛國極樂世界的景象，

**觀音菩薩　雕塑　西藏吐蕃時期**
西藏拉薩布達拉宮藏

這座觀音像表情恬淡，左手持一朵銅鑄的蓮花，右手作「與願印」，撫恤蒼生。祂倒三角的體形和突起的乳頭使人聯想到妙善公主超越性別，非雌非雄的成佛境界。西元7-9世紀，松贊干布統一西藏後所建立的吐蕃王國佛教日益昌盛，佛教藝術也相繼發達。這尊雕塑即那個時期的精品。佛教藝術當時是從兩個方向傳入西藏的，一是唐朝文成公主從長安帶來的釋迦牟尼像，另一個是尺尊公主從尼泊爾帶來的釋迦牟尼像。兩者的特徵都表現在西藏後來所有的佛教雕像中。這尊觀音主要是印度風格，碩壯的胳膊和寶座上寬大的蓮花花瓣，略微體現出陽剛之氣。此像高18公分，以銅與純金合成。

**觀音菩薩頭像**
無名氏 石雕 宋代

　　月牙般的眉毛和波浪般的髮式體現了貴族的氣質，華美的王冠更加明確了妙善公主的身分。修長的鼻子是有福的象徵，儘管這有悖於傳統的女性審美，但卻完全符合佛教的審美觀。這尊觀世音頭像高約38公分，栩栩如生。

　　這是凡人難遇的，自然是大吉之兆。那顆明珠，是佛家的舍利子，化作旭日，就是陽象；投入懷中，不用說那是孕育的徵兆了。愛妻做這樣的夢，今朝懷孕，一定生男無疑，那是值得慶幸的呢！」

　　寶德后聽了這一番話，自然十分高興。這事傳遍宮中，全宮上下都懷著萬分的希望。

　　寶德后自從這天起，漸漸顯露出懷孕的徵兆來，經過兩三個月時間，腹部顯著地膨大起來。自從懷孕之後，身體倒很健康，只是魚肉一類的葷腥，一點也不能入口。就是平時最愛吃的東西，只要是葷的，一見了就會噁心。勉強吃了一點兒，包管會連苦膽汁都吐出來。大家認為這是孕婦常有的事情，也不覺得奇怪，誰知道這其中另有一番奧妙呢！

　　直到妙莊十八年二月十九日的這一天，妙莊王婆迦正在御花園觀賞美妙的景物，出神地幻想，忽然有宮女上氣不接下氣的跑到面前說：「王后娘娘今天清晨，為陛下添了一位公主，請大王賜名。」

　　妙莊王一聽生的又是女孩兒，像被當頭澆了一盆冷水，但想到這也是無可奈何的事，怪只怪自己沒福氣，才致如此。於是問宮女說：「王后身體還好嗎？」

　　宮女回答說：「啟奏陛下，娘娘生產的時候，有許多珍禽異獸，聚集在宮中的樹上爭鳴，像奏仙樂一樣。屋中也飄著奇異的香味。隔了不久，三公主就誕生了。如今大小平安，娘娘精神健旺，公主的哭聲很洪亮。」

　　妙莊王聽了，想起寶德后懷孕時做的夢，隱隱覺得這三公主是大有來歷的，於是他便取「妙善」二字做三公主的名字。因為上面的兩位公主，一個叫妙音，一個叫妙元，都是拿自己年號的第一個字來做排行的。當下用金箋朱筆寫下公主的名字，交給宮女去了。

　　說也奇怪，老者這樣一念，那妙善公主，果然像懂得的一樣，豎著耳朵聽，睜著眼睛看了看老者，已明白了他的意思，立刻就不哭了。

　　朝野的臣民，聽說宮中又添了一位公主，大家都歡欣鼓舞，於是辦起了慶祝的大典。妙莊王也在宮中大宴群臣三天。這三天，興林國眞是舉國歡慶，到處張燈結綵，喜氣沖天，一派歌舞昇平的景象。本來百姓安享太平，又逢喜慶之事，自然更加快樂了。

　　妙莊王在宮中歡宴的第三天，命令宮女將妙善公主抱到殿上與群臣相見。不料這小公主在內宮倒也無事，一到殿上，見了席上酒山肉林的情形，馬上放聲大哭起來，怎麼哄都停不下來，連餵奶吃都沒用。鬧得乳娘慌了手腳，群臣驚異，妙莊王更是滿腹不快。

　　正在這時，忽然有黃門官上殿啓奏：「朝門外有一位龍鍾老者，說是有禮物獻給公主，求見我王。」

　　妙莊王便命宣到殿上，只見那老者仙風道骨，品貌不凡。妙莊王便問他說：「老人家，你叫什麼名字？哪裡人氏？今天來這裡，有什麼事情？」

　　老者回答說：「大王不要問我的姓名來歷，我先把今天來這裡的原因，講給大王聽聽。我聽說大王添了一位妙善三公主，在

**壇城**

工藝品 清代 中國北京雍和宮藏

　　由須彌山、四大洲、日月、廟宇、宮殿、海洋和樓閣等組成的壇城，如金碧輝煌的烏托邦仙境，讓人眩暈，令人神往。壇城又名「曼荼羅」或「曼陀羅」，是古代印度哲學對宇宙形式和終極奧秘的一種特殊的比喻，後來又成為承載東方藝術精神和哲學思想的著名藝術品。佛教中的曼陀羅繪畫（唐卡）和雕型、建築等作品很多，工藝精美絕倫。這尊銀製鎦金的壇城鑲嵌有鑽石，現藏於雍正皇帝當年在北京捐造的喇嘛寺雍和宮，是和佛陀、觀音等造像受到同樣崇拜的聖物。

此尊觀音做出遊戲的姿勢，暗示祂前世曾經是印度的貴族。在敦煌雕塑中，這是在西方冒險家劫掠之後保存得比較好的一尊，儘管已經過去了1000年，爛熟的技法使祂的皮膚看上去仍然白皙細膩，身上的綢緞還是那麼柔滑尊貴。祂目光冷靜地看著大地，不怒而威，無言而慧。歷史上的這個觀世音的確是男性，是印度藩國的貴族，而且像中國古代的男子一樣留著髭鬚。

這裡大宴群臣，所以特地趕來，一來向我王道賀，二來要將這位公主的來歷，告訴大王。要知道這位三公主，是慈航大士轉世投胎，來解救世間萬般劫難的。

妙莊王聽了這一番玄妙的話不覺哈哈大笑說：「看不出你這麼大年紀，倒會胡說八道！那慈航大士不在西方極樂世界裡享清福，倒肯入這人世間受苦，投胎做個凡夫俗子，這怎麼會是情理之中的事？根本就是你這老頭兒編的謊言，你想騙我？」

老者說：「大王有所不知，佛門修煉的人，雖大都抱著出世成佛的觀念，但也不是沒有抱著入世度人觀念的人。慈航大士就是因為看到世人罪孽深重，苦難難消，所以發了濟世救人的宏願，投胎入世，怎麼會不可能呢？我哪敢在大王面前說謊？這件事的確是真的。」

妙莊王說：「就算你這老兒的話有些來歷，縱使慈航大士發願入世度人，也該化作男身，不應該投生做個女兒，這也是常理之外的事！我就是有點不相信。」

老者聽後，連忙說：「善哉，善哉！這其中的原由，乃天機不可洩露，怎麼能向大王說明白呢？如果你不信就由著你不信，將來總有一天會清楚的，如今我也不用再多做解釋了。」

正在說話的時候，那位抱在乳娘懷裡的妙善公主，哭得越來越厲害了。妙莊王聽了女兒的哭聲，心頭一動，向老者說：「這樣說來，你既然知道我女兒的出生來歷，想必是個得道之人。現在公主不住的大哭，究竟為什麼，

你知道不知道？」

老者笑了笑說：「知道，知道！一切前因後果，沒有我不知道的。公主的哭，叫做大悲！因為今天見大王為了她的誕生，大擺筵席，不知殺了多少牛羊雞鴨，害了許多生命，供大家吃喝，給自己增加了無窮的罪孽。因此於心不忍，所以不停的啼哭。」

妙莊王說：「既然如此，你有什麼方法，能讓她不哭嗎？」

老者忙說：「有！有！有！等我念一道偈語給她聽，自然就會不哭了。」

他說完走到妙善公主身邊，用手摸著她的腦袋，喃喃地念道：

「不要哭！不要哭！不要哭昏了神，閉塞了聰明；不要忘了你大慈的宏願，入世的苦心。要知道有三千浩劫，等你去拯救；三千善事，待你去實現。不要哭！聽梵音。」

說也奇怪，老者這樣一念，那妙善公主，果然像懂得的一樣，豎著耳朵聽，睜著眼睛看了看老者，已明白了他的意思，立刻就不哭了。這麼一來，妙莊王與文武百官，都驚疑得面面相覷，嘖嘖稱奇了。

正在此時，老者忽然說：「如今公主不再哭了，我也不能在此久留，就此告辭了。」

說完向妙莊王鞠了一躬，兩袖一揮，大步下殿而去。看他健步如飛，哪像是老人在走路呀！

妙莊王到這時，才知道他不是凡人，錯過了未免可惜！便吩咐值殿侍衛：「快點去把老人給我請回來，說我還有事情要向他請教，一定要請他回來，但是要好言好語，不可莽撞得罪了他。」

侍衛領命去追，一直追到朝門，都沒看見老人的蹤影。於是大家騎著快馬，分東南西北四路追尋，可是找遍了城中每個角落，都沒有老人的影子。眾人沒有辦法，只好先回宮覆命。

妙莊王說：「我親眼看到他走的，就一會兒的功夫，下令去追，怎麼會找不到呢？難道他長翅膀飛走了嗎？」

**佛手**

西藏後弘時期
西藏墨竹工卡縣瑪拉寺藏

矗立在西藏墨竹工卡縣瑪拉寺的這只巨大的佛手，由於攝影師的故意背光而顯現出神秘的意境。它獨立大地，穿破藍天雲層，似乎宇宙的全部奧秘都在其掌握之中。這具佛手雖僅高50公分，卻讓人感到雄偉大氣。傳說中妙善公主因為聽說父親生病，需要人的手為藥引，便毫不猶豫地砍下了自己的手。其慈悲感動了眾佛，於是賜其千手。雖然這個傳說顯然帶有中國儒家孝道的色彩，卻也體現了所有宗教在民間普及的初期，都倡導必須重視親情這一原則。佛手的傳說不僅見於觀音典故，《西遊記》中也屢見不鮮。「如來佛的手掌心」後來成為民間俗語，比喻能夠控制和包容一切。

**大勢至菩薩**
雕塑 唐代 敦煌第328窟

微微勾勒的髭鬚，使這尊雕塑染有一絲貴族氣質，殘缺的手掌使人聯想到敦煌慘遭破壞的歲月。這是與觀世音塑像一樣神聖的大勢至菩薩，祂是觀世音的兄弟，其實祂的法力在佛教中幾乎與觀世音相等，也是無所不能，而且十分慈悲。不過由於中國人篤信觀世音，卻將祂忽略了，正如本書的作者忽略了妙善公主的姐妹一樣。

群臣個個驚異，大臣婆優門對妙莊王說：「臣想今天舉國歡慶，城中應該是非常熱鬧的，那老者又健步如飛，他闖出朝門，混在人群之中，自然不容易發現，要是侍衛挨家挨戶的搜，一定可以找到那老者。」

他話還沒說完，左丞相阿那羅搶著說：「使不得！百姓都在慶祝盛典，要是挨家挨戶地搜尋老者，豈不是打斷了他們的興致，擾亂了大典嗎？照老臣看來，那位老者，絕不是等閒之輩。聽他剛才說話，就可以知道。既然他不肯留下，找也是沒有用的，不如就讓他去吧！我看這位老者，一定是佛祖現身指點我們呢！」

妙莊王聽了阿那羅的話，又將剛才發生的事，仔細回憶了一下，不覺有些將信將疑，他說：「如果真的像你說的那樣，難得佛祖降臨，那是我們的幸運，只可惜我們肉眼凡胎，不認得佛祖，真是可惜呀！看來都是我道淺福薄，現在也沒什麼好說的了！」

當下阿那羅丞相又將妙莊王安慰了一番，君臣暢飲了一場，才都高興的散去。

不過佛祖現身點化的事情，從此就傳遍了民間，被大家當成一件奇事宣揚，人們都在談論著這件事情。本來興林國的百姓，大部分都是佛教信徒。另外一小部分，雖然不信佛，但腦海裡還是有佛祖的印象的。所以聽說這事後都更誠心了，好像釋迦牟尼佛祖就在興林國一樣。

# 第四回

# 蟻動慈心

這小小的螞蟻，就是安安穩穩地過日子，一生的時間，也很短促，何況還有其他動物的殘害，自保都來不及，為什麼還要自相爭鬥，不顧性命呢？

自從阿那羅丞相幾句話，把那個尋覓不著的老者，認作是佛祖現身以後，傳說出去，興林國的百姓，沒有一個敢不信的，而且不免添油加醋地加上許多猜測和想像，鬧得整個全國的百姓，都要向著佛門了。這也是西方佛教發達的開始。

再說妙善公主，由寶德后悉心撫育，漸漸長大，轉眼之間，已是三、四歲了。出落得美麗聰明，能說能笑，比兩位姐姐更是高出一籌。不過她的脾氣，卻大大地與人不同。要是一般的小孩子，總是喜歡漂亮的衣服，好吃的東西。她雖然小小年紀，但對於這些綾羅綢緞，山珍海味，卻一概不喜歡，只喜歡布衣粗食。最奇怪的是生來就吃素，從不吃葷腥。並非是她不願吃，實在是不能吃，油膩葷腥一入口，立刻就會嘔吐出來，再也不能下咽。寶德后見她這樣，雖覺得奇怪，但也無可奈何，只好準備些淨素的食物給她吃，才合她的心意。

六歲上學讀書，十分聰明，什麼一教就朗朗上口，並且過目不忘，兩位姐姐都比不上她。因此，妙莊王與寶德后都十分寵

觀世音菩薩

唐卡 近代 西藏大昭寺藏

這尊觀世音菩薩有一個身材優美的明妃與祂相擁，兩口相對。祂手中拿著蓮花，神情蓁靡，似乎正在思索神秘的教義。腳下踩著經文，上書：皈依勝海觀世音菩薩。這幅唐卡的背光簡潔，如一輪紅日照耀著密宗的修行。觀世音菩薩在藏語裡叫「堅熱西」，有時頭戴骷髏，完全像一個印度王子。

**觀音菩薩觀自在天身**
版畫 南京 明代

此圖刻繪於明初之時，因無文字可考，故本說依清代複刻的「優婆塞沙福智」本《普門品》寫成，雖文字未必相符，但卻能略窺中國元代版畫風格，是值得重視的。圖上觀音菩薩被祥雲環繞，真身頭戴珠寶冠，身披紅色裟袍，翠玉項鍊垂落胸前，袖手盤膝坐於蒲團上，低首俯視，正欲從天而降。下方盤坐須彌石上的，是一頭戴佛冠，髮梳雙髻，身著衲衣，手帶金釧，雙手做轉法輪勢的菩薩。右手邊站立一位粗眉淡目，鬍鬚濃密的異教徒，此人頭戴金箍，藍袍長袖，腰繫長巾，拱手作禮，衣著頗像漢唐服飾。按圖中人物形象，應是《觀世音菩薩普門品》中記載的：「應以自在天身得度者」或「應以長者、居士、宰官、婆羅門、婦女得度者」，這是觀音菩薩現婦女之身傳道的說法。

愛她，視同掌上明珠一般，心中十分安慰，因為有女兒像這樣，和男孩也沒什麼不同。

妙莊王常向寶德后說：「等到妙善公主將來長大成人，一定要替她招一個文可安邦，武可定國，十全十美的人物，來做她的駙馬，那時候郎才女貌，才叫好呢，就算到時候還沒有太子繼位，興林國的王位，也可以傳給駙馬，不至於斬斷婆伽氏的血脈。」

寶德后對於這個主張，也十分贊成。夫妻倆自從安了這個心眼兒，連望子之心也漸漸淡薄下去，只顧著暗中物色合適的人選。

這件事不知怎的傳到妙音、妙元兩位公主耳朵裡，她倆都不免自歎命薄起來。有一天妙音、妙元兩位公主一同在花園中觀賞桃花，無意間走到仙人洞旁邊，只見妙善公主蹲在地上，旁邊站著一個宮女，二人都默不作聲，不曉得在那裡做什麼。妙音、妙元二位公主，見了這種情形，不免心裡好奇，慢慢走過去一看，原來她是在看螞蟻打仗。

妙善也看見了她們，便喊道：「兩位姐姐快來幫我挖個坑，將這些死的螞蟻埋起來！」

妙音、妙元二人，相視一笑說：「妹妹，妳自己去瘋吧！我們怕弄髒了手，不幫妳做這些玩泥巴的遊戲。」說著便牽著手離開了。

妙元低聲向妙音說：「姐姐，妳看三妹妹專門喜歡做這些玩泥巴的遊戲，父王母后還當她是寶貝，說什麼要找一個文武全才的人，招為駙馬。萬一母后以後不再生育了，這個駙馬還可以繼承王位，她還要做皇后娘娘呢！世上那有玩泥巴的皇后？妳想可笑不可笑！」

妙音說：「三妹妹的舉動，我也覺得不妥。只是父王母后偏愛著她，這是沒辦法的事。怪只怪妳我命淺福薄，輪不到那些好處，這都是命中注定的啊！」

再說三公主妙善，她究竟在那裡幹什麼呢？這倒要講個明白。

原來，那天妙善公主在宮中覺得無聊，就帶著一名宮女到

花園中玩耍，無意之間就走到仙人洞旁。突然看見地上一隊黃螞蟻，一隊黑螞蟻，在那裡打得難解難分，雙方死傷累累。妙善見了，很不忍心，暗想：「這小小的螞蟻，就是安安穩穩地過日子，一生的時間，也很短促，何況還有其他動物的殘害，自保都來不及，為什麼還要自相爭鬥，不顧性命呢？地上這麼多死傷的遺骸，多麼淒慘啊？還是讓我替你們和解了吧！」

她就蹲下去，用手去拂，卻又下不了手。原來黃黑兩隊螞蟻，已進入了混戰狀態，鬥成一團，牠們身體又小，那裡分得清楚啊？要是捉對兒地把牠們分開，分到什麼時候才是完呀？況且螞蟻這小東西，不鬥便罷，要是真鬥起來，真是除死方休。並且，敵人要是被牠咬住，就是自己到力盡而死的時候，也不肯鬆口。

假如有人真的一對對去分開它們，那牠們一定會同時受傷，就算不受傷的話，你一鬆手放在地上，牠依舊會去找敵人死鬥。這樣一對還沒分開，一對又鬥起來，那是永遠也分不完的。所以每次蟻鬥以後，戰場上總有許多捉對兒同死的蟻骸。

妙善公主想到這一層，不由得縮住了手。但她畢竟是個聰明絕頂的孩子，細細地一想，就琢磨出一個方法來。她想螞蟻的爭鬥，無非是為了食物，只要雙方有了充足的食物，自然會各去搬運食物回洞，爭鬥就可以解決了。於是就命宮女取了許多香甜的餅屑，一方面又查看了兩隊螞蟻的窠穴，把餅屑撒在洞口的四周。果然兩隊螞蟻後出來的生力軍，見了食物，便不再趕赴戰場，都去搬運糧食了，雙方的戰爭，也漸漸地鬆懈下來。妙善拿來一把小掃帚，將鬥住的螞蟻，輕輕地撥掃，陣線就變散亂了。此時後面傳令的螞蟻也來了，大家得了信，都趕回後方去運糧食，一場惡鬥才終於結束。

可是戰地死傷的螞蟻，已有好幾百隻，妙善看了那種折頭斷足的情形，心中不免傷感！暗想：螞蟻雖然是個小小的蟲子，到底也是一條生命。這麼一打架，就失去了許多的生命，也不知道牠們前世造了什麼孽，現

**蓮花手觀音**

雕塑 西藏後弘時期
西藏拉薩布達拉宮藏

這尊觀音像古鏽斑駁，體現出年代的久遠和佛教思想的深邃。他的左右手作「寶樓閣法印」，顯示出莊藏神聖的表情。一支蓮花插在他的左臂上，與若男若女的 S 形曲線身材交相輝映，靜穆而空靈。9世紀中葉，西藏腹地政治動盪，以郎達瑪贊普為首的世俗統治者推行了震驚東土的滅法運動：佛教被宣佈為非法，無數僧人被強迫還俗，寺院被摧毀，連著名的大昭寺也變成了屠宰場。但是在藏民心中，佛教以及觀音菩薩仍然是他們心中最聖潔崇高的護佑者。他們依然製作類似這樣的觀音雕塑，以充滿寧靜和悲憫的心注視著生靈塗炭、災難頻繁的世界屋脊，表現出高貴的達觀以及對佛教的無上信念。

**蓮花手觀音及脅侍**
雕塑　西藏後弘初期
西藏昌都地區八宿縣八宿寺藏

憔悴的蓮花手觀音是後弘時期西藏民眾的寫照，由於政治動盪，人們對佛教更加依賴。兩個童子被雕塑家演繹成虔誠的教徒。觀音臉上滿是皺紋，眼神裏充滿了對滅佛運動中無辜殉教者的同情，這就是後來所謂的「愁面觀音」。右側的侍者鳥首人身，是十分典型的佛教護法神大鵬鳥的化身像。

在死在這裡已經很悲慘了，萬一被鳥兒來啄食，那不是慘上加慘嗎？還是我來挖個坑把牠們埋葬了吧。

她就在附近挖了一個小小的坑兒，正在埋葬螞蟻的屍體時，恰好遇到妙音、妙元二位姐姐走來，於是喊她們來幫忙。不料，她們竟不理她走了。妙善也不在意，將蟻屍全部撿起來，放到坑中，用土掩埋了，圓滿了這場功德。這才帶著侍女回宮，心裡覺得十分平靜。

再說妙音、妙元二位公主，因為父母偏愛妙善，又聽了物色駙馬預備繼承大統的話，女兒家心胸狹窄，不免由羨慕變為妒忌了。平時對於妙善的行為，就有點看不順眼。今天又見她挖泥葬蟻，所以將她譏笑了一陣後，馬上趕回皇宮去，把這事告訴了寶德后。她二人以為，這樣一來，可以減少母后對妙善的憐愛之心，轉而疼愛自己。但是寶德后聽了二人的話，只付之一笑，還說妙善的這種舉動，是體現上天好生之德的表現。妙音、妙元那裡想到寶德后會說出這種話來，心中氣苦，連眼淚都流出來了。

妙善公主圓滿了她的功德，帶了侍女回宮，見過母后，看見兩位姐姐那種氣苦的神情，以為是受了母后的訓斥，也不敢多問。寶德后看著她，問她到那兒玩去了？妙善便將剛才的事，詳細地說了一遍。

寶德后笑著說：「妳也太淘氣了，花心思去做這種事情，也不怕弄髒了雙手。要是遇著毒螞蟻，被牠咬了，生起螞蟻瘡來，就夠妳受的了，以後快別玩這些東西了！」

妙善公主聽了母后的教訓，一面答應，一面又說出一段道理來。

**觀音鼻煙壺**
仇氏　玻璃工藝品　清代

自晚清至民國，由於大量鴉片與粉末狀毒品的輸入，鼻煙壺幾乎成了每個有此嗜好者的必備之物，上到大總統、軍閥、官僚和前清貴族遺民，下到尋常百姓、市井地痞，幾乎人手必備。鼻煙壺製作也發展為一種輕工業和民間工藝。由於此物的用料大多是玻璃、琉璃、玉石或翡翠等透明固體，所以內繪——即在壺的內部作畫——的工藝也受到普遍歡迎。吸毒是一種人類欲望膨脹的惡習，為各種宗教所深惡痛絕，而佛教的觀音形象居然會成為這種麻醉品的裝飾物，可見製作者只想到了觀音的美，而不是他的教化意義。

# 捨身救蟬

那只蟬分明是在向我求救，我要是坐視不管，牠的一條命就斷送在螳螂的爪牙之下了。好在那枝條並不算高，站在石凳上應該搆得著。

寶德后聽了妙善葬蟻的事情，將她教訓了一番。她一邊答應以後再也不做，一邊等母后說完之後，接著說：「母后您哪裡知道，螞蟻雖然是個小小的蟲子，但到底也是一條生命呀。孩兒看到牠們兩隊爭鬥，死傷累累，十分淒慘，心中不忍呀。所以設法將牠們分開，以免牠們繼續爭鬥，害了自己的性命。那些螞蟻也好像有靈性一般，沒有一個咬了孩兒呀！」

她正說到這裡，恰好妙莊王也回到宮中，問起大家在這裡講些什麼，寶德后又將此事告訴了他一遍。

妙莊王聽了，也笑著說：「這孩子聰明伶俐，別的都好，只是生了這種古怪脾氣，一點都不像小孩子，舉止動作像佛門弟子一樣，讓人不大喜歡！還得妳多費一點心，好好地教導，使她改了這種習慣。」寶德后唯唯應諾。

妙莊王這一席話，妙善公主聽了，倒不在意。可是妙音、妙元兩位公主聽了，卻十分開心，把剛才的不快情緒，完全壓下，露出笑容來。她們明知妙善公主的脾氣，生在骨子裡，是改不了的。父王既然有這幾句話，由她鬧下去，一定會有失寵的一天。古人說得好：「江山易改，本性難移。」又說：「三歲定終身。」這就是說，人的生性從小到老，是永遠不會改變的啊！妙善公主既然生就是佛性佛心，任你外界的力量如何，也休想改變她一分一毫。寶德后雖然時常用關懷的言語去勸導她，她卻依舊我行我素，半點也不動心。

有一次，正是夏天的一個傍晚，妙善公主因為室內悶熱，就到屋外邊的柳蔭下坐著乘涼。真是好風送爽，清靜異常。有一隻蟬附在枝頭，不住唱著，好像有什麼

**蓮花手觀音**

雕塑 西藏後弘初期
西藏布達拉宮藏

華麗的銀鑄花圈纏繞著觀音的全身，他的臉膛猶如身邊的蓮花，光明而寂靜。頭上的裝飾幾乎與西藏貴族的王冠一樣複雜精致，上面有一化佛。他的右手施「無畏印」，光著雙腳，高眉長眼，目光柔和而充滿神秘。這尊雕塑銅鑄鎦金，僅高69公分，卻氣象萬千，具有喀什米爾藝術的風格，彷彿是後弘時期佛難中一道給人以希望的靈光。

第五回　捨身救蟬

**觀音菩薩現小王身**
版畫 南京 明代

開心的事一樣。

妙善公主在這一片寂靜清爽當中，忽然陷入深思：「世界上的人，都在勞勞碌碌，為了爭名奪利，使自己遭受了不少的磨難，增加了許多的罪孽，到死也不能醒悟，這是多麼可憐啊？如何才能想個方法出來，使世界上的人都大徹大悟，免除這人世間的痛苦和劫難呢？」因此，她的思路越想越遠，凝神靜坐，像佛家坐禪入定一樣。

正在出神的時候，那一片很和悅的蟬聲，忽然變得焦急，似乎遇到什麼危險。妙善公主心頭一驚，於是收斂心神，循聲望去。只見一根綠色的枝條上，一隻蟬正抱在枝頭嘶聲哀鳴，旁邊另有一隻螳螂，兩把大斧一樣的前爪已將那隻蟬抓得牢牢的，昂起細長的頭頸，正要把那蟬咬來吃呢！

妙善公主見此情形，心想：「那隻蟬分明是在向我求救，我要是坐視不管，牠的一條命就斷送在螳螂的爪牙之下了。好在那枝條並不算高，站在石凳上應該搆得著。」於是便不遲疑，走了過去，站到石凳上，伸手去捉那螳螂。螳螂見有人來了，急忙放開了蟬，舉起一對利斧來抓公主的手。那隻蟬趁此機會，「嘈」的一聲飛走了。公主看得一呆，轉念想現在蟬已飛走，不用再去捉那螳螂了，就想將小手縮回來。沒想到一念之間，螳螂的前爪卻毫不留情地抓住了她的手背，使勁地一拖，深入皮肉，拖出兩條一寸多長的血口子來，鮮紅的血立刻冒了出來。

公主突然受到這樣的傷害，真是痛徹心肺。眼

前一暗，兩隻腿也酸軟下來，一時間站立不穩，倒栽蔥一樣的摔下石凳來。這一摔非同小可，右額角正磕在一塊石子上，成了一個小小的窟窿，左足踝又給樹根一絆，扭脫了臼，頭上鮮血直流。妙善公主那裡受得了這種疼痛，立刻就暈死過去，不省人事了。直到覺得渾身酸痛醒過來時，已在寢宮的臥床上了。妙莊王和寶德后等都守在旁邊，大家手忙腳亂，見她甦醒了都說：「好了，好了！醒過來了。」妙善才想起剛才的事情，不禁痛得呻吟起來。

妙莊王一臉擔憂的問她：「兒啊！妳怎麼摔成這樣？現在覺得身子怎樣？快快告訴父王。」

妙善公主雖然心憚妙莊王的威嚴，明知說出來，一定會被父王埋怨。但她生性誠實，不會說謊，只好硬著頭皮將剛才驅螳螂救蟬，以及摔倒的情形，一五一十地講了出來。

妙莊王聽了，不住的搖頭說：「兒啊！我不是常跟妳說，不要幹這些無聊的事，你偏偏不聽。今天為了救一隻蟬，摔成這種模樣，這不是自討苦吃嗎？俗話說得好，叫做『吃一塹，長一智』。今天，妳既然吃了這麼大一個虧，往後應該牢牢記住，不要再任性地胡鬧了。」

公主聽了，只得連應兩個「是」字，接著又呻吟起來。

寶德后見她那種痛苦的神情，十分傷心，忙問她說：「兒啊！妳那裡覺得痛呀？」

公主忍著痛回答說：「全身都疼，右額角與左足踝痛得更厲害，左足踝像斷了一樣。」

寶德后用手在她左足踝上一摸，骨頭果然錯位了，急得直跳起來，連說：「該怎麼辦呀？該怎麼辦呀？」

妙莊王便傳旨去宣了一位大夫入宮，替她把骨頭接上，又開了藥給她吃下，忙亂了好一會兒，疼痛才慢慢減輕了，看著妙善公主靜靜地睡著了，大家這才放心。

妙善公主這麼一睡，就是個把月不能起身，每天臥床不起，跟生了一場大病一樣。如果是一般的人，因為蟬和螳螂的緣故，害自己吃這麼大的苦，一定要生怨恨的情

**觀音半身像**

無名氏　木刻　宋代

沈默的表情就像唐朝的武士，飽滿的胸部呈流線型鼓起。前額眉心上的紅點不像一般的佛雕那樣突出來，而是凹進去，使這尊罕見的宋朝木刻更顯得個性十足。觀音的形象被無數次地修改、演繹和變換，每個藝術家都按照自己心中的菩薩模樣去塑造祂。

**彌勒佛**

雕塑 西藏日喀則地區紮什倫布寺藏

這尊彌勒佛鼻梁挺直，頗有古希臘雕塑的風格，寂靜的目光似乎在哀憫著一切生命的苦難。彌勒佛也稱「布袋和尚」，在中國人的印象中他是一個笑咪咪的大肚子佛爺。他實際上不僅以觀音的父親妙莊王為原型，而且在佛教中名列「賢劫第五佛」，據說將來會從兜率天重新降臨人間，猶如基督教的彌賽亞，在婆娑世界裡拯救眾生。早在北魏年間，彌勒佛和兒子觀世音的造像就在數量上超過了釋迦牟尼，充分說明他們比佛陀更受到中國人的敬受。

緒。可是這位公主卻不以為意，一點兒也不懊恨，反以為如此一來，身體上雖吃了點苦，心中卻得到萬分的安慰，躺在床上，也感覺不到有多少痛苦。

一個月以後，妙善公主漸漸地恢復了，足踝上的傷，已經完全好了，手背上被螳螂抓傷等輕微的傷痕，也都好了。只有右額角受傷的地方，還沒有長好。大家又花了不少心思給她醫治，過了好多日子，才算好了。但額角邊卻留下一個龍眼大小的黑瘢，好像美玉有了瑕疵，很不雅觀。

寶德后見了此瘢，心中很不高興！對妙莊王說：「一個如花似玉的美貌女孩子，現在頭上有一個瘢，不是影響美觀嗎？咱們國內有不少名醫，陛下又貴為一國之君，要是下旨求醫，找個靈驗的藥方，來治女兒的瘡瘢，我想應該不是什麼難事。陛下為什麼不下詔試試？」

妙莊王點頭稱是。第二天真的降旨廣求治瘢的良方，說如果有人能使三公主頭上的瘢痕消退，賞白銀千兩，封為御醫。

聖旨一下，國中的大夫為了拿到重賞，爭著進獻藥方，真是絡繹不絕。可是依他們的方法去試，一連試了幾十種，沒有一例有用的。妙莊王很不高興，心想我這麼大一個國家，竟沒有一個有真本領的人，看來女兒頭上的瘢痕，是沒法子除去了，一塊美玉有了瑕疵，怎不叫人惋惜呀！他正煩惱時，卻來了一位奇人。

# 第六回

# 雪山寶蓮

居中有座陡峭的高峰，叫做雪蓮峰，那流落人間的一朵蓮花，就生長在這座高峰的冰窖雪窟中。山下有時可以望見，山上白雲環繞，遠遠的就可以聞到花香，那真是件寶物。

妙莊王因爲得不到好藥方，褪去妙善公主頭上的瘡癬，心中老大不快。決定要把國內的醫生，全部驅逐出境，不准留在興林國內，以免百姓受他們的欺騙。他曾將此意與阿那羅丞相商量過，而且恨不得立刻實行，多虧阿那羅多方相勸，才定下了七天的限期，說如果在七天之內，再沒有人能治好公主頭上的瘡癬，就實行驅逐醫生的計劃。

### 觀音菩薩現佛身
**版畫 明代**
**南京故宮博物館藏**

這是一幅將觀世音菩薩的人、佛雙重身分同時表現在繪畫中的作品。下端，釋迦牟尼與其弟子阿難和迦葉尊者，在點化披髮戴花冠、身著連衣裙的妙善公主。而圖的上端，觀音已經是後來的成佛形象，坐在綠草蒲團中回望自己的肉身，彷彿天國的靈魂在回顧自己的生前舊事。版畫無作者姓名，材料古樸，只用赭石和藏青兩種顏色，就完美地表達出觀音現身的意境。

這消息一傳開，把那些靠治病吃飯的醫生，都嚇得面如土色，叫苦連天，只希望蒼天保佑，能來個奇人，把公主的疾患治好，免得自己受流離之苦。可是這種希望，如何會應驗呢？一天過去了，又是一天，仍然沒個好消息。又過一天，依然是了無音訊，那一班醫生的焦慮，真是與日俱增。轉眼之間，已到了第七天，只剩這短短的期限，希望自然是格外的渺茫。

黃門官去不多時，帶了一位青年上殿。妙莊王將他從頭到腳仔細地看了一遍，只見他生得風流儒雅，相貌端莊，態度大方。書生向妙莊王行過大禮，妙莊王便賜座給他坐下，開口問他說：「年輕人你怎麼稱呼，家住在那裡？」

青年彎彎腰回答：「我叫樓那富律，在南方多寶山居住，一直從事採藥行醫的工作，專替有病的人救治疾苦。路遠來遲了，還望大王恕罪。」

妙莊王聽了這番話，冷笑著說：「好你個大膽的書生，我以為你是來獻什麼靈丹妙藥的，原來是替一班庸醫做說客的，就衝這就該治你個欺君之罪。」

樓那富律微笑著說：「靈丹妙藥倒是有。我王既然要治我欺君之罪，我也就無話可說了。」

妙莊王說：「那你先說說，只要能治好公主的病，不但無罪，而且有功。但要是不靈，就是欺騙我，到時候兩罪並罰，決不寬恕！要是有靈丹妙藥，快快拿來吧。」

樓那富律打了個哈哈說：「談何容易呀！大王你以為公主的病患，是凡間的藥物能治得好的嗎？」

妙莊王聽他亦真亦假地說著，心頭大怒，大聲說：「不是凡間的藥物可以醫好的，難道要仙丹不成？這樣說如果不遇到神仙，公主的病是治不好了，看你一個小小的書生，難道會有仙丹嗎？」

樓那富律點頭說：「大王果然聰明，要說這樣東西，雖然也出

**盛唐觀音**

彩塑　唐代　敦煌第45窟西壁龕內北側

由於女性信眾的廣泛，中國的觀音形像很早就開始女性化了，以至明清以後完全變成了女性。但在明清以前，觀音形像一般仍具有明顯的男性特徵。最顯著的是許多觀音都有鬍鬚，胸部也比較平坦。這尊盛唐時期的敦煌彩塑觀音雖以「無性」的狀態呈現，但祂頭戴寶冠，髮梳高髻，上身半裸，肌膚豐盈光潔，佩飾披巾、瓔珞、臂釧、手鐲等物，俊美中蘊含著女性的嫵媚。祂的目光低垂，神情專注，彷彿正在聆聽超聖者的傾訴。祂是慈悲和善良的化身，是理想和藝術創作的完美結合。

**彌勒菩薩頭像**
雕塑 明代
西藏日喀則地區紮什倫布寺藏

彌勒菩薩髮髻高聳，面部呈金色，雙眉修長，寶相莊嚴，似乎在閉目沈思著世間眾生的苦難和救度。「彌勒」在梵語中叫 Maitreya，意思是「慈祥者」，是佛教中最重要的菩薩之一，也是釋迦牟尼的繼承者以及三世佛中的「未來佛」。關於祂的傳說很多，有的認為祂就是歷史上觀世音的父親——印度的一位藩王。據說祂篤信佛教，並最終與女兒一起成佛。

在人間，但多少帶些仙佛靈根，我雖是沒有，但卻知道它的出處。」

妙莊王說：「光知道有什麼用？尋求不到，仍然是枉費苦心，有什麼用呢？」

樓那富律說：「凡事只要有虔誠的真心，肉身都可以成佛，更不要說這人間的東西，有什麼是找不到的？」

阿那羅丞相這時彎腰向妙莊王說：「老臣看這個人，的確有點來歷，他的言語，也許可以相信。倒不如讓他講個明白，或許真的有效也說不定。」

妙莊王點了點頭，又向樓那富律說：「你這個書生，不要廢話了，果真有什麼靈丹妙藥，這藥產於何處，如何找到？就快說給我聽，我好派人去尋找。如果真將三公主的瘡瘢除去了，我一定重重有賞。你現在不用說話吞吞吐吐了。」

樓那富律這才正色說：「我那敢戲弄大王呀？剛才因為大王信心不堅決，所以不願說出來。如今既然大王不再懷疑，自當說個明白。我所說的東西，不是別的，卻是一朵蓮花。」

妙莊王哈哈大笑說：「這有什麼稀奇的？在我御花園的荷池中，寶貴的青蓮不下萬朵，要一朵有什麼難的，值得如此大驚小怪！」

樓那富律雙手亂搖說：「不是，不是！那種青蓮，不要說萬朵了，就是百萬朵也沒有

樣了？你會不會治這樣的病呀？」

樓那富律搖著頭回答說：「王后不行了，六脈全無，這是離開人世的預兆。按理說六脈全無，應該就不會活著了。但我仔細診斷後，發現原來六脈中還有遊絲般的一縷，延續著生命，所以她還不至於馬上升天，可是神魄已經離開了軀體，最多只剩下七天的壽命。這大概是陽壽未盡，還要受幾天折磨，才能嚥氣呀。」

妙莊王聽了，心如刀絞，含著熱淚說：「不要再說這些沒用的話，我只問你，為什麼會得這樣的病？現在有什麼辦法可以把她治好？快說，好救王后的性命呀。」

樓那富律搖頭歎息說：「不行，不行，要想治好這病，除非用西天佛祖的靈藥，太上老君的仙丹，這樣或許可以還魂重生過來。靠凡間的醫藥，是無能為力的。大王不必再存著萬一的希望，還是快些替她準備後事吧。

「至於為什麼會得這樣的病，也不是三天兩天的事，說來話長，讓我慢慢說給你聽。人出生在這個世界上，到了懂得世事常理的時候，就會萌發佛家所說的喜、怒、哀、懼、愛、惡、欲這七種情感；還有色、聲、香、味、觸、法這六種慾望時時陪伴著你，把天生混然凝聚的精氣神，擾亂地分崩離析，再也不能有和諧的平靜了。所以人生就像一場春夢那樣短暫，在世也不過百年，到精氣神完全散失的時候，就會長眠不起了。

「寶德后出身富貴，表面看來，條件比一般人都好。可是這七情六慾的侵襲，也比常人來得凶，精氣神的分散，也來得格外快。平時為了滿足自己的需要，強奪了世間很多的生命，造下無數的罪孽，今天只等陽世業滿，便自然會嚥氣了。要問這是個什麼病？就叫做七情六慾之症，是無藥可救的。」

妙莊王聽了樓那富律這一番言辭，不覺大怒說：「你不會治這種病也就算了。卻為了掩飾自己的無能，在這裡編造瞎話，侮辱國母，這還了得？左右，給我將這個口無遮攔的賊子綁去斬了，看他還敢胡說！」

兩旁武士一聲答應，便過來七手八腳地將樓那富律綁了，簇擁著向殿外走去。劊子手拿著寒氣逼人的鋼刀，正準備行刑。眼看樓那富律的性命就要完結。就在千鈞一髮的時候，大殿上忽然閃出一個人，在妙莊王面前替他求情。

# 第八回

# 偈語禪機

她想：佛法能超脫世間萬物，救度一切苦難，使它們共同進入極樂世界，是最具神通的大道。要想報答母親的恩情，懺悔自己的罪孽，只有潛心向佛這一條路了。

眾武士綁了樓那富律，正準備推下殿去斬首，大殿上忽然閃出阿那羅奏說：「希望大王暫時平息怒火，聽我說。這個樓那富律，雖然口無遮攔，其罪當誅。但現在王后還在病中，沒有找到治療的方法，現在殺人，似乎是不祥的預兆。依我看，不如先赦免了他，一起商議救治王后的方法。」

妙莊王說：「既然老卿家替他求情，看在你的分上就饒了他。但死罪可免，活罪難逃，給我推回來，重打二百軍棍，然後關在死囚牢裡受罪去。」

阿那羅幾句話，總算救了一條性命，自然不好再說什麼，自己回歸了朝列。眾武士將樓那富律鬆了綁，按倒在地，結實地打了二百軍棍，押下殿送到死囚牢去了，還釘上鐐銬，穿上鐵鏈，讓他受罪。

到第六天的晚上，典獄官清查監房時，大吃一驚！那裡還有樓那富律的蹤跡，只見地上的鐐銬鐵鏈都斷裂成幾段，上面還放著一張紙條兒，寫著四句歌偈：

妙法從來淨六根，善緣終可化元真，

觀空觀色都無覺，音若能聞總去尋。

典獄官立刻召集牢頭們詢問，他們都說在收監的時候，明明將他鎖在總鏈上，因為是個重犯，還特地用鐵鏈穿了頭髮，將他吊著。現在門都沒開，他是怎麼逃走的呢？於是大家點起火把燈籠，四處搜尋，可哪裡還有他的蹤影呀？

典獄官職責所在，不敢怠慢，急忙去稟告提刑大臣。提刑大臣拿著了那紙條兒，連夜入朝啓奏皇上。

妙莊王因寶德后病已垂危，正召集群臣在殿上商議後事，聽到報告後，勃然大怒！要將提刑大臣革職斬首，治他個疏忽之罪。突然有一個宮女，踉蹌地跑上殿，跪倒在地奏稱：「王后娘娘已經升天了！」

圖三方西

## 西方淨土觀音
### 朱色拓本 清代

佛家有西方三聖，以阿彌陀佛為主尊，位列正中，大勢至菩薩和觀音菩薩分列左右，但推行佛法，普度眾生最多的是觀音菩薩，而大勢至菩薩的慈悲之名，被人忽視，因此世間以觀音菩薩的法像最多，大大超過其他二聖。看此「西方三聖」圖，畫中三聖並列於蓮台之上，阿彌陀佛慈目螺髮，斜披衲衣，左手托著一座蓮花寶幢，右臂裸露，自然舒手下垂作接引式。其左是頭戴五佛冠的觀音菩薩，只見菩薩秀帶掛肩，雙手捧著白玉淨瓶，瓶插楊柳，在那裡垂目下觀。大勢至菩薩在佛祖右邊，其穿著打扮與觀音菩薩一致，只是手中捧著的是一束荷花蓮葉。三聖頭上是以瓔珞作飾，珠玉流蘇的華蓋。身前是一蓮池，生有十二品蓮花，象徵「十二緣生」。中間一朵大蓮花上跪有一虔誠參拜的菩薩。池中仙鶴孔雀、鳳凰天鳥來去翱翔。池邊欄杆護水，四個比丘尼對空膜拜。一派太平景象，寓示西方極樂世界的無爭無奪。

### 觀世音像
**無名氏 木雕 明代**

滿是裂紋的明代木雕，使觀音看上去質樸而純粹。「觀世音」一詞曾經在唐朝遭廢棄，讀稱「觀音」，因為唐太宗李世民的名字中也有一個「世」字，這在古代是必須避諱的。於是後來人們都稱觀世音為觀音。其實「世」這個字很重要，因為觀世音的意思就是要「看（感悟）到世界上一切受苦的聲音」。到了明朝，觀音的女性形象已經十分成熟，名稱也得到了恢復。祂慈眉善目，真的好像是一個皇后或成年的公主，受到人們的崇拜。

### 全相觀音圖（右頁圖）
**潘忠義 楊柳青年畫 近代**
**北京民間收藏**

一般將包括有善財、龍女和韋陀的觀音像，稱為觀音「全相」。此圖結構清淡典雅，大量使用淡藍色，看上去一片清涼，突出表現了觀世音的素潔安詳和寧靜本色。潘忠義是近代楊柳青知名的年畫畫家，曾師從古佛寺的畫僧學藝，繼承了宋元釋道人物畫的精髓。他的觀音具有強烈的女性色彩，很容易使人聯想到書中妙善成佛初期的形象。

妙莊王一聽這話，心中萬分悲痛，眼淚長流，再也沒有心情去問樓那富律的事，霍地站起身來，直奔寢宮而去。

之後妙莊王悲傷過度，一切事務全權由各部大臣治理，忙亂一場，不在話下。樓那富律失蹤的事，自然也沒有再追究下去了。

過了幾天，妙莊王忽然想起樓那富律留下的那首歌偈，拿來讀了又讀，覺得似懂非懂，高深莫測。突然間，領悟到原來是藏頭隱語。第一、第二兩句的排頭上，明明嵌著三公主的芳名「妙善」二字；而三、四兩句的排頭上，是「觀音」二字，實在弄不懂是什麼意思。他想：「觀，是用眼睛看。音，只能用耳朵聽。眼睛是聽不見聲音的，這兩個字連用在一起表示什麼呢？」

妙莊王對於這四句偈語，雖得不到明確的解釋，但終於明白樓那富律決不是尋常之輩，所以他能掙脫枷鎖，如神龍般地破空而去。既然他已經逃走了，以後可能不會再回來了，想找他也沒用，索性就放棄了這個念頭。

而宮中的妙善三公主，她自從傷病痊癒以後，寶德后對她的行動總是異常注意，平時不放她到外邊去玩，就是到園子裡，也得命三、五個宮女陪著，不准再做救蟬葬蟻的事。要是宮女發現這種事，不加阻止，闖出禍來，要被處以極刑的。妙善心地善良，生怕因為自己的行為，害他人受苦，增加罪孽，所以改變了不少。平時也不願常到外邊走動，終日在宮中看書靜坐，閒時就和兩個姐姐弈棋撫琴，排遣寂寞，一直安然無事。

萬萬想不到快樂的日子，因為寶德后生病而結束。其實妙善公主年紀雖只有七歲，但天性淳厚，一見母親病重，心中就焦慮萬分，每天求神問卜，願折自己的陽壽，來延續母親的壽命。無奈寶德后大限已到，不管你如何禱告哀求，仍然一點兒應驗也沒有。公主日夜陪伴著伺候湯藥，時刻不離母親左右，直到

唐卡 近代 西藏薩迦寺藏

一切可怕的鬼怪都被踩在腳下，周圍的火焰燃燒了全部的虛幻和苦難，憤怒的神情向世間怒吼著佛教的真理。這是唐卡中的馬頭金剛，即馬頭觀音，藏名叫「丹真」，是六觀音之一，也是觀世音傳說的真正本源。祂原本是印度婆羅門教的一個馬身善神。藏密認為，馬頭金剛是阿彌陀佛的憤怒身，以馬頭裝飾，體現威猛奔騰的金剛之力，可以蕩滌一切妖魔鬼怪。馬頭金剛通常塑造為三面紅色而有獠牙，並有一個明妃與祂相擁。

她彌留之際。

寶德后握著妙善公主的手，有氣無力地說：「兒啊！娘等不到你長大成人了，留下妳一個人，我是多麼傷心啊！娘死後，妳要孝順父王，不要再使倔強的性子，讓妳父王多添傷感了。」說到這裡，哽咽著不能再說下去。

妙善公主聽後，胸中猶如萬箭穿心，忍不住兩行熱淚直淌下來，眼前一黑，就暈倒在地。寶德王后也在這一霎間，長辭人世了！

當大家把妙善公主喚醒後，她不住地悲傷痛哭。

眾人裡面，除了妙莊王以外，就數妙善公主悲痛得最深了。然而她在悲痛當中，卻又了悟到一片禪機。她想：母親辛辛苦苦生我養我，一直把我撫養到這麼大，真是恩德似海，現在我還沒有絲毫的報答，她已經離我而去了，這深重的罪孽，怎麼消受得起呀？

儼然又想到慈悲的佛祖，她想：佛法能超脫世間

萬物，救度一切苦難，使它們能共同進入極樂世界，是最具神通的大道。要想報答母親的恩情，懺悔自己的罪孽，只有潛心向佛這一條路了。她有了這層想法，便發願修行，立志做一個佛門弟子。雖然有這樣的願望，但當時並沒有告訴別人，只是自己每天誦經禮佛，把漫長的時間，都消磨在經卷裡面。

正巧她有個死了丈夫的姨媽，也是個虔誠奉佛的人，在宮中做她的保姆，兩個人在一起天天吃齋念佛，如水乳交融一般。有她做伴，妙善越發能感受到清修的情趣了。

但是妙音、妙元二人，看了她們的行為，心中不以為然，背地裡總是偷偷笑她們傻，常常說：「生在王宮之中，本來大富大貴，卻有福不會享，反而癡心妄想要修道成佛，真是讓人不能理解。」她們在妙莊王面前也總絮叨這些話。

一開始，妙莊王心煩意亂，沒有閒心思去問這些事情，以為這是一種消遣方法，至少妙善不會再去幹救蟬葬蟻的事，使自己意外受傷，所以由著她去念經禮佛，但他萬萬沒想到妙善卻早已立志捨身佛門，發願堅持到底了。

世上不管什麼事，大都隨心而至。妙善公主信心堅定，心中常想著西方佛祖，以及將來功德圓滿，超凡入聖之後，如何救助世人的苦難，使他們能和自己一樣到達極樂世界。因為常常有這種觀念，不免就造出一種境界來。

這一天，她躺在床上似睡非睡，朦朧間忽然看到滿屋大放光明。光明中佛祖現出莊嚴寶像，丈六高的金身，腳下的蓮花遮地，頭上的舍利子放射出萬道金光。妙善見了，忙拜下身去，請求佛祖指點迷津。

佛祖說：「妳塵世的劫難還沒有解除，苦難還沒有經歷完，怎麼能夠成道呢？但只要妳能堅定信念，修煉下去，心境自然能夠一塵不染，如明鏡一般，到那時世間萬物妳都能參透覺悟了。」

妙善又問自己什麼時候才能成道，佛祖說：「早著呢！要等妳取得須彌山上的白蓮花，有人送妳白玉淨水瓶，才是妳成道的時候。記著！我去了。」

妙善只覺眼前金光收斂，眼前的景象都消失了。驚醒過來，才發現自己依舊睡在床上，那裡有什麼佛祖顯靈？明明是一個夢而已，可是她卻認為剛才發生的事，的確是佛祖顯靈，特地來點化自己的，於是信心更加堅定了。

# 第九回

# 違逆父命

孩兒心志已決，一定要修行到底，一來是為了報答父母的養育之恩，替父王和已故的母后積些功德；二來是為了懺悔自己的罪孽，圓滿自己的功德。孩兒願意替天下蒼生受一切苦惱，所以發下重誓，絕不後悔。

　　妙善公主因為心中常有佛祖，久而久之就變幻成夢境，像真的見到佛祖降臨似的。但她由於虔誠的相信，卻並不當這些是夢境，認定是佛祖來為她指點迷津。於是站起身來對天空拜了幾拜，多謝佛祖的指點之恩，然後才回到床上。

　　這一來那裡還睡得著，她不住地將佛祖所說的話，反覆地思索著。想到須彌山白蓮的事情，更是喜出望外。因為以前曾聽父王說過，樓那富律說這寶蓮能治好自己頭上的瘡瘢。父王也曾派迦葉前往探訪過，結果真有這樣寶貝。現在看來這朵白蓮花，倒是和自己的命運有著很密切的聯繫。要想得道成佛，是非要找到這朵寶蓮不可了。

　　想著想著，不知不覺天已經亮了。她那裡睡得安穩，一骨碌爬起來，恰好這時保姆來她的房間。洗盥過後，妙善公主將昨夜的事情，繪聲繪色地向保姆說了一遍。保姆先聽得目瞪口呆，後來聽到關於妙善公主如何成道的時候又喜形於色，雙手合十，不住地宣誦佛號。她本來就是虔誠信佛的人，現在聽到妙善有成道的希望，就存了「一人得道，雞犬升天」的觀念，希望妙善將來真的修成正果，自己也少不了有很多的好處。這樣一想，怎麼不叫她喜出望外呢？

　　從此以後，妙善公主心中，又多嵌上一朵須彌山的白蓮花，就連在夢中，時常也會不期而至地湧現出來。她也曾想：自己住在深宮大院中，不能外出一步。須彌山又在千里之外，即使有這朵白蓮花，又怎樣才能求到呢？借助別人吧，想想那不算是自己的功德，看來這倒不是一件簡單的事情。

　　然而又想到：不對，不對！修道的人，應該是不怕困難的。越是艱難，越是要渡過難關，這樣才會有光明之路。像這樣一步步走下去，緣法來時，就算有千里的路途，總會有機會達到我的目的，

就是再困難，也一樣不能阻止我實現心願。

　　她這麼一想，便完全摒棄了一切雜念，一心一意地研究起佛家的經典來，專等緣法的降臨。

## 白衣觀音圖

### 牧溪 絹本國畫 宋代

　　白衣觀音的名聲僅次於正觀音和千手觀音，形象標準，幾乎沒有什麼特異之處，因此畫家在描繪祂時也用筆平淡，只是著重渲染了古雅的意境。觀音的冠冕很接近唐朝的文成公主，白袍略顯陳舊，線條有些模糊，似乎是一個夢境。

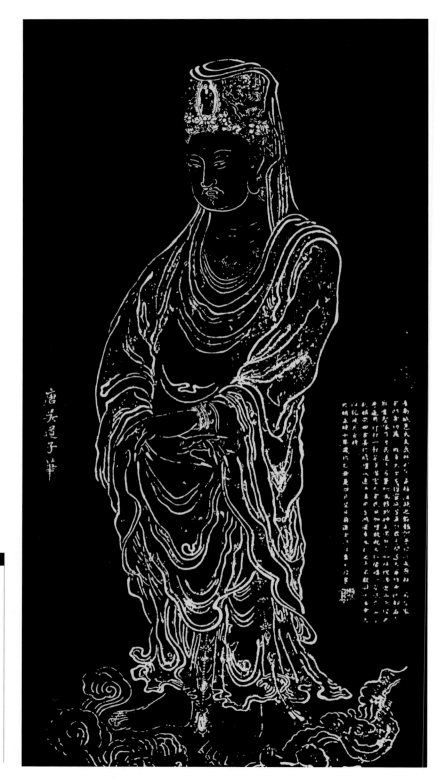

唐吳道子筆

### 觀自在菩薩
吳道子 石刻拓片
唐代

　　相傳此作品為唐代大畫家吳道子真跡。觀音頭戴華冠，冠上有一佛立於蓮花座上。觀音菩薩雙眼低垂，神態安詳，雙手交叉下垂，手勢優美，雙腳赤足，踩在一團祥雲上。此石刻雖非吳道子真跡，但線條圓潤流暢，渾厚優美，粗細有機，疏密得當，筆法仍有唐宋名家的風範。

光陰似箭，轉眼已是幾個秋冬。妙善公主已經十六歲了。她的道行，自然是與日俱增，從靜心清修達到入定的境界。到這時候，心地更覺得光明清澈，一塵不染。

　　不料此時卻又遭遇一場劫難，是什麼呢？原來在寶德王后逝世後，妙莊王因為長次兩位公主年紀已經不小，便先後替她們招了駙馬。兩個駙馬一文一武都是國中著名的英俊少年。但他對於妙善公主的終身大事，卻特別的注意，因為以前和寶德皇后曾有過傳位的承諾，如今膝下依舊無子，所以想實踐以前的諾言。現在妙善也已經長大，這件事便被提上日程了。一方面他示意各大臣，留心物色合適的人選，一方面向女兒說明原由。不料妙善公主一聽要替她招駙馬，大大地吃了一驚，然後一口回絕了父王。說是情願終身修道，救世間疾苦，心意已決，不願嫁人。並且早已在佛祖面前盟誓，捨身佛門，要是違背了信誓，那就永墜沉淪，萬劫不復啊。她這一番話，把妙莊王氣得一佛出世，二佛涅磐，乾瞪著眼，半天說不出話來。

　　隔了好一會兒，妙莊王才和顏悅色地開導她說：「妳不要執迷不悟！想想這世上的人，那一個不是成家立業，享受天倫之樂呀？怎麼會有放著現成的榮華富貴不享受，反而要修煉虛無渺茫的佛經，去妄想成佛的道理？妳現在不過是一時受了佛經的蒙惑，閉塞了妳的本性，才至如此，以後是要後悔的，還是聽我的好了！」

　　妙善又說：「孩兒心志已決，一定要修行到底，一來是為了報答父母的養育之恩，替父王和已故的母后積些功德；二來是為了懺悔自己的罪孽，圓滿自己的功德。孩兒願意替天下蒼生受一切苦難，所以發下重誓，決不後悔。希望父王成全孩兒的志向，再不要提婚嫁的事了。」

　　妙莊王聽到這裡，不覺震怒地對保姆說：「這都是受妳的薰陶造成的，那就讓妳來勸慰公主吧，限妳在三天之內，將公主勸得回心轉意，聽從王命，否則到時候讓妳們兩個人一同受罪，絕不寬恕。」

　　保姆唯唯諾諾地答應著，妙莊王此時拂袖而去。

　　保姆雖然明知道這是個大大的難題，但王命又不能違背，只得苦苦勸導公主。那知她竟是鐵石心腸，任你怎麼勸也不能動搖她的意志。說得急了，她便斬釘截鐵地說：「千刀萬剮，全憑你們處置，只有嫁人這一條，卻萬萬不能答應。」保姆也被弄得沒了主

意，只好準備去大王面前領罪。

三天的時間，轉眼就過去了，妙莊王傳保姆問話，保姆照直說了一遍。妙莊王狠狠地說：「諒這個賤骨頭的丫頭，不給她些苦頭吃吃，肯定不會醒悟過來。」於是下令將妙善公主，貶入御花園，做個澆水養花的雜役，如果有過失的話，另行處罰，除非悔悟了自己的過失，順從了大王的心意，才能恢復公主的名號，否則與做雜役的宮女是同樣的待遇。

這道旨意下來，大家都非常吃驚，但妙善公主卻非常坦然，她跟保姆一起，搬到御花園中居住。清晨起來，也不偷懶，凡是挑水澆花，掃地抹桌的事情，件件都事必躬親，盡心去做。園中地方又廣又大，要收拾周到，不是件容易的事，幸虧有保姆幫她一起料理，才算省力了些。可是她終歸是嬌生慣養的公主，從小什麼事都有人伺候，不用自己操勞，幾時做過這麼累的工作？沒有幾天，就被弄得筋疲力竭了。

妙莊王之所以忍心出此下策，是想她一定受不了這種折磨，等到吃了苦頭之後，自然會回心轉意的。不料妙善公主卻是另有一番想法。她認為禮佛通道的人，一定要經歷許多的磨難，等到劫數過後，才會成就正果。現在所受的痛苦，不過是這些劫數的開始，算不上是很大的困難，如果這些都受不了，那就永遠不會有成道的希望了。於是她不但不回心轉意，通道的心，還越發地堅決，身體雖然受了不少的痛苦，心中卻平靜。後來做慣了，竟連辛苦也不覺得了。妙莊王也經常派人暗中探聽她的行動，見她如此，心中就算惱怒，但也無可奈何。

那一天，正好是妙莊王的生日，妙善公主一大早就入宮祝壽。妙莊王看到她粗布麻衣，舉止動作，和一個尼姑沒什麼兩樣，心中好不自在。但看到她憔悴的神情，到底還是心疼自己的女兒，心中不忍，卻也不知道該說什麼，只是微微地歎了一口氣。隔了好一會，才向她問起：「女兒啊！妳受了這麼多苦，總該有些醒悟了

**釋迦牟尼佛・弟子和大師**
雕塑 明代 西藏博物館藏

　　釋迦牟尼是佛教的主要創始人，不過他生前一直被當為一個哲人、修行者和精神導師而受到尊敬，而不是神。此雕塑中佛居中央，弟子舍利佛與目犍連居兩邊，周圍環繞著出自大師手筆的各種雕像，氣勢宏偉，襯出了佛陀精神的偉大。但是這其中卻沒有觀音像，這是因為在唐朝以前，觀音在很多佛教流派中的重要性並不很大。到了後來觀音受到眾多信徒崇拜的時候，甚至佛陀也會被暫時忽略。尤其在女性信徒看來，佛就是觀音，觀音就是佛，因為她常常化身女身，並充分理解女人的煩惱和苦悶。

## 四臂觀音及金翅鳥
### 壁畫 唐代

　　金翅鳥就是大鵬鳥，傳說中牠時常伴隨在佛陀左右，「息羽聽經」。在這幅西藏壁畫上，大鵬鳥作為裝飾觀音主像的花紋，點綴著牠的莊嚴，暗示著觀音的神聖性不亞於釋迦牟尼。觀世音菩薩得道與說法的道場，在印度有普陀洛伽山，在中國有舟山群島的普陀山，還有西藏的布達拉宮，河南寶豐香山寺甚至還有觀世音的舍利塔。觀音菩薩在西藏尤其有名，直到今天，藏民們還自稱是觀音的後代。在五世達賴喇嘛阿旺羅桑嘉措所寫的《西藏王臣記》中，他就把西藏的起源、繁衍和形成，說成是觀音的慈悲之力化育而成。

吧？」

　　妙善公主答：「孩兒沒有受苦，所有的一切，都是人生在世應該經歷的，算不上什麼。至於我的心境，一向都很清楚明白，從來都沒有被蒙蔽過，所以談不上醒悟了。請父王明鑑！」

　　妙莊王聽她這樣說，冷笑一聲說：「好、好、好！看來妳苦還沒有吃夠呢！回頭兩位姐姐和駙馬都要來拜壽，我要在御花園中擺筵迎接他們，妳好好地到來伺候著，稍有差池，有妳好看的，還不去把花園打掃乾淨！」

　　妙善公主領命回到園中，將各處打掃乾淨。本來這座園林，自從由她管理以來，園裡的各種花草樹木，都生長得欣欣向榮，一片生機暢茂的景象；各處的亭臺樓閣，都整理得井然有序，十分清潔。今天再加一番打掃，真是明窗淨几，一塵不染。她和保姆收拾完畢，就等妙莊王他們來這裡開筵席。

　　到了中午，只聽見悠揚的音樂和一陣笑語聲，知道他們來了。

# 第十回

# 壽筵妙旨

只有佛門廣大的胸懷，佛法的清心明智，才能使人回復真我。如果一心向佛，最終修成正果，到那時普渡眾生，救度世上一切苦難的人們，讓所有人都去到極樂世界，那才是最自在的事。

妙善公主將園中整理清潔，已經到了中午，耳邊傳來一陣悠揚的樂聲，接著又是一片融和的笑語聲，妙善知道他們來了。本想迎上去接駕的，可又想起剛才妙莊王說過，有兩位駙馬同來，男女有別，貿然出去相見，覺得有點不妥，只好先看看二位駙馬是不是一起來，再作打算。於是就在站在僻靜的地方，暗中觀察。

只見前面一隊引路的宮女奏著音樂，妙莊王居中，大公主妙音，二公主妙元，各自拉著駙馬的手，依次的跟在後面，再後面便是一班隨從。看他們一個個滿面春風，喜形於色的樣子，妙善公主不覺微微地歎了一口氣，暗想，人一生的壽命不過百年，這種榮華歡樂，能夠享受到幾時？到頭來還不是一場夢幻，何苦呢？她見兩位駙馬果然一起來，便一轉身，回到佛堂去了，再也不肯出來相見。

妙莊王帶了一班人，向逍遙閣走來，卻沒看見妙善的影子。原以為她在閣上等著，不料到了閣上，卻只有保姆一人接駕。妙莊王問保姆說：「妙善到那裡去了，為什麼不出來迎接我？」

保姆與妙善公主相處了這麼久，知道她的脾氣，便說：「公主本來準備在御花園門口迎接您的，後來看見兩位駙馬也一起來了，因為男女有別，不好見面，這樣才躲起來了。」

妙莊王說：「胡說！這分明是她目無尊長，故意逃避。兩位駙馬是自己的姐夫，見面也是應該的。難道永遠躲著不見面嗎？快去將她傳來。要是再這樣裝模裝樣，我就讓人把她抓來。」

保姆聽了，那敢說半個不字，連連答應，跌跌撞撞地跑下逍遙閣，一路來到佛堂，將妙莊王的話向妙善公主說了一遍。一開始妙善還堅持不肯去，經保姆再三苦勸，知道躲也躲不過去，只好硬著頭皮，跟著保姆走。

到了逍遙閣上，拜見了父王和兩個姐姐。妙莊王又叫她過去和兩個姐夫行禮，這下可把妙善公主羞得無地自容了，勉強地各行了

一個禮，就退立在一旁。她將閣上瞧了一下，只見一共擺著四席：居中的一席，自然是妙莊王；下面上首的一席，是大駙馬與大公主並肩坐著；下首的一席，是二駙馬與二公主並肩坐著；最下的一席，卻也設著兩個位置，但都空著沒人坐。她心中不免百般猜測。

忽然妙音公主扯著妙元公主，一起走到妙善面前，開言說：「好妹妹，我們自從分手之後，時常惦記著妳。又聽說妳不遵從父王的旨意，被貶在這園中受苦。今天見面，妳果然消瘦了許多。雖然說是父王罰妳，卻也是你自找的啊！妳想想，人生在世，為了些什麼？榮華富貴，人家想都想不到，妳有卻不要享受，不是很愚蠢的想法嗎？何況男婚女嫁，是理所當然的事，妳怎麼可以違背呢？看看我和妳二姐姐，現在不是很幸福美滿嗎？別的不說，就是夫妻兩人一起遊樂休息，也就夠人羨慕了！這不僅做人應當如此，妳看那屋梁上的燕子，不也是雙宿雙飛的嗎？」

說到這裡，妙元公主也接口說：「是啊！大姐姐的話，說得一點也不錯。我暫且不說眼前的快樂生活，為了傳宗接代妳也應該成婚呀！如果世上的女人，都和三妹妹有一樣的想法，那人不就要滅絕了嗎？那時還成什麼世界呀？父王的希望，也就在這一點。所以今天也替三妹妹設下一個雙人的席位，妳就去坐了末席，留個座位給妳未來的丈夫吧！好妹妹，看在我們兩個姐姐面上，不要再使性子了！」

說完妙音妙元各牽著她一隻手，想強拉她入座。妙善急得雙手一陣亂搖，連吁帶喘地說：「二位姐姐先不要動手，聽我說。兩位姐姐的話，固然不錯，但那是對尋常人說的，也就是世俗的見解，卻決不是對修真學道的人說的。世俗的人，看不破榮華富貴，因為看不破，就人人想著去享受，人和人之間就會互相傾軋，爭名奪利，甚至採取陰謀暗算的方式，不顧生死地去達到目的。就算爭奪到的，也是其中很少的一點點。然而這些，又能夠讓他們享受多久的時間呢？轉眼間一切都化為泡影，何苦要拋棄人的良知和道德，

去爭奪那些永遠得不到的東西呢？爲了自己的欲望，什麼都敢做，一切傷天害理的事，都從這裡產生出來，造下彌天的罪惡。可見榮華富貴這四個字，實在是迷人靈台的毒霧，閉人聰明的魔障，也是讓人萬劫不復的苦海，一落下去，永遠不能自拔了。

　　「只有佛門廣大的胸懷，佛法的清心明智，才能使人回復真我。如果一心向佛，最終修成正果，到那時普渡眾生，救度世上一切苦難的人們，讓所有人都去到極樂世界，才是最自在的事。只有虔誠信佛，才能與天地同壽，這是不貪圖榮華富貴的結果。

### 觀無量壽經變

壁畫　唐代　敦煌第 172 窟

　　儘管此圖已經有些模糊，但從其紛繁宏大的構圖和對中軸線的運用中，我們仍然可以看到觀無量在佛教中的重要性，彷彿壁畫四邊的諸佛與飛天，都是為阿彌陀佛一家三位而存在的。觀世音與祂的兄弟和父親畫得比所有其他神佛都大，如眾星拱月般被圍繞在中間。飛天樂伎也描繪得婀娜多姿，玲瓏神秀。

**阿彌陀如來坐像**
雕塑 日本京都 淨琉璃寺藏

　　無數小金佛圍繞著阿彌陀如來，最上方為釋迦牟尼，左右小的分別為觀世音和大勢至菩薩。在日本淨琉璃寺，佛教將天國分為九等，其中之一是阿彌陀佛所普度的世界。當然，這些都是妙莊王皈依了佛法之後的事情，本書沒有述及。

# 第十二回

# 妙語禪機

　　現在有一個人，吃的是齋飯齋菜，念的是佛祖真經，可是另一方面，卻在做著姦淫擄掠、殺人放火的勾當，給自己帶來無窮的罪孽。你說這種人能夠算是佛門弟子嗎？能夠修成正果嗎？

　　妙莊王聽了妙音、妙元兩位公主一番勸慰之後，長歎一聲說：「孩子們啊！妳們眞以爲父親忍心讓她受苦呀，妳們那裡知道我另有苦心呀。原本是想讓她受點折磨，逼她放棄修行的念頭，好好地招一個駙馬，共享榮華富貴。誰知道她的意志如此堅決呀？這也是無可奈何的事情。妳們那三妹妹，看來是注定要修行的。她從小就只吃素，言語舉止都帶著佛家的氣息，人家都說她是有慧根的人。最奇的是她出生時來慶賀的怪老頭，幾句偈語就讓她不哭了，還有那個樓那富律逃走時留下的藏頭偈語，隱嵌著『妙善觀音』四個字。回想起來，似乎都有聯繫，現在都應驗在她身上了，說不定她眞有修成正果的希望。

　　「現在既然沒有辦法讓她改變決定了，只好由著她。城外耶摩山下，有座金光明寺，本來有僧人住持，後來因爲山中出了猛虎，常常出來害人，寺中的和尚，一不小心就被猛虎給吃了。嚇得他們再也不敢在寺內居住了，逃散到別的地方去了，這金光明寺從此就荒廢了。就是行腳僧人經過那裡，也沒有人進去過，一來因爲寺中沒有吃喝睡覺的地方；二來又怕猛虎害人，因此不敢在這地方久待，所以一直荒廢到今天，已有十來年的時間了。雖然早就沒有猛虎爲害了，可是仍然沒有僧侶和尚在寺裡居住。如今妙善既然想要一個捨身佛門的場所，這金光明寺正好是個絕妙的地方。我先派人把寺廟修整一下，等到竣工之後，再挑個吉利的日子送她入寺。」

　　妙音、妙元二人，聽了這一段話，才明白妙莊王之所以要妙善做這些苦工的用心。當下大家都表示贊同。

　　第二天，妙莊王果然下旨動用國庫資金，重修金光明寺。此時此刻，妙善公主還在廚房做事，哪裡知道外面發生的一切。可是宮女永蓮最先聽到消息，她不由得喜出望外，手舞足蹈地跑到妙善公主的臥室，大叫著對公主說：「三公主，喜事來了！」她這麼一喊，倒把妙善公主嚇了一跳。因爲她那時正在佛前靜坐，閉目凝

神，做她的內觀修行。忽然被永蓮一吵，打亂了心神的平靜，又聽到喜事二字，覺得特別刺耳，於是睜開眼睛看著永蓮說：「有什麼喜事值得大驚小怪的！要是換了別人，魂都被妳嚇跑了，究竟是什麼事情呀？快說給我聽聽。」

永蓮也覺得自己魯莽，便笑著認錯說：「我是因為太高興，才會這樣的。沒想到驚嚇了公主，真是我的罪過。可是這件事，是出人意料的喜事呀！現在我先不說，三公主是聰明絕頂的人，妳猜一猜，知道是什麼事嗎？」

妙善公主聽她說話也笑著說：「妳這機靈鬼，就會裝瘋賣傻，我又沒有未卜先知的本領，那能猜得到妳心裡的事？妳不說算了，好在我不一定要知道那些閒事，還可以省些精神呢！」

永蓮看她又要入定了，便說：「好，好，好，我說還不行嗎？大王自從上次派長次兩位公主來勸導妳之後，知道妳意志堅決，就不再干涉妳的想法了，准許妳捨身空門。又聽從了二位公主的請求，將城外耶摩山下的金光明寺給公主做清修的地方。三公主呀，妳想這不是一件天大的喜事嗎？」

妙善公主聽了，也暗自高興，但怕她的話不可靠，便試她說：「永蓮呀，妳不要編造這些謊話來哄我，我不信。」

永蓮急了說：「好公主呀！我伺候了妳這麼長時間，哪一次騙過妳？我所說的事，是千真萬確的，現在大王已經撥國庫的錢修葺金光明寺，還派了大駙馬爺做督造大臣呢！好公主，妳要是再不相信，那我只好對天發誓了。」

妙善公主一聽她這樣說，知道永

**慈容十四現**

版畫 安徽 明代

世間信徒根據《妙法蓮花經·觀世音菩薩普門品》的記載，繪製「三十三觀音」圖像，來印照觀音菩薩普度眾生，幻化各種形象去度劫濟苦時的法像。這三十三幅觀音畫像不僅在中國宗教繪畫道釋人物中出現，而且在日本的《佛像圖繪》一書中也有刊登，中間的稱謂和名目跟中國佛教經典所載一致。本圖所繪的觀音菩薩「慈容十四現」是清代戴王瀛刊本《慈容五十三現》中的一幅。不過今天慈容五十三現已成殘本，只收集了「四十二現」。圖中收有善財、龍女參拜的圖樣，不同於世間流傳的觀音三十三座法像。

蓮剛才的話完全是真的，不禁喜上眉梢，雙手合什說：「畢竟父王是仁慈的人，還是成全了我的意志。今天他大興土木，重修金光明寺，這一場不小的功德，將來會有好報的！」

永蓮又插嘴說：「這件事雖然是喜事，可是三公主日後在金光明寺修行時，一定要多找些獵戶住在附近呀。」

妙善公主說：「這是為什麼？找獵戶與修行有什麼關係？」

永蓮說：「公主有所不知呀，那金光明寺以前本來是有僧人居住的，後來因為耶摩山中出了猛虎，時常吃人，才把他們嚇跑了，如今成了廢棄的寺廟。公主要是住在那裡，萬一猛虎又出現了，那該如何是好呀？」

妙善公主聽後，並不害怕，笑著說：「那不要緊，猛虎是山中之王，是有靈性的，所以佛祖曾封它為巡山夜叉。牠所吃的，都是些作惡多端的人，那些人違背了做人的道理，在猛虎的眼裡，跟禽獸沒什麼兩樣，並不是人，所以拿來吃了。要是在猛虎眼裡看來是人的話，牠絕對不會吃的，又何況我們這些皈依佛門，一心修行的人呢？」

永蓮聽了，拍著手呵呵地笑起來，說：「公主呀，這一來妳可說錯了！從前金光明寺住的，都是和尚，也是佛門弟子呀，他們一樣吃齋念佛，結果還不是有許多被猛虎吃了。難道這班和尚就不是人嗎？或者是那個巡山夜叉，一時沙子迷了眼睛，才弄錯了？這就是一件不可理解的事情了。」

妙善公主聽了這話，哈哈大笑說：「永蓮啊！妳也算是聰明伶俐，但這一片禪機，卻是妳參不透的。妳以為每天吃齋，每天宣誦佛號，就可以算得上是修行了？我來說一個比喻給你聽。現在有一個人，吃的是齋飯齋菜，念的是佛祖真經，可是另一方面，卻在做著姦淫擄掠、殺人放火的勾當，給自己帶來無窮的罪孽。你說這種人能夠算是佛門弟子嗎？能夠修成正果嗎？

「再說和尚在表面上看雖然都是佛門弟子，他們中真心修行的，自然也不少，但也不是沒有心術不正的人混雜在內的。尋常人犯了過錯，罪孽只有五分；念佛的人犯錯了，就要加倍變成十分，這就是知法犯法，罪加一等的意思。那一班被猛虎吃掉的和尚，一定有他們的原因，要不然就是前生的冤孽未消，否則決不會遭遇這種情況的。況且外來的侵害都是自己招惹來的，倘若心志專一，外魔是決不會來侵犯你的。所以耶摩山中雖然有猛虎，對我也沒什麼影

響。牠做牠的猛虎，我做我的修行，互不相干，你放心好了。」

永蓮聽了這一大篇話，似乎心境開朗，連連點頭稱是說：「我明白了，公主呀，我願意跟隨你一起出家修行，免除一切塵世的災難和輪迴的痛苦，不知道妳願不願意帶我去？」

妙善公主說：「妳的志向，的確值得讚賞，但是修行的事情，不是那麼容易的，必須一鼓作氣地堅持下去，自然就會心無雜念。如果將來見到困難就想退縮，還不如現在就不做，到時白費了一番苦功，依舊是不能成道，又何苦呢？凡事都要善始善終，妳要修行，有沒有始終不變的毅力？」

永蓮說：「有！我跟隨公主這麼長時間，難道公主還不知道我的脾氣嗎？要是不信，我可以對天發誓。」說著真的跪下，說：「皇天在上，后土在下，一切過往神明，請為我作證。我永蓮，今天發誓修行，要是有三心兩意，半途反悔，甘願受雷打火燒的酷刑。」說完，磕了三個響頭，站起身來。

妙善公主看她如此虔誠，加上多了一個人陪伴自己清修，心中十分高興。

**香山還願**

無名氏 彩印年畫
近代

香山還願的故事來自本書的前身《香山寶卷》。該書中的情節大約與本書的妙善公主傳說相同，只是沒有這麼詳細。在山西臨汾出品的年畫中，很簡單地表現了妙莊王火燒白雀寺，妙善斷手挖眼，妙莊王治病還願以及妙善成佛等四個部分。在最後一幅上，妙善已長出千手，雖然構圖隨意，卻點龍點睛地描繪了這個神奇的傳說。

# 第十三回

# 捨身耶摩

城中的百姓，把街道擁擠得人山人海，大家知道今天是三公主捨身入寺的日子，因此一大早，就有許多人夾道迎接，都要看一看這位萬民景仰的三公主到底是什麼模樣，許多人帶著採集的鮮花，準備獻給公主。

### 阿彌陀如來像
雕塑　日本神奈川縣　高德院藏

這尊佛像寂靜的臉上還殘留著帝王般的威嚴，但眼睛已經閉上，身體已經入定。妙莊王被女兒的孝順所感動，終於皈依佛法，是為阿彌陀如來。這是日本佛教最著名，也是最大的一尊佛像——鐮倉大佛。鐮倉是日本古都。元帝國進軍日本，結果在海上遇到「神風」而全軍覆沒的事件，就發生在以鐮倉為首都的「鐮倉時代」。那時佛教昌盛，阿彌陀佛普遍受到景仰。

妙善公主見永蓮對天發了重誓，立志修行，今後又多了個清修的伴侶，心裡自然萬分高興！她知道從這一天起，離出家的日子，不會太遠了，於是便做好一切準備，專心等著剃度的日子。

再說妙莊王自從下旨招工重修金光明寺，又派了大駙馬做督造大臣，在耶摩山大興土木。這消息不久就傳遍了全國，一些善於修繕的工匠都紛紛趕來幫忙。還有一班百姓，聽說三公主捨身入空門，大王重修金光明寺，都十分敬佩她為世人獻身的精神。本來嘛，一位國王的公主，放著榮華富貴的日子不過，卻情願忍受艱難困苦，一個人冷冷清清地度過這古佛青燈的一生，那是多麼難能可貴啊！

眾百姓既然對她有了敬佩之心，於是爭著獻出收藏的奇珍異寶，點綴這莊嚴的寶剎。這也是因為國家連年風調雨順，百姓富足，所以才這樣踴躍。

材料既然豐富，工程的進展也自然順利。況且這座金光明寺，雖然長年無人居住，房屋毀壞，但還是保持了原來的規模，比起重新建造一座新的，相對來說已經容易多了。所以二月上旬開工，趁著好天氣，一路沒有耽擱，到了五月初，金殿禪房已經全部竣工，把一座斷瓦殘垣的金光明寺，修建得莊嚴肅穆，金碧輝煌，黃瓦紅牆，十分的氣派。

房屋樓宇雖已完工，但還有許多雕塑的佛

像，還沒有做成。又隔了一些時日，裡面被佈置得井井有條了，督工的大駙馬，才向妙莊王覆命。

　　妙莊王親自驗收，果然十分滿意。回宮之後，下令司儀的官員，選擇公主出家的吉日良辰。一番忙碌過後，選定九月十九日為公主捨身入寺的日子，十七日行拜別先王祖先的大典，十八日行辭朝的大典，十九日清晨辭宮入寺。一切的禮儀，都是按照佛家的規程辦理，正午由妙莊王親自到寺中，在佛前舉行剃度大禮。一切擬定之後，妙莊王才召見妙善三公主，將事情清楚地告訴了她，叫她做好準備。妙善公主謝過了父王成全的恩德，回去準備好一切。

　　到了十七號這天，妙善公主穿著公主的服飾，坐著馬車，前呼後擁的，一路來到王陵。祭拜了歷代祖先，禱告了一番，不外乎敘述出家的原因和自責，最後獻酒奠帛，然後打道回宮。城裡的百姓，由於曉得這件事，所以一路上觀望的人很多，馬車所到之處，都是一片歡聲雷動。妙善公主在車裡，只是含著笑容，雙手合什，算是與眾人答禮了。

　　到了第二天，妙莊王照常早朝，召見文武百官，這時黃門官上朝啟奏，三公主在午門外拜別朝野。妙莊王下令召她進殿。一會兒，公主上殿，跪下三呼萬歲後，匍匐在金殿的臺階上啟奏說：「女兒不孝，為了禮佛修道，不能伺候父王左右，實在罪該萬死，只求依仗佛祖的法力，能為父王增福加壽。明天我將捨身空門，所以今天特來辭別，希望父王萬壽無疆！」

　　妙莊王聽了這些話，心中萬分難受，好似萬箭穿心，不覺流出兩行老淚來！你想親生的一位聰明伶俐的公主，好不容易撫養成人，現在卻和自己斷絕關係，捨身出家，怎能不叫他難受呢？此刻只有勉強忍住了淚，安慰了妙善幾句，就下令送公主回宮。

　　妙善公主雖然意志堅定，但十多年的養育之情，卻不能完全捨棄，也覺得依依不捨。回到宮中，坐了不一會兒，長公主妙音，二公主妙元也都來了。大家手足情深，殷勤敘話了一番，直到晚上才離開。

　　妙善公主事先已經安排妥當，此刻反而沒有事幹。這次出家，除了有保姆和永蓮二人作伴，廚房裡的十來個人也願意相隨。他們也不管大王同不同意，各自收拾著東西，準備明天跟三公主一同出宮。他們這樣做一來是因為妙善為人和善，大家心悅誠服；二來多少有一點佛心慧根，所以願意拋棄世上的繁華，去過清淡的生活。

慈容三十
三現
茫茫夢裏
去遊南五
十三參發
指端大士
臂長衫袖
短善財腳
瘦艸鞋寬

**慈容三十三現**

版畫 安徽 明代

世人皆知，觀音菩薩的法像旁，總有一童子拜觀音之像，這就是善財童子。這善財童子是福城一長老之子，他因受文殊菩薩點化，發願歷參五十三善知識，後來被彌勒菩薩度化收為弟子（見《華嚴經·入法界品》）。本圖題有「五十三參」和「善財」的字樣，表示此圖是善財童子求知觀音菩薩的畫像。圖中觀音菩薩頭戴金箍，金環穿耳，金珠掛胸，身著衲衣，赤足而立在手托著一個小盂，右手持楊柳枝蘸聖水以救天下眾生。身旁站著一個黑髮赤足的童子，身著裙袍，衣帛垂地，在那裡雙手合十，向菩薩作禮，正是：茫茫夢裏去遊南，五十三參發指端；大士臂長衫袖短，善財腳瘦草鞋寬。

一夜無話，第二日五更起床，盥洗完畢，公主仍舊穿著宮裝。窗外紅日初昇，宮女來報說：「所有的事務都已經辦理妥當，請公主示下。」妙善公主向宮門行了大禮，正準備到妙莊王寢宮去辭行，忽然看到妙音、妙元兩位公主走來，異口同聲的說：「我們奉了父王的命令，特地來送三妹妹，父王要你不必進宮辭行了。」

妙善公主只好向父王寢宮拜了九拜，然後與兩位姐姐作別。到底是同胞姊妹，骨肉情深，依依不捨的說了一番傷感的話，才心情黯淡地上了馬車。長次二位公主也乘車相送。

走出宮門，只看見到處敲鑼打鼓，梵音高唱，幡旗飄舞，羽葆後隨。宮女手提香爐，裡面燃著奇異的薰香，煙霧繚繞，直上九霄；伴駕的花籃，插著美麗的鮮花，清新的香氣彷彿在空氣中凝結。保姆和永蓮，手執白玉如意和

鹿尾拂塵，陪伴在左右。迦葉大將軍，帶著三百名御林軍衛士，一路護送。長次二位公主的馬車，也在宮女們的簇擁下緩緩前行著。

城中的百姓，把街道擁擠得人山人海，大家知道今天是三公主捨身入寺的日子，因此一大早，就有許多人夾道迎接，都要看一看這位萬民景仰的三公主到底是什麼模樣，許多人帶著採集的鮮花，準備獻給公主。觀禮的人愈聚愈多，王宮到金光明寺的一條大路，真是萬頭鑽動，舉國上下，人們都瘋了一樣。

只要公主馬車經過一個地方，那裡的人都齊聲歡呼，還把手中的鮮花拋向公主的馬車，御林軍怎麼也趕不散擁擠的人群。走了沒幾步路，車上的鮮花，已堆得小山似的，遠遠看去，馬車像是用鮮花紮成的一樣，周圍香霧縈繞，一派壯觀的景象。

出了城門，大隊人馬緩緩向耶摩山麓的方向前進，遠處的耶摩山，雖然算不上是高峻偉岸，但也是雄奇秀美。距城十哩，遠離塵世的喧囂，天生是一塊修真禮佛的地方。

一路走走停停，才來到山前，轉過一個谷口，放眼看去，只見面前是一座金碧輝煌的山門，順著上去是一條玉石砌成的甬道，一直達到天王殿的門前。四面環護著紅色的圍牆，屋面都是用金色的琉璃瓦蓋成，朝陽的光輝照射在上面，反射出萬道金光，直破天際，讓人不能直視，那種莊嚴肅穆的氣氛真是無與倫比。

妙善公主到了山門，便下車步行，到天王殿向四大天王、彌勒、韋馱等佛像行過禮後，再進去就看到一個很大的廣場。場上蒼松翠柏，如龍舞蟜蟠，翠傘遮天。中間是一座白玉砌成的法臺，法臺後面是大雄寶殿。臺座對面站著兩排僧尼，有三十幾個人，看見公主駕到，遣散閒人，一起下臺來迎接，原來這些人都是來投靠公主的雲遊僧人。公主在他們的簇擁下到了大雄寶殿。

殿上鐘聲響起，香燭把大殿照得燈火通明，紫金爐內香煙繚繞，紅色的木魚、青色的磬碟都擺放得整整齊齊，大家閉目合什，高唱佛經。公主拜過佛祖，念完一卷經文後，才由尼僧們引領著，來到禪堂休息。眾尼僧逐一參見，報上法名；又端上香茗，給公主解渴。

殿外一班閒人，都擠到禪堂外面，喧喧嚷嚷，鬧成一片。幸虧妙莊王駕到了，大家怕驚了聖駕，這才散去。可是這麼一來，把庭院中的花木踏壞了不少，欄杆損壞了一些，但大家對公主的熱情可見一斑了。

# 第十四回

# 斬斷六根

　　從此以後，妙善公主就成了妙善大師，安心在金光明寺中，虔心修行。每天相伴左右的有保姆和永蓮兩個人，服侍伺候的那些人，又都是原來跟著自己的宮女，所以對她來說，這金光明寺，無異是西方的極樂世界。

　　妙善公主聽到父王駕到，急忙站起身來，帶領一班僧尼，魚貫而行出了禪堂，一直來到山門外候駕。大約等了一個時辰，才看見先頭開道的騎兵，接著護衛執事蜂擁而來，轉眼間妙莊王已到，大臣們尾隨在後面。三公主帶著一幫僧尼，在路中間跪拜迎接。觀禮的百姓，也都匍匐在大道兩旁，不敢喧嘩。

　　妙莊王的御駕馬車，直到天王殿前才停下，下了車，便一路不停的走到禪堂，眾大臣在外邊候命。三位公主重新見過父王，然後在旁邊伺候著。坐了一會，妙莊王下令各殿點亮燈火蠟燭，等他焚香禱告之後，再替三公主完成剃度大禮。下面一聲答應，過了不多時，來報一切已經預備妥當。

　　妙莊王起身，帶著三位公主來到正殿，文武百官在後面跟著。正殿上香之後，又到羅漢堂和伽藍閣，都上香禱告一番。其餘天王殿等地方，派大臣代為祈福，然後回到大雄寶殿。

　　尼僧們已開始撞鐘擊鼓，朗聲唱經了，妙莊王在中間坐下，妙音公主站在上首，手中捧著一個玉盤，盤中放著一把鋒利的金刀；妙元公主站在下首，手中捧著一個缽盂，盂中盛了半盂清水；保姆、永蓮也站在兩旁，一個手捧黃色袈裟，一個手拿僧鞋僧帽；大家都屏住呼吸，凝聚心神，四周一下寂靜無聲。三公主已換了平民百姓的服飾，混雜在僧尼的隊中，一同念著法經。

　　觀天象的司儀官跑上殿來，奏稱良辰吉時已到，妙莊王便宣妙善公主上殿，開始大典。只看到執事的隨人在前面舉著一對經幡大旗，提著一對香爐，引著三公主從僧尼中走出來，到妙莊王面前跪拜下去。

　　妙莊王開口說：「兒啊！現在我和妳還是父女，等一會兒就是陌路人了！但願妳出家之後，能刻苦修行，光大佛門，使後世的人都景仰妳的風采，願妳能得道正果，肉身成佛！更願妳能宏揚佛

法，救度世間的苦難！現在妳先到佛祖面前虔誠禱告，
然後父王爲妳剃度。」

　　公主拜了三拜，站起身來，走到佛祖面前，三叩九
拜，心中默默祈禱，發過出世的宏願。然後回到妙莊王
跟前跪下，妙莊王從白玉盤中取出金刀，將妙善公主的
頭髮四下分開，露出腦門，在她頭上剃了三刀，不由得
一陣心酸，眼中久藏的兩股熱淚，奪眶而出，手中的
刀，也因雙手震顫，搖搖欲墜，心中雖有千言萬語，嘴

### 慈容三十五現
#### 版畫　安徽　明代

　　本圖所繪〈慈容三十五現〉，觀音
菩薩側身靠臥在海邊的大石上，身旁放
著淨水寶瓶，中插楊柳細枝，背後有紫
竹畔蔭，菩薩安詳垂首，看石下海潮奔
湧，十分愜意，圖上題詩：「青青入座
當軒竹，黯黯懸岩屏後山；更有一般堪
羨處，夜深流水響潺潺。」字句通俗易
懂，畫中人物刻畫得神態脫俗，畫功筆
勢流暢，繼承了宋代的雕刻技法，懷疑
是臨摹複刻于龍眠居士李公麟的「為延
安呂觀文所作〈石上臥觀音〉像」。

上卻說不出半句話來。

　　旁邊執事的尼僧，看到這種情形，生怕金刀掉在地上，忙跪前一步，從妙莊王手中接過刀來，將妙善公主的頭髮，「蘇蘇」地一剃，瞬間，就變成一個光頭。

　　妙莊王又從二公主手裡取過手巾，在缽盂中蘸了清水，在光頭上擦拭了一下，親自拿過袈裟，替她披上，又賜給她僧帽。妙善當場換好，合什拜過妙莊王，站起身來，重新參拜佛祖，看上去和尼姑沒什麼區別了。

　　妙莊王見此情形，不忍久留，就下令擺駕回宮，二位公主也跟隨在後面。妙善率領群尼，一直送到天王殿外，最後都匍匐在地上告別。妙善口稱：「貧尼妙善率領全寺僧尼，恭送大王御駕回宮，願大王萬壽無疆！」

　　妙莊王與兩位公主，一聽如此稱呼，心上不由得一陣說不出的難受，話也哽住說不出來，只好將手招了一招，各自上車而去。妙善見他們走遠，才站起身來，帶領群尼回到寺中。

　　觀禮的百姓們，見大典已經完畢，再沒有什麼可看的，也扶老攜幼，呼兒覓女地紛紛散去，金光明寺這才清靜下來。

　　從此以後，妙善公主就成了妙善大師，安心在金光明寺中，虔心修行。每天相伴左右的有保姆和永蓮兩個人，服待伺候的那些人，又都是原來跟著自己的宮女，所以對她來說，這金光明寺，無異是西方的極樂世界。

　　那一班常住的僧尼，儘管也天天誦經念佛，但對於佛法的濟世宗旨卻沒有多少瞭解。因此妙善大師在自己清修參禪之後，只要一有空閒，就和她們講經說法，隨時指點。又定下每逢三、六、九日為演講之期，全寺的人都必須到講堂，聽她宣講佛法。住在附近的百姓，只要有心向佛，願意來聽的，也一概不拒絕，還會準備齋茶糕點供他們食用。

　　這樣一來，每逢三、六、九的講經日，許多窮苦的百姓，都不約而同的趕到寺中。一開始不過是想沾光吃點齋茶糕點，並不是誠心來聽講的。但妙善大師舌燦蓮花，把許多愚魯和頑劣的人，漸漸的講開了竅，大家有了些覺悟和思考，信心也建立起來。那些一開始來這裡只想得到些吃喝的人，最後竟然有了聽經學道的癖好，大有非聽不可的勢頭，並且還替她到處宣揚，所以每逢三、六、九講經說法的日子，來金光明寺的聽眾，一期比一期多。

按照常理，出家人是化緣百家，十方供養的，爲什麼妙善大師卻反其道而行之呢？這是因爲這金光明寺，有良田千頃可保衣食豐足，不需要向世人化緣過活。妙善大師的主旨，是想感化世人，光大佛門，透過這個方法，才能吸引百姓。如果不能達到目的，花再多的錢也沒有用。雖然準備些食物，但花費不了很多錢，而創造的功德，卻是非常宏大的，這又何樂而不爲呢？所以連城中的百姓也聞風而來，每逢講經的時候，耶摩山下如同趕集一樣，一片生氣勃勃的景象。

　　光陰荏苒，轉瞬之間，嚴冬來臨，北風呼嘯。窮苦的老百姓，身上沒有棉衣禦寒，禁不起冷風的侵襲，大多躲在家裡不敢出門一步。來聽講的人，也一期比一期少。妙善大師得知原因後，心生惻隱之心！於是讓人到城裡去買了許多布匹棉絮，親自剪裁，裁成大小不等的棉衣棉褲幾百件，交給全寺上下的人去縫合加工。人多力量大，用不了幾天就已經完成了。每逢講期，又在寺內安放大鍋煮粥，等到大家飽餐一頓後，再來講堂聽法。凡是沒有棉衣的人，就將準備的衣物分給他們，大家有了棉衣禦寒，有熱粥可吃，再也不愁什麼，於是聽講的人，又重新多起來。

　　受過恩惠的百姓，到處宣揚妙善大師的善心仁行，以致全國的人民，都把金光明寺當作慈善布施的場所，一些一貧如洗，無依無靠的人，竟不遠千里地趕到耶摩山，投身到金光明寺。妙善大師對大家一視同仁，要是出家的僧尼，一概收留在寺中，從來不問去留問題，只要他們想留下來，也從不趕他們走，任由他們住著，好在金光明寺禪房眾多，不愁住不下；要是窮苦的百姓來投靠的，由於男女老幼都有，寺中自然不好收留，妙善大師就每人發給柴草竹木，叫他們去山下蓋茅屋居住，每人還發給少許的本錢，讓他們自謀生計，能夠糊口生存。

　　用不了多長時間，從前淒涼冷落的耶摩山，竟然變成一個很大的村落。那裡居住的人，都受了妙善大師的恩惠，一個個感激於心，他們視她的話是金科玉律。每逢到講經的日子，無論男女老幼，都齊聚講堂，聽她宣揚佛法。因此興林國中，最早覺悟佛法的，倒是這班下層愚鈍的貧民。

# 第十五回

# 功行滿心

　　妙善大師急忙收斂心神，卻發現自己一顆心，變成一朵半開的白蓮，蓮花上面坐著一位菩薩的法身，低眉合眼。仔細一看，那位菩薩就是自己的化身，不由得歡喜不已。

**金銅觀音立像**
雕塑 尼泊爾 15世紀

　　秀氣而帶著女性美感的觀音像具有金與銅的特殊質感，古趣宜人，熠熠生輝的皮膚好像透露著佛境的資訊。袒光腳蓄髻，宛若一個舞者。這是典型的尼泊爾藝術品。尼泊爾是釋迦牟尼的故鄉、原始佛教的發源地，佛教藝術歷來發達。自中國唐朝開始，它的佛教藝術就流入了藏地。

　　耶摩山下，經妙善大師濟貧救苦之後，已變成了一個有模有樣的村落。一般貧苦的人們，做做小本生意，倒也足以養家糊口，安居樂業。這一切都出於妙善大師的善心仁行所至。因此大家對她的信仰，也格外的堅誠。她的講經說法，深入人心，也格外來得容易，不久竟然變成了一個小規模的佛教集合地。妙善大師見到這樣的情形，怎麼能不歡喜的？就連永蓮的修行，也有一日千里的顯著變化。

　　有一天，永蓮告訴妙善大師說：「昨天夜裡，我在禪房打坐，忽然進入了似夢非夢的境界，魂魄像脫離了軀殼，飄飄蕩蕩向東方去了。不知走了幾千幾百里，看見許多顛沛流離的百姓聚集在海邊，一個個面黃肌瘦的。我問他們，為什麼這樣困苦不堪？他們爭著說：『我們是來自四面八方的人，只因中原年年戰亂，鬧得男不能耕，女不能織，無衣遮體，無食果腹，還逃避不了刀兵戰亂的侵擾。不得已逃亡到這裡，雖然困苦，但可以免除殺身之禍，比在故鄉的時候，已有天淵之別了。』我看他們拿樹皮草根充饑，亂草敗絮遮體，比起我們耶摩山下的那些百姓，真有天堂和地獄的區別。只可惜那邊沒有一位慈悲的大師，去拯救他們的苦難！又不能將那班困苦的百姓，立刻遷移到耶摩山下來一起感受佛祖的恩德！實在無奈。我在離開的時候，告訴他們，想要尋覓人間樂土，除非到西方興林國耶摩山下的金光明寺，受佛祖的庇護，才會免掉你們的劫難。我說完這幾句話，正準備尋路回來，不料一陣狂風吹來，頓時飛沙走石，那些困苦的百姓，忽然變成了虎豹豺狼，向我撲過

來。我正著急，忽然聽到有人喊：『永蓮，永蓮！你走火入魔了！』我聽了這句話，才收攝了心神，睜開眼睛，發現保姆在身邊呼喚，不知道這是什麼預兆呀，還望大師慈悲，指點永蓮。」

妙善大師聞言，合什當胸說：「善哉，善哉！永蓮呀！看不出你修煉得這樣迅速，居然能夠入定了。入定，就是坐禪的功夫做到了家，才能神魂離開軀體，神遊十方世界。下可看塵世的煩惱，上可見佛國的清淨。你能夠入定，應該是值得高興的事！但入定需要心志平靜，無欲無念，這樣外魔才不能侵擾；要是心中有一絲雜念，外魔立刻就隨心而至。要是動了邪惡的念頭，就會六慾之魔全來，驚擾得你不能出定，以前有很多坐禪坐成瘋癲的人，就是因為這個緣故。你在入定時看到那種情形，覺得可憐，便發慈悲心，指示他們出路，原是善念。但不該指點他們到這裡來，這樣就未免自私了些。這念頭一生，就招了外魔，出現後來許多恐怖的景象，好險呀！要不是保姆看出你走火入魔，還出不了定呢！往後要小心，不要胡思亂想，要知道這是入道的緊要關頭，失之毫釐，謬以千里呀！」

永蓮合什謝了指教之恩，又問：「平時聽大師說法，怎麼從沒有聽說過這些妙旨呀？不知道由此入道，還要經過什麼

本圖所繪觀音菩薩頭戴金箍，上嵌佛像，耳穿金環，腕帶金釧，身著緊袖上衣，下著素色長裙，手持數珠側身半跪在草壇之上，雙目微閉，笑而不語的面對一個老者。下首處老者青巾束髮，身穿皂袍，右手拄著一隻古木仙杖，左手遙指西方，正在與菩薩講經論法。有詩云：「佳人睡起懶梳頭，把得金釵插便休。大抵還她肌骨好，不塗紅粉也風流。」，告戒世人要反璞歸真，捨棄榮華，歸依三寶，這樣才能長樂長生，終身不辱。本畫線條柔和，中間老者的衣著紋路是陰刻而成，因此明暗對比強烈，使畫面動感十足，栩栩如生。

慈容三十八現
佳人睡起懶梳頭
頭把得金釵插
便休大抵還他
肌骨好不塗紅
粉也風流

樣的過程呀？」

妙善大師說：「永蓮呀，你有所不知。平時聽我說法的，都是愚鈍的人，拿這些深奧的道理講給他們聽，無疑對牛彈琴，白費心機，反而會將他們的心竅閉塞，永遠沒有開鑿的希望。我對他們說法，先要指正他們的心志，心志正了，靈台自然光明，開啓聰明之後，再講入道的玄機，他們才能領悟！這是我從不講入定的緣故。

「由入定到正果的過程，說遠不遠，說近不近，只能意授不能言傳。入定，是有了相當的道行，神魂能出竅遍遊十方，但是還不能脫離軀殼，要是入了定無法出定，用不了一會兒，軀殼就會像常人一樣腐爛；脫離軀殼的神魂，也要不了多長時間，就會分崩離析，歸於消滅。這與常人的死亡，沒什麼分別。所以你這個時期，入定之後，一定要能夠出定，由這一步做去，逐漸進步，就會達到身外身的境界。什麼叫身外身呢？就是在軀殼之外，另成一身，神魂可以與軀殼脫離。簡單說就是入定之後，不再要求出定，神魂依然凝聚，永不會分散消滅。到此一步，可脫去軀殼，得成大道了。要達到這種境界，不但要禪功深厚，禮佛眞切，還要積滿三千功德，受盡萬般苦難，才有希望。你沒聽說過佛祖當年，也受了許多魔障苦難，才得道的嗎？我們現在，功行還不到，功德未積，苦難未受，要想成道，路途遠著呢！可是只要心志堅定，是不會白練的，你能夠入定，就是證明，只要耐心修煉就行了。」

這一席話說得永蓮樂不可支，手舞足蹈起來。

永蓮已有如此程度，妙善大師功行的高深，自然更不用說。爲什麼她不能證果呢？只是劫難未滿，功德不足呀！她自己靈根不昧，對這件事也很清楚，卻從不向人說，只在暗中積累功德罷了。

光陰荏苒，一轉眼又是三年。一日，大師在禪房打坐，正要入定，忽然聽到有兩個人對話說：「靈臺上的蓮花開了嗎？」

另一個人說：「開了，開了！只差一位菩薩。」大師暗暗說了聲：「不好！什麼外魔，敢來侵襲。」急忙收斂心神，卻發現自己的一顆心，變成一朵半開的白蓮，蓮花上面坐著一位菩薩的法身，低眉合眼。仔細一看，那位菩薩就是自己的化身，不由得歡喜不已，眼前的景象，就完全消失了，自己仍坐在禪床上。

妙善大師明知這裡的玄機，也不向人說破，第二天早上，做完早課，她對大家說：「我蒙佛祖顯化指點，曾經說過，要想證果，必須要須彌山上的雪蓮花做引子。我自從剃度以來，每天閉門苦

修，並未出去朝過名山，哪會有得到雪蓮的機會？所以決定朝聖須彌山，順便尋訪白蓮。你們要好生修行，將來都有好處。」

大家聽了，覺得很突然，不免面面相覷。保姆和永蓮聽了，都贊成她的決定，並且願意結伴前往。

妙善大師聽說後很高興，將金光明寺中一切內外事務，託付給執事尼僧多利，並囑咐她說：「以後一切事情，務必和以前一樣，不要改變做法。我們這一去，多則一年，少則半年，不論是否得到雪蓮，都要回寺的。」多利一一領教。

妙善大師交代過一遍，就帶保姆和永蓮二人，回到自己禪房，收拾些衣帽糧食。她叫永蓮打開一只木箱，只見裡邊放著一整箱的草鞋，拿來一數，有一百零八雙，便一雙雙的打疊起來，紮做一捆。又拿來一只木桶，裡邊裝著不同的米穀，分別裝在三個黃布口袋裡，每人背一袋。這些都是她在御廚受苦時編織拾掇的，這次要走遠路，正好用得著。三人的衣服，打在一個包裹裡，大家在路上輪流背著，紫金缽盂，是出家人出門化緣的信號，而且是妙莊王所賜，自然格外寶貴，由大師自己帶在身旁。

三人收拾完畢，背著包囊，走到大殿上拜過佛祖，虔誠禱告了一番，就動身啓程了。全寺尼僧在後面相送，耶摩山的一班信徒，也都手持清香，來送大師朝山。

慈容四十
現不屬內外
與中間繞
蕩思惟入
魔境大丈
夫兒不自
歌翻身坐
斷毗盧頂

千手觀音　唐卡　西藏

# 往朝須彌

妙善大師等三人，自從離開了耶摩山金光明寺，取道向東而行。一路上風餐露宿，饑餓時，就在有人家的時候化緣求食，這樣走了幾天，倒也安然無事。

妙善大師等收拾好行囊，從金光明寺出發，要去須彌山中尋訪雪蓮的下落。全寺尼僧一起出寺相送，山下的一班老百姓，感激她的恩惠，聽說她要離寺遠遊，大家那裡捨得，所以攜妻帶子，擋道相留，不肯讓她們三個人過去。經過妙善大師虛心開導，言明不久就會回來，並不是拋棄大家，眾人這才放心。見她們三人意志堅決，料想是阻擋不住，只好手持清香，尾隨著一干僧尼相送，直到山外五哩，在妙善大師幾番勸阻之下，眾人才拜別回去。

妙善大師等三人，自從離開了耶摩山金光明寺，取道向東而行。一路上風餐露宿，饑餓時，就在有人家的時候化緣求食，這樣走了幾天，倒也安然無事。

直到第七天下午，來到一個地方，面前有一座高山擋住了去路，山勢險峻兇

<table>
<tr><td>慈容四十二現</td></tr>
<tr><td>版畫 安徽 明代</td></tr>
</table>

本畫中觀音菩薩頭戴披風帽，身裹衲衣，右手托腮，左手持數珠斜垂在身前，赤足靠在一塊青石上，面前一個童子正在倒身下拜，態度十分真誠。畫上題贊：「妙意童真未後收，善財到此罷南遊；豁然頓入毗盧藏，悔向他山見比丘。」這裡的「妙意」是儒童菩薩的本名。儒童曾買了五花蓮供養菩薩，又見地上不乾淨，就用自己的衣服頭巾鋪在地上，讓佛祖好走過。佛祖就告訴他，待他經歷了91個劫難後，便可以成佛了，名號釋迦文如來。（見《瑞應經》上卷）圖中的童子拜觀音就如同儒童見佛祖一樣，意在讚賞觀音菩薩法力無邊，可以指點迷津。此畫筆鋒剛勁有力，以陰刻雕青石來襯托菩薩的潔白法衣，自然天成，毫不做作。

慈容四十二現
妙意童真末後
收善財到此罷
南游豁然頓入
毘盧藏悔向他
山見此丘

### 觀音（兩幅）

齊白石　紙本國畫　近代

齊白石酷愛大寫意，號稱自己不過是明代寫意畫大師徐渭的「門下一條狗」。他筆下的寶瓶觀音構圖和筆觸都自由而隨意，瓶子畫成紅色，而且很小，觀音的身體也主要靠技法嫻熟的衣服褶皺線條構成，好像是一次速寫練筆。觀世音的美感被處理得與妙善公主截然不同，用現代人的標準來看完全像一個「村姑」。但是誰也不知道歷史上的觀世音長得什麼樣，所以也就無所謂對錯了。

惡，只有南邊一條羊腸小道，似乎可以走。三人自然選擇有路的地方走，卻忘了須彌山是在東北方向，因此耽誤了行程。

三人走入深山，山路崎嶇，行走的十分艱難。她們越走越深，不知道什麼時候才能走出深山，只是靠著不屈不撓的毅力，堅持的走著。看看天色將晚，便找到石崖下過夜。

到了第二天，黎明時分，三人背起行裝，繼續趕路，又整整走了一天，才到達山口。她們還以為正在向東面前進，不料這座山是對著南方的，依山的走向一路下去，一直通向東南方，不知不覺，越走離目的地越遠了。

這樣又過了幾天，才遇到一個村子。因為天色已晚前去借宿，碰到一位年過花甲的老人，把她們留到家裡。伺候齋飯以後，問起她們想到哪兒去？妙善大師對他說明一切，老人聽後呆了一呆說：「你們要到須彌山，可惜走錯了路。你們來的時候，不應該出戒首山南谷，而要一直沿山向北去，轉過山口，就會看見有條大路，那才是通向須彌山的捷徑。你們為什麼不

走那邊，卻出南谷，一直向南走來，就走岔了。走到這裡，已經多走了三百多哩路。要是不遇到老漢，還會越走越岔呢！」

三人聽了這番話，面面相覷。永蓮插嘴說：「老丈啊！這樣說來，我們得走回頭路了，回南谷，再向北方走。」

老漢說：「這倒不必，世上的路，原本是路路相通的，不過有遠有近罷了。何況南谷那面，不是安全的去路，深山中有很多豺狼虎豹，平時人們過山都必須集合成大隊，才敢進出。你們三人能夠平安的過了南谷，已經是萬幸了，難道要回去重入虎狼之口嗎？」

妙善大師雙手合什，說了聲「阿彌陀佛」，然後向老者說：「多謝老丈指教，我們感激不盡。現在只求你老人家大發慈悲，指引一條上須彌山的路，使我們早日到達，圓滿功行，這是功德無量的事呀！」

老漢說：「這有什麼難的？明天你們離開這裡後，一直向東北方向去，大概走五十哩後會見到一座高山，名叫神鴉嶺，翻過它，一直朝北，再走三百里路程，轉向正東方向，就是上須彌山的大路了。

「可是這座神鴉嶺，卻不是那麼容易過去的。因為山上有一群神鴉，共有二三百隻，比老鷹還要大，性情兇猛。山下鄉村的人家，每逢祭祀的時候，用的祭肉，並不煮來吃，只用來占卜吉凶。占卜的方法，也很奇特，是在祭祀完畢後，將所有的祭肉，全部拋棄在山坡上，如果落下的肉有烏鴉來搶食，那是大吉的預兆；如果當時沒有烏鴉來吃，第二天再去探視，祭肉沒有了，也認為是神鴉吃了，這是中平的預兆；要是祭肉丟在那裡，三天之內仍沒有被神鴉吃掉，那是大凶的預兆，一定要將肉剁爛了去餵狗，才能解除不祥。因此神鴉就養成了吃肉的習慣，平時沒有祭肉可以吃，神鴉就在山中搜捕野獸來充饑，要是有人在山中行走，神鴉饑餓時，也會將人啄死，共同分食。

「村民還有一個風俗，是他們對神鴉的尊敬，比敬天地還要虔誠。所以神鴉雖然掠食人畜，也不敢驅趕，獵人也不敢用弓箭對付神鴉。山中的野獸，被吃的吃了，跑的跑了，所剩無幾，神鴉吃人就成了平常事。人在被啄的時候，連抗拒都不敢，任憑他們分屍果腹了。如果有人被神鴉吃了，大家只認為這人一定做了虧心事，才會受此報應，不但不憐惜他的遭遇，還以為這樣他的罪惡，就洗清了！

## 善財朝觀音
### 版畫 杭州 明代

此畫選自萬曆31年刊版的《顧氏畫譜》。在此畫背面有作者顧野王的生平事蹟：顧野王字希馮，南北朝吳郡人士，他七歲能讀五經，九歲能作文章。時常畫古代聖賢之人，尤其善畫蟲草，他與王褒贊，當時並稱二絕。官拜黃門侍郎。本畫是當時他不用通俗筆法，以山石皴法為之，其構圖新穎，繪畫精巧，乃大家手筆。畫中巨石懸空，崖高陡峭，了無人跡，然紫竹林卻生於夾縫之中，山中祥雲出岫，月光普照，意境非凡。海浪排空，撞擊岩石，善財童子在驚濤駭浪之間，立於一片荷葉之上，雙手合什向山中靈光朝拜，仿佛觀音菩薩就在其間。只因凡人不能看見菩薩真容，惟有童子有緣，故才禮佛與狂風激浪之中。

觀音菩薩的故事

　　「要想到達須彌山，眼前只有兩條路可以走，一是回頭走南谷，二是翻過神鴉嶺。雖然兩條路一樣充滿兇險，比較起來，南谷更危險，那裡猛獸多，道路又長，不容易躲避。這邊的神鴉雖然兇猛，但過嶺的道路，只有十來哩，正午時過去，也許不會遇見神鴉。況且現在正逢祭祀期，神鴉有祭肉吃，就算遇到了，也不至於傷害你們。因此兩相比較，老夫覺得你們應該走這條路！」

　　永蓮聽了，大驚失色的說：「這麼險惡的地方，叫我們怎麼過去呀？不知道除此之外，是否還有別的路可以走？」

　　老漢說：「小路倒是很多，但是比這些還要險惡，不但有虎豹豺狼，還有妖魔鬼怪，更別想走得過去了。」

妙善大師說：「善哉，善哉！老人家的指教，一定沒錯。我們明天按照你說的路走。永蓮，不要害怕。要知道我們出家人，除了誠心修行外，其他的都與我們無關，早就應該悟透生死了。這一路上要遇上的危險，豈止這一座神鴉嶺，如果到這裡就畏懼不前，什麼時候才能到須彌山呀？一切有佛法護佑，包管你可以平安越過神鴉嶺，不用擔心。」

老者這時就告辭回去睡覺了。她們三人也打坐休息，一夜無話。第二天，起身盥洗一番後，老者又準備了早齋讓她們吃，三人謝過老者後，一路向東北方出發。

走了一程，到達山下，剛好有一條碎石路，可以拾級而上，大家心裡默誦佛號，鼓起勇氣繼續前行，直到山嶺上，也沒有遇見什麼，神鴉的影子也沒看見一個。於是轉下山坡，隱隱約約的看到數哩之外，有一個很大的村落。

妙善大師說：「善哉！你們看前面不是一個村落嗎？到那裡就好了！」

她嘴裡雖然這麼說，兩隻腳卻已經疲憊無力了。好得此時下山，要比上山時省力多了，順級而下，行程還算快，片刻之間已來到山腰。這裡是一片寬闊的平地，樹木也長得錯落有致。

此時妙善大師，實在是精力耗盡，不能再走了，想著一路上沒遇見什麼，心裡倒也安穩，以為今天可以不與神鴉遭遇了。她向永蓮等兩人說：「我們不停奔波了半天，已經走了五十來哩。現在我已經是腰酸背疼，真的走不動了。這裡的風景很好，大家不如休息一會兒再走吧！」

保姆也說：「我也走不動了，歇歇也好！」

永蓮卻不以為然的說：「大師呀，昨天老漢不是叫我們快點趕過去嗎？不要貪圖這一會兒的安閒，要是惹來意外的災難，那是不好玩的。我看還是堅持走過去的好！」

保姆說：「你又來了，我們走了這麼多路，也沒遇上什麼。難道休息一下，就會出岔子嗎？」

永蓮聽了也沒有辦法，只得放下包囊，坐在石頭上休息。突然之間鴉聲四起，把三個人都嚇呆了。

# 第十七回

# 旁生枝節

　　三個人在沙漠中行走，為那幽靜寂寞的環境帶來了一點生機。她們定力堅固，一路走來完全不覺得艱難恐懼。

　　走路有個訣竅，最忌諱的就是中途停下來休息。要是路途遙遠，在半路上覺得疲憊，可以放慢速度慢慢走，雖然勉強，但意志不會減退，最終可以走到目的地；要是一旦無力，就坐下休息，就會越休息越覺得累，連前進的意志力也減退了，重新站起來走時，會有寸步難行的感覺！

　　她們三個人都沒有走過這麼長的路，所以不知道訣竅，一坐下來，就像生了根一樣，恨不得就在這裡過夜了。總算永蓮催得急，好不容易催得妙善大師和保姆站起身來，正準備拿了包囊往前走。突然聽到頭上「哇--哇--哇」一連幾聲烏鴉叫，嚇得三人頓時沒了主意。

　　永蓮說：「常言說得好，烏鴉一叫，禍事便到，何況叫的又是吃人的烏鴉呢！我叫你們快點趕路，你們不聽，這會兒怎麼躲得過這群烏鴉。現在該怎麼辦呀？」

　　就在她說話的時候，只見四面八方的烏鴉，都聞聲飛來。整個天空都是「哇，哇」的叫聲，也不知道有多少隻。牠們好像找到了什麼可口的食物，在那裡互相慶賀似的。這麼一來，把永蓮等嚇得手足無措。到底是妙善大師道行深厚，定力堅固，這時反而坐下來，對二人說：「你們都坐下，收攝心神，不要驚慌，我自有道理。」

　　二人沒法，只好坐下，聽任烏鴉來啄食。但那些烏鴉，嘴裡雖「哇，哇」地叫，在三個人的頭上不停地來往盤旋，卻並不下來啄食。原來在異類眼中，氣定神閑的人顯得很偉大，因此不敢貿然侵犯。烏鴉不來攻擊三人，也是這個道理。但烏鴉雖不下來啄食，卻盤旋飛鳴，圍守著三個人，不肯離去，大概有半個時辰了。

　　妙善大師忽然靈臺空明，似乎有人告訴她說：「你這個人好呆呀，烏鴉飛鳴，只是想要些食物，又不一定要吃人。給牠們些吃的，等牠們去吃食的時候，不是可以脫身了嗎？」

妙善大師想到這裡，立刻將自己身上的黃布袋解開，抓了一大把穀米，用力向遠處撒去，烏鴉見了，果然都爭著去啄食。大約撒了大半袋穀米，空中已經看不見一隻烏鴉了，她這才叫過二人，帶著行李，三步並作兩步一路跟蹌的跑下山去。也不顧山路高低不平，一直跑到山下，不見有烏鴉追來，才安心緩緩的向村落前進，直走到太陽落山，才到達村莊。

村子裡的人，見三人打扮奇怪，不像是本地人，都上來圍觀詢問。妙善大師向大家說：「貧尼法號妙善，是興林國耶摩山下金光

**麒麟送子**

**無名氏 彩印年畫**
**清代**

　　古人把麒麟看作是瑞獸，而且像「鳳凰」一樣是雌雄一對的合稱，孫柔的《瑞應圖》中就說：「牡曰麒，牝曰麟」。實際上麒麟來自西域，就是長頸鹿。牠到了中原後，與印度教的獅子以及中國的龍、馬等動物相混，成了現在的模樣。而且為了表示麒麟的善良和吉祥，還讓它長了偶蹄，表示它只吃草，不吃肉，十分具有佛教涵義。麒麟有時是送子娘娘的坐騎，而送子娘娘的形象與送子觀音也時常交叉混淆，很受中國人的喜愛。

明寺的住持，要前往須彌山求道朝聖。與她們兩個人一路行來，不料路上走了岔道，幸虧遇上好心人指點，才繞道翻過神鴉嶺，來到這裡。如今天色已晚，前面又沒有村莊，不能再走，還望那一位施主慈悲，借一席之地容我們借宿一晚，討一頓齋飯來充饑，除此之外別無他求。明天一早，我們就告辭了。」

大家聽說是從神鴉嶺那邊過來的，都面面相覷。其中有好事的人問她們說：「既然你們是從那邊來，一路上是否遇到過神鴉？」

妙善大師回答說曾經遇見，又將剛才的情形說了一遍，眾人聽了，交頭接耳的談論說：「怪事，怪事！這三個人有什麼魔力，連神鴉都不敢傷害她們，莫非是神人嗎？」

有個村長模樣的人這時向眾人說：「大家不要喧嘩。這三個人，看起來不是尋常人物，她們是悟道修行的人，世間萬物，都是十分敬畏的，何況神鴉又是通靈的，自然不會難為她們。現在她們既然來到我們村子，前面數十哩又沒有人煙，我們就該好好地款待。我家裡有現成的房子，就請三位到我那裡去歇息吧。」

妙善大師等三人都合什感謝，村民們也說：「劉老漢，這次叫你占了先。三位神尼如果明天不離開的話，我們也要輪流款待，以盡地主之誼。」

說著大家散去，劉老漢便領著三人，一同來到他家裡。等她們坐下後，叫家人出來見面。他們一家人，的確都是好善信佛的人，一見家裡不請自來了三位神尼，特別欣喜，一時間端茶倒水，安排齋飯，讓三人吃了。等到天色不早，便為她們準備了一間潔淨的上房，被褥整潔，十分清爽，妙善大師等就在此打坐參禪。

一大早，劉老漢準備好早飯，請三人吃過，到三人要告辭時他還苦苦挽留。妙善大師滿懷謝意的說：「我們因朝山心切，不便久留，辜負了老人家的一片盛情，實在不好意思。我們不敢再煩擾您，只求您能指點我們前行的方向，就感激不盡了。」

劉老兒情知留也留不住，便說：「從這裡一直向北走，大概走三十哩地，會有一座小山頭，名叫金輪山。你們不必翻山過去，只需要沿著東邊走，越過山口，再向北走十七八哩，就是塞氏堡了，那裡可以投宿。但在金輪山附近，卻需要悄悄地快速過去，不能有半點停留，到了塞氏堡，就沒事了。再前面的路程，可到那邊探聽清楚。」

妙善大師三人連連稱謝，告別劉老漢後，出了村子，一路取道

向北前進。起初只看見一片廣漠的平原，除了滾滾黃沙之外，什麼都看不見，四面連水草都找不到。三個人在沙漠中行走，爲那幽靜寂寞的環境帶來了一點生機。她們定力堅固，一路走來完全不覺得艱難恐懼。試想要是常人走到這種了無生機的地方，誰也不免要心驚膽戰呢！

三人走了一程，果然看見遠處有一座山頭，蜿蜒在西北邊，雖然不大，倒也處處蒼天巨木，風景很是雄壯，那裡分明就是金輪山。她們在寂寞的荒原中行走，昂然見到一座生氣勃勃的山林，不覺得精神爲之一振，腳步也輕鬆了不少，大家鼓足勇氣向山的方向走去，不一會就到了金輪山。

只見那座山嶺，雖不高大，卻生得怪石嶙峋，奇峰疊嶂，山上碧草連天，野花飄香，好一派宜人的景象。

妙善大師看著四周的風景，口中喃喃的說：「善哉，善哉！我們走了這麼多的路，經過的山水也不少，幾時見過這麼好的風景！想不到在這廣袤的沙漠中，有這樣的好風光，可見天地造物，總是出人意表的！」

她看著這裡的風光，不覺心生愛念，流連於美景之中，忘此處要快速通過。永蓮這時在旁邊催促說：「大師，勸你不要這麼留戀不捨。劉老漢不是說過，到了金輪山下，要悄悄快速的過去，聽他話外之音，這裡一定隱藏著什麼危險，我們還是快快過去吧！不要再弄出什麼枝節來！」

妙善大師說：「劉老漢不過是這樣叮囑，又沒說有危險。我看這座山生得如此秀美，絕不至於藏著什麼妖魔鬼怪吧，何況青天白日的，看一會又會怎樣？」

永蓮說：「話雖這麼說，但到底還是謹慎點好，貪戀風光畢竟耽誤了我們朝山的行程。況且常聽大師說，六慾的心魔，都是自己招惹來的。現在大師對此山，已心生愛意；留戀不捨，又動了貪念。佛說不能隨便起一念，如今還同時生了二念，這如何了得？我們還是走吧！」

妙善大師聽了這番話，馬上警悟過來，於是收攝心神，連說：「好，好，好！走，走，走！」

可是等要走時，已經來不及了。

**佛道眾神**

無名氏 彩印年畫 清代

　　作為一個多神、多宗教的國家，中國封建時代的宗教政策通常是很有包容性的，佛、道、儒三教的融合尤其能體現這一點。譬如這幅來自山東的年畫中，就擁有關羽、伏羲、龍王、土地、泰山老母、金童玉女、地藏菩薩、藥王、天官等等來自各種宗教的神祇。觀世音尤其受到重視，一共有兩尊：一為聖觀音，在第五層；一為千手觀音，在第四層。居於觀音之上的只有玉皇大帝、關帝和釋迦牟尼三個，其他的神佛都是陪襯。由此可見清代時觀音在民間的地位已經相當崇高。

# 第十八回

# 同伴求援

永蓮心中掛念著妙善大師，首先說話：「大官人啊！我們二人雖然脫險到這裡，可是同行的妙善大師，現在卻身陷夜叉手中，生死未卜。」

妙善大師聽了永蓮的勸導，立刻收攝了心神，連連說道：「好，好，好！走，走，走！」大家匆匆上路，走了不到三十步遠，忽然聽到一陣鬼哭狼嚎的聲音，從背後黑暗的森林中傳來。三人情知不妙，回頭一看，只見一隊夜叉野鬼從樹林中直撲出來，看得大家心驚膽戰，一心只想逃跑，可是兩條腿好似生了根一樣，一步都邁不動。

看到那些魔鬼，越來越近。永蓮在這危急時刻，也顧不得什麼了，一把抓住妙善大師的手，拔腿便跑，跌跌撞撞的跑了不遠，妙善大師一個筋斗栽倒在地。這時有一個夜叉，直撲到大師跟前，一伸手把她擄了過去。

永蓮無可奈何，只好捨棄了大師，狂奔了二、三哩路，等到回頭看不見有夜叉追來，才放下心來，放緩了腳步，慢慢的向前走著，一邊尋思：「這下可完了，大師既然被夜叉擄走了，保姆老奶奶又不知下落，估計也是凶多吉少了！如今只剩下我一個人，該如何是好呀？」

正在她毫無主張的時候，後面突然有人喊：「永蓮慢走，等我一下！」

永蓮一聽是保姆的聲音，馬上停下腳步，回頭一看，果然是保姆一顛一簸地走來。永蓮急忙問她說：「老奶奶，你脫險了，大師怎樣了？」

保姆搖頭歎息說：「不要再說了，那群夜叉自從抓了大師之後，都歡呼雀躍，簇擁著她向樹林深處去了，那裡還管我。我見你逃了，所以特地趕來和你在一起，商議個救大師的方法。」

永蓮說：「夜叉鬼那麼兇惡，料想大師被他們劫去，絕沒有好結果。我與老奶奶手無縛雞之力，有什麼方法可以救得了她呢？」

保姆說：「話雖這麼說，但見死不救，不是出家人的慈悲。我想前面離塞氏堡不遠，不如我們先到那邊，找幾個善心勇敢的人，

一起商議援救大師的方法。這也是無可奈何呀，大家盡人事，安天命吧！」

　　二人商議定了，便取道向塞氏堡走去。

　　寫到這裡，為了避免讀者誤會，先把夜叉鬼的來歷述說一下。其實他們不是真鬼，而是住在山中的一群尚未開化的奇異人種。因為一直過著茹毛飲血的生活，所以身上不穿衣服。身上長著寸把長茸茸的黑毛，臉上的毛雖然比較短，但也足以蓋住皮肉了，只露出兩隻眼睛和一張血盆大口，遠遠看去，的確很讓人害怕。永蓮他們不知道實情，所以一見之下，就以為是遇上夜叉野鬼了。

　　這一群未開化的毛人，與外界隔絕聯繫，在山中獵取野獸來充饑，吃飽了不是閒遊，就是酣睡，從來不知道生產作業，也不到山外與人溝通。山外的人，如果在山前走過，不聲不響，他們在深谷中也聽不到，可以安然來往。要是被他們聽到了，便要出來和人為難了。倘若是來自遠方的人不知道這裡的厲害，誤入他們的山谷，那就休想活著出來，因為毛人生性異常殘忍，會將捉到的俘虜，開膛破肚，生吞活剝了。因此附近的居民，不到萬不得已，從不輕易的從金輪山下來往，就是必須從這裡走時，也都凝神靜氣，悄悄地過去，不敢作聲驚動他們。

　　這次妙善大師幾人從這裡經過，劉老兒雖然叮囑過，但沒有說出原因來。要是早說明了，妙善大師也不至於貪戀山色美景，和永蓮高談闊論，驚動毛人，惹出這災難來。說起來這也是她命中的一重劫難，是不能避免的！

　　保姆和永蓮兩個人，腳下不停的一路向塞氏堡走去，足足走了大半個時辰，才到了堡外。堡外正有一班人在那裡挑泥擔水，建築城牆，看見了二人，就知道是外來的，因為這裡向來沒有僧尼，所以從服飾上一見便知。他們覺得詫異，都停下手裡的工作，圍上來向二人詢問。保姆便將來歷詳細的說了一遍，接著把金輪山下的經過，妙善大師被夜叉抓去的事，告訴了大家。

　　大家一聽這話，嚇得都伸出舌頭來，半天縮不回去，

說：「好險呀！你們二位不知福分有多大，才能脫逃出來，要不然現在連命都沒了呢！」

正在眾人你一言我一語的說話時，驚動了堡內一位管事的，以為工人有什麼事在爭吵，因此跑出來大聲罵道：「你們不想做工了，在這裡吵些什麼？」

工人說：「孫大官人來了。」於是當中有一個工頭模樣的人，走上前去稟告了一番，那位孫大官人便和顏悅色地向永蓮二人說：「請二位先進堡，到我家中再商量對策。」

原來這位孫大官人，單名一個德字，是這裡的堡主，平日裡樂善好施，遠近聞名。現在看見這兩個可憐的僧尼，心中不忍，就招呼她們到家裡款待了。

保姆、永蓮二人，跟著孫德進了堡，一直到他家裡。永蓮心中掛念著妙善大師，首先說話：「大官人啊！我們二人雖然脫險到這裡，可是同行的妙善大師，現在卻身陷夜叉手中，生死未卜。求大官人大發慈悲，想個方法，搭救於她，這場功德比修橋補路，還要大呢！」

孫德聽說後，連連搖頭，一面將山中所遇的是野人並非夜叉的事，告訴了她們。一面又說：「這群毛人，與外界不相往來，彼此言語不通，又沒有情理可講，山谷中是他們的世界，誰敢去招惹他們？現在有什麼方法，可以救得了你們那位同伴呢？況且他們生性殘忍，凡是誤入山中的人，抓住後就被生吞活剝了，絕沒有生還的可能。就算有相救的方法，現在恐怕也遲了，何況是無計可施呢？我看朝山的事，只好你們二位去了，那位被擒的師父，是沒有希望了！二位再向前走，危險也多得很，必須一路當心呀！」

保姆和永蓮一聽，不由得心如刀絞，兩行熱淚，撲簌簌的直落下來。永蓮嗚咽著說：「大師啊！你一向心志專一，紅塵俗世的聲色犬馬，都不能動搖你的一片誠心。修煉到今時今日，因為貪看山色，招來一場災禍，弄到功虧一簣，怎麼不叫人可惜呀？」

保姆接過話說：「永蓮啊，你先不要一味地埋怨她。她現在雖然身處險境，但是生是死還沒有個確實的消息，我們不要放棄希望。她畢竟是個潛心修行的人，佛祖豈有不保佑的道理？佛法無邊，或許能夠化險為夷也說不定。我們雖沒有救她的方法，但我們三個人出來朝山，那有拋下她不管，我們自己去的道理？就是真像孫大官人說的，大師已經不幸被毛人所害，我們就不該獨活於世，

死也要死到一起去，才顯得我們是同心同德啊！」

永蓮說：「奶奶說得對，現在我們就回金輪山，去尋找大師的蹤跡，就算被毛人生吞活剝了，也是我們前生的罪孽未盡，報應到今生。此地不是久留之地，我們走吧！」

二人站起來，合什向孫德告辭。孫德忙起身勸阻說：「你們已經被毛人害了一個，何必憑空再送上兩個，這件事萬萬使不得呀！」

正在爭持不下，忽然喜從天降。

**千手觀音**

唐卡 西藏

無數手臂優美的律動，給這尊觀音帶上夢幻的色彩。千手觀音有很多種，形制上主要分為繁簡兩種。繁者，的確有千隻手，千隻眼；簡者只有四十隻手，四十隻眼。但兩者都符合佛教的「二十五有」（即所謂的欲界十四、色界七、無色界四），四十乘二十五，總共也正好為一千。他們都是對妙善挖眼斷手，以盡孝道的紀念。

# 第十九回

# 聖尼白象

　　她正急得走投無路，那白象卻已來到跟前，撩著鼻子，扇著耳朵，用頭在她身上摩著，很是友善，並沒有傷害她的意思。

　　保姆和永蓮兩個人，站起身向孫德告辭，要回到金輪山去尋訪大師的蹤跡。孫德急忙攔阻說：「慢著！你們已經被擒走了一個，何必再送兩個進虎口呢，天下哪有這樣的事情？何況那位被抓走的師父，我們實在是沒有能力去解救，只好聽天由命了。現在二位既然來到我家，還想重入虎口，我怎麼能坐視不管呢！這不是見死不救嗎？這不義的名聲，我實在擔當不起。今天無論如何，也不放二位離去。」

　　永蓮說：「我們自己心甘情願，與大官人毫不相干。況且我們三個人同來，如今失去了一個，不能與她同生共死，豈不是更大的不義嗎？希望大官人不要阻攔，成全我們的志願，雖死也是感恩戴德呀！」

　　就這樣一面非要走，一面就是不放行，兩邊爭持不下，正在難解難分之時，忽然有一個雜役急急忙忙地跑到院中來，口中喊著說：「大官人，堡外又來了一個僧尼，遠遠的騎著白象向這裡走來。大家懷疑就是那位失陷在金輪山中的師父，所以特來報告。」

　　永蓮插嘴說：「不可能，我們的妙善大師是徒步行走的，沒有坐騎，這一定是另外一位師父。」

　　孫德含笑說：「凡事眼見為實，我們在這裡瞎猜，如何算數？既然那邊有人過來，我們不妨一同出堡看個究竟。就算來的人不是你們的大師，既然同屬佛門弟子，也應該見見呀！」

**洗塵圖**

潘秉衡 琢玉稿本 北京

此圖中觀音菩薩騎坐象背上，手中白玉淨瓶水流不盡，噴灑在白象的頭頂。白象回頭舒展長鼻，卷住一株白蓮花，菩薩雙腳站在寶蓮中央。圖中象與菩薩動感十足，完美地構成一體，而善財童子手舞足蹈的仰望白象，更為畫面增加了幾絲生動的情趣。正如妙善大師偶得白象後，心中充滿了激動的心情，一切都躍然紙上。

二人也很贊同，便一同出了孫家，直到堡外，抬眼向金輪山來的那條路看去，只見二哩外，果然有一隻白象迎面走來，象背之上，端坐著一位僧尼。距離雖然遠，陌生人看不清楚面目，但在保姆和永蓮眼中，卻是清清楚楚，端坐在象背上的，不是妙善大師還有誰！

這一來把兩個人樂開了花，尤其是永蓮，更是手舞足蹈，牽著保姆的衣袖說：「老奶奶，你看那象背上馱著的，不是我們的大師嗎？她不但沒有遭受殺身之禍，還得到一隻坐騎，因禍得福了！往後行路有了代步，路上要順利多了。」

孫德和眾人聽了這話，都嘖嘖稱奇！永蓮的兩隻腳那裡還收得住，連蹦帶跳地迎了上去。不消片刻，妙善大師已到了堡前下了象背，與大家合什答禮。孫德讓她們三個人進堡，也真奇怪，那只白象也跟著一起走，好像養熟的一樣。

眾人回到孫德家中，重新答禮坐定，孫德說：「恭喜大師得以生還！這座金輪山，一直被毛人盤踞，凡是誤入其中的人，從來都沒有生還的，大師算是第一人了！這也是大師佛法無邊，才會有此境遇，敢問大師是如何脫險的，我們也好聆聽教誨，俯仰佛法！」

妙善大師先謝了孫家招待的盛情，然後將被擄入山中以及如何脫險的情形，詳細地說出來，聽得大家又驚又喜！

原來，她遇見毛人的時候，衣帽包囊正背在她肩頭，因為愛惜都是隨身應用的物件，不肯輕易放棄，所以那班毛人將她扛頭拽腳，擄入山中時，她仍用兩手抓著。

毛人將她拖到一個地方，只見一個極大的山洞，洞前有一片廣場，廣場的四周都是廣袤的森林，望上去一片黑壓壓的，異常可怕。毛人將她放在廣場的中央，席地圍坐在四周，口中發出嘘嘘之聲。不多時，就有更多的毛人應聲而來，男女老幼不下二百多人。男女的分別就是在裝飾的銅環，男人穿在鼻子上，女人穿在耳朵上。

他們除了用一片獸皮遮蔽下體外，完全赤裸著，兩隻腳在亂石上走也不穿鞋襪。

毛人將妙善大師團團圍住，為首擒捉大師的人，向眾人咿咿呀呀地說了半天，好像自誇勝利似的。大家聽了他的話，都歡呼雀躍，捉對兒跳起舞來，表示他們的快樂。他們越跳越起勁，足足跳了一個時辰，才覺得疲倦，最後圍坐在一起休息。那些可懼的目光

都集中到妙善大師身上，看得大師毛骨悚然。妙善自知今天身入虎穴，絕無生機。可她早已參透生死，倒也不覺得害怕，只是凝神坐著，看他們準備使什麼手段來對付自己。

這時又見許多毛人咿咿呀呀的談論，像在商議處置大師的辦法。不一會兒，其中一個毛人，看見妙善大師腳上所穿的麻草鞋，一面指給眾人看，一面不知道在說些什麼。妙善大師瞭解他的意思，將草鞋解下，那毛人就上前劈手奪去，拿在手中看了又看。隔了一會兒，又蹲下去穿在腳上，扣緊鞋帶後站起來，試走了幾步，覺得很合適，便翹起拇指在眾人面前讚揚了幾句。其餘的毛人，都十分羨慕，都伸手向妙善大師討取。

大師一想，他們喜歡鞋，好在我現成帶著百來雙，拿來送給他們，博得他們歡心，或許可以不殺我，那時就可以乘機脫身了。

打定主意，便將放草鞋的包囊打開，露出一雙雙嶄新的麻草鞋來。眾毛人一見之下，歡呼了一聲，一擁而上，七手八腳地一陣亂搶。

這一來可不好了，本來百把雙麻草鞋就不夠二百多毛人搶奪，何況在亂搶之下，有的一人搶到兩雙，有的一人搶到一雙，有的一隻都沒搶到，那些一隻也沒搶到的人卻居多數。搶到的，固然沒有問題，那一班沒有搶到的，心中氣憤那能忍受？在妒忌羨慕的心理下，眾人又起了爭奪。草鞋是微小的物品，那裡經得起毛人們大力地搶奪！你一扯，我一扯，紛紛毀壞，於是激怒了對方，撇了草鞋，扭打起來，秩序也頓時亂了。

他們拚死地對打，早不把妙善大師放在心上。妙善大師見眾毛人專心於廝打，不注意自己，暗想：此時不走，更待何時？顧不得赤著雙腳，站起來一閃身向叢林中跑去。幸虧沒人看見，她一口氣跑了一哩多地，兩腳被荊棘刺傷，血流如注，疼得難受，行走不得，而且又不知道那裡是出山的道路，心中正好生著急。

正在彷徨之中，進退維谷之際，只見前邊有一頭白象緩緩走來。妙善大師暗說：「完了，這次我命休矣！剛逃脫了毛人之手，又逢白象之災，哪還留得了性命？」

她正急得走投無路，白象卻已來到跟前，撩著鼻子，扇著耳朵，用頭在她身上摩著，很是友善，並沒有傷害她的意思。妙善大師見此情形，才放了心來，暗想：這白象莫非是佛祖特地派來救我的？於是就用手摸著白象的額頭說：「白象啊，你是來救我脫險的

此圖所畫為佛家「華藏世界」，中間有一須彌座，上有蓮台，佛祖趺坐當中，頭上華蓋高懸，背後佛宮宏大，身邊有普賢坐象，文殊坐獅和十佛浮在雲端，畫下有觀音菩薩和眾聖賢百餘尊者，表情各不相同，散佈在畫面中，如開盛會一般。其實「華藏世界」是佛祖釋迦牟尼居住的地方，在這個世界裡，最下的是風輪，風輪上面是香水海，海中有一朵大蓮花，因在香水海中的緣故，所以圖中加了一個「海」字。在《華嚴經》中記載，普賢菩薩曾告知眾弟子，這裡是如來以往修行的地方。《梵網經》也有記載說：有千葉之一大蓮花，中間是佛祖，千葉中的每一葉都是一個世界，每個世界都有一個佛祖。所以按經上所述，這個華藏世界海不是凡人能夠到達的地方，除非念佛修行，方可超脫凡身，羽化成佛，到這極樂世界。

嗎？如果是的，請你把鼻子撩三撩；要不是，我這身體與其被夜叉吃了，倒不如讓你吃了。」

說起象這個動物，在野獸中，心地算是最慈善的，而且又十分通靈。往往有小孩子被別的野獸所困，它要是看見了，總肯冒死去救，從來不作冷眼旁觀，這也是天性使然。

白象聽了妙善大師的話之後，好像懂得她的意思，果真將一條長鼻子高高地撩了三撩，大耳朵「啪啪」地扇了兩扇，低頭回應妙善大師。

這一來可把妙善大師喜得如獲至寶，連說：「善哉，善哉！你如能救我脫險，將來我朝了須彌山，得成正果，定將你度入佛門，超脫畜牲道！」

她正在說著，不料有幾個毛人，已跟蹤找來了。

華×藏×莊×嚴×世×界×海×圖

# 第二十回

# 赤足行路

何況草鞋對我有救命之恩，也萬沒有再穿的道理。譬如救命恩人，我們就該感激敬重，視他如衣食父母一樣，那才是正理。

妙善大師正和白象說話，不料毛人發現她脫逃了，跟蹤找來，後面雜訊大作。妙善大師聽了說了聲：「不好！白象呀，那邊夜叉又追來了，該如何是好呀？你要是眞有心相救，就請早些領我脫險。」

白象聽話後，毫不遲疑地伸過三尺來長的大鼻子，「嗖」地就是一捲，把妙善大師攔腰捲住，輕輕一提，提在平空，然後奮開四足，一直向前飛奔而去，速度之快，像騰雲駕霧一樣，不消片刻已走出了金輪山口。又走了三五哩地，看不見毛人追來，才停下腳步，輕輕地將妙善大師放下。

大師微微喘了一口氣，撣了撣衣上的灰塵，撫摸著白象的額頭說：「白象呀，這次多虧你了，救了我一命，現在我可以去塞氏堡，尋訪失散的兩個同伴了。你可回山好好的休養，多積些功德，等我朝山證果以後，一定前來度你，絕不食言。」

不料那白象聽後，不但不走，反而伏在地上，一動也不動。妙善暗想：這象不肯回山，難道想跟我去朝須彌山嗎？便又問：「白象呀，你既然不願回金輪山，想是要跟我去朝須彌山，你如眞有意思的話，就點頭三下。」

果然白象將頭點了三點，接著把鼻子向自己背上點了點，好像是叫大師乘坐。妙善大師十分高興的說：「善哉，善哉！看不出你倒是與佛法有緣，但是要做我的坐騎，得累你負重跋涉千里了！」

說完就爬上象背，趺坐在上面，白象站起身來，緩緩向塞氏堡行去。

大師正想到了堡中，再尋訪保姆和永蓮的下落。

### 觀音像

**無名氏 大理石雕塑 東魏**

類似天主教尖盾形的背光以及接近於伊斯蘭婦女的裝束，是這尊觀音最吸引人的地方。祂好像一個神秘的新娘，在等待成佛的幸福。大理石柔和的光澤讓祂看上去平易近人。五代十國時期，伊斯蘭教和景教（基督教的一支）陸續傳入中國，並受到歡迎。這尊高僅61公分的雕塑就是那時的代表作，兼具各種宗教的藝術風格。

她認為兩個同伴，雖然在逃命中散失，可是並不疑心她們被毛人所害。因為如果二人真的也被毛人抓去，在山上時一定會看見，如今在山中既沒有看見，一定逃到塞氏堡了。所以她打定主意到堡中去尋訪，想不到剛到附近，永蓮已迎上來了。

這時孫德等人聽了妙善大師的說話，齊聲說：「這是大師佛法無邊，才有這樣的奇遇，毫無疑問那白象一定是佛祖差遣來的。只是不知道大師為何帶那麼多的麻草鞋？」

永蓮接口說：「要說這麻草鞋的來歷嘛，苦哩，苦哩！」於是又將大師剃度前在宮中的事，仔細地訴說了一遍。

孫德等眾人頓時肅然起敬說：「想不到這位大師，是興林國的公主，生在帝王之家，卻不被榮華富貴所惑，一念誠心地修行，歷盡艱辛，不改意志，這真是千古難得，以後證果佛門，一定無疑了！可惜那些麻草鞋被毛人搶去了，此地前往須彌山還有千里路程，一路上沒得鞋換，那是不行的。三位不如在這裡小住兩日，等我命人多做幾雙僧鞋送給大師，免得以後赤足行走。」

妙善大師合掌答禮說：「多謝大官人盛情，我只有心領了，不敢接受，大官人不必多費精神。」

孫德說：「這就奇怪了，出家人本來就是受十方供養的，幾雙僧鞋算得了什麼？為什麼不肯受領呢？」

妙善大師答：「大官人只知其一，不知其二。出家人受十方供養是不錯，但衣物食品的多少，都是前世定下的，佛法有因緣，不敢過於強求。以前在宮中被罰織做草鞋，是種的前因，這次因草鞋得以脫身，逃出生天，就是收的後果。因果相抵，草鞋對於我的緣法，已經盡了，萬不可再另行種因了。何況草鞋對我有救命之恩，也萬沒有再穿的道理。譬如救命恩人，我們就該感激敬重，視他如衣食父母一樣，那才是正理；要是不感激敬重有恩之人，反而去糟蹋、凌辱他，天下哪有這樣的道理？草鞋雖不是人，但道理是相同的。所以我決定自此以後，寧願赤腳行走，也決不再穿鞋子。況且有這馴順的白象代步，就是赤腳，也不至於有什麼痛苦，所以請大官人不必費心了。」

孫德聽了此話，更是佩服，也不再強求，當下開設齋飯給三人就餐，做鞋的事也就不再提了。三人在孫德家中，歇宿了一夜，第二天吃過早齋，問清楚了前行的道路，才道謝告辭。

孫德領了一班信徒，送大師出堡。妙善大師合什告辭，上了象

背，保姆、永蓮兩人分侍左右，告別了眾人，一路向北行去。從早上到中午，走了三十多哩地，只見一片黃沙漫漫的沙漠，不見一絲人煙，遠遠的看去，無邊無際。

永蓮說：「前路茫茫，看上去何止有百里遠，不知道那裡才有棲身之所呀。我們從現在起，走到晚上，最多也不過走五十哩路，今夜該怎麼歇息呢？」

妙善大師說：「你先不要憂慮，有路只管走，走一步是一步，就算到晚上沒有棲身之所，就在這沙漠中歇息一宿，也沒什麼不可以的。現在就算妄自憂慮，也沒有什麼用，上天不會因為我們的憂慮，前途就會幻化出棲身之所來。」

永蓮聽了，也就不再說什麼，三個人一頭象，如此寂靜無聲地向前走著。

直到日落西山，還沒有看到任何山林村落。妙善大師坐在象背上，慧眼向前望去，只見數哩外，好像有人畜來往，明白那是一班遊牧的人，便說：「好了，好了！你們看，前邊不是有一隊遊牧的人嗎？我們腳下加快一點，趕到那邊去就可以休息了。」

保姆、永蓮二人起初因距離太遠，看不出什麼。又走了一程，才隱約看見，後來越走越近，那邊的人畜蓬帳，才歷歷顯現在眼前。三人很高興！等到了跟前，天色早已黑了。

妙善大師跳下象背，搶前幾步，向一個酋長模樣的人合什敬禮，說明自己的來意。正巧那班人是興林國所屬東境部落的加拉族人，他們一向居無定所，以遊牧為生，聽了妙善大師的話，知道是修行的人，自然是肅然起敬，於是將三人邀入帳中，大家席地而坐，那頭白象就伏在帳外守護著。

那班加拉族人對於三人，十分地恭敬，一番寒暄之後，就有人獻上一瓶清水，一大盤牛肉來給三人充饑。他們是一片好意，無奈三人不吃葷腥，何況這牛羊的肉呢？

妙善大師見了，連稱罪過，向那人謝道：「我自出生以來，從不吃葷腥，奉了長齋。她們二人，自從皈依佛門之後，也不吃葷，這些肉類，請收起來吧，留著自己食用，我只求一杯清水就夠了。」

那酋長說：「你們趕了一天的路，想必是餓了，這裡除了肉之外，沒有別的東西可用來充饑，這該如何是好呀？」

永蓮說：「這倒沒什麼，今天我們在塞氏堡啟程的時候，承蒙孫大官人施捨了一袋饅饅，可供我們吃幾頓了！」

妙善大師說：「他幾時給你的？怎麼我不知道呀？」

永蓮說：「就在出堡以前，我恐怕大師知道了，又要推託，所以悄悄地收起來了，以備不時之需，想不到今天就用著它了。」

妙善大師說：「你怎麼不早說？我也好謝過孫大官人。」

永蓮說：「我已替大師言謝了。」一邊說，一邊從袋中取出幾個饅饅來，大家分著吃，又喝了些水潤喉。當時帳中昏黑一片，又沒有燈火，只有那沉沉的月色，從縫隙中照著人，有些微亮的光明。三人坐禪入定，遊牧的一班人也橫七豎八地沉沉睡去，不在話下。

直到天亮，大家分道揚鑣，各奔前程。那加拉族人的行蹤，我不去管他，這邊妙善大師等三人，一路往北去，曉行夜宿，一連數日，倒也平安無事。

那一天走到一個地方，只見有一座高山擋路，離山數哩的地方，有一座村落，住著百十來戶人家。看天色已晚，三人便向村中行來，不料中間卻又起了波折。

**觀音經插圖一**

無名氏 白描連環畫
明代

　　《觀世音菩薩普門品經》是流傳於中國明代的著名版畫連環畫，於西元1432年在北京刻印。圖上的觀世音跏趺而坐，空中漂浮著琵琶、古琴、笛子等各類樂器，象徵著她說法的聲音如音樂般美妙。這是一個關於觀音的傳說：善財童子到了一個叫「險難國」的地方，在寶莊嚴城遇到了一個淫女婆須密。善財前去會她，婆須密忽然現出光明金身，原來這是觀世音在點化善財。畫中景物複雜多變，歌館酒樓，栩栩如生，是佛經插圖藝術中的極品。

應以長者身得度者即現長者身而為說法

# 第二十一回

# 糯米癒疾

　　要是別的東西，出家人沒有；三碗糯米，我們卻有，如果能救小公子的性命，出家人絕不吝惜！

　　妙善大師等三人，見天色不早，前邊又有高山擋路，看當時的情況已經來不及翻過這座山了，幸虧離山數哩的地方有個村莊，三人就逕自投村借宿來了，想順便也化些齋飯來充饑。

　　到了村中，見有一個高門大戶的人家，就知道是村中的首富。常言說：「出門要看天時，化緣須看場面。」她們三個人自然往這家門口走來。走到門前，看見門口坐著一位老者，年約六、七十歲，臉上現出憂慮的神色，兩眼直視地上，眼珠動也不動，正在那裡思量著什麼。就連三人走到他跟前，他也沒有看見。

　　永蓮性子急，搶上一步，合什向老者說：「老人家你在沉思些什麼？貧尼這廂有禮了。」

　　老者先前沒留意，忽然聽見有人說話，給嚇了一跳，抬頭看著三個人說：「哪裡的尼僧，到這裡有什麼事？突然間把老漢嚇了一跳。」

**觀音經插圖二**

無名氏　白描連環畫
明代

　　觀音菩薩袖手盤腿，坐在蓮花座上。下圖中的寶塔是喇嘛教式的，整個塔猶如淨水瓶，更下方還有無數居士頂禮膜拜。居士的裝束華貴，風帽與錦袍都是中國古代士人的樣式，可見佛教在當時是很受傳統知識分子景仰的。

妙善大師合什謝罪說：「打擾你了，還望你能恕罪。我們是興林國人氏，因立下宏願去朝須彌山，路經貴寶莊。見天色已晚，特地造訪貴府，求你讓我們借宿一晚，明天清晨就動身，決不多加打擾，還望老人家行個方便。」

老者搖頭說：「你們來得不巧，要是在往日，不要說留宿一晚，就是多留幾晚也沒事。可是現在卻不行，你們還是去別家吧！」

妙善大師說：「這就奇怪了，究竟是什麼原因，請你告訴我們吧。」

老者歎了一口氣說：「說起我家主人盧員外，可是個行善積德的大好人。平時最愛救苦濟貧，齋僧念佛，幾十年來都不改初衷，只是一直沒有一男半女。前年春天，才生了一位小公子，全家上下無比慶幸，村裡人也都說這是行善的結果。不想在本月初，小公子忽然得了腹瀉，當時請大夫診治，說是脾虛之症，不容易治好。所以難以開方下藥，服了幾副藥也是無效。在藥力到的時候，稍為好些，藥性一過，就和沒吃過藥時一樣了。據一位老醫生說：『要想治好這病，必須用三碗糯米，煎汁服下，使病人得到生機，然後才可用藥醫治。』只可恨我們這裡不產稻穀，要得到糯米，必須要翻過天馬峰，渡過碧雞河，到琉璃城，才可以找到。」

妙善大師說道：「善哉，善哉！老人家呀，你說不巧，我卻說來得正巧，這也是注定的緣分。你去告訴你家員外，叫他不要著急。要是別的東西，出家人沒有；三碗糯米，我們卻有，如果能救小公子的性命，出家人絕不吝惜！」

老者聽了，似信不信地說：「真的嗎？出家人此話當真，不可說謊！不要騙過了一宿就走人！」

妙善大師說：「那有這樣的道理，你看我那兩個同伴黃布袋中裝的，不是米穀是什麼？你快去告訴你們員外就是了。」

老者說：「既然如此，三位先在這裡坐一會兒，等老漢去通報一聲。」

說著便興沖沖地向家裡跑去，口中連喊：「員外，員外！好了，好了！小公子有救了！有人送糯米來了！」

盧員外正坐在廳上發呆，見他這神情，喝問說：「盧二，你發瘋了嗎？嘰哩咕嚕的，在那裡說些什麼呀？」

老者連忙說：「我沒瘋！真的有人送糯米來了。」於是站住了腳步，定了定神，把妙善大師的話，從頭到尾學說了一遍。

員外聽了，一躍而起，連說：「盧二！快去開了正門，我要迎接三位活佛。」

盧二哪敢怠慢，一路踉蹌地跑出來，向三人說：「我家員外要迎接三位活佛！」

妙善大師連忙說不敢，盧員外果然走出正門，向三人一拜到地，說道：「下士盧芸，不知三位法駕光臨，有失遠迎，還望恕罪！現在請三位到大廳用茶。」

妙善大師等人合什還禮說：「貧尼何德何能，敢煩勞員外迎接？只因朝山遠道而來，想打擾寶莊一晚，驚動了員外，真是十分罪過！」

盧芸便迎著三人進了大門，直到廳堂，重新敘禮後，分賓主坐定，寒暄了幾句。

妙善大師就開言說：「聽說小公子病重，必須要吃糯米漿才能保住性命，正巧貧尼袋中有粳糯米穀，只要拿來挑選一下，不要說三碗，就是三升也有。」

盧芸聽後真是喜出望外，千恩萬謝。妙善大師自己隨身帶的一袋米穀，已在神鴉嶺時散給烏鴉吃了；但永蓮身旁還有一袋米，保姆身旁也有一袋穀。她向盧芸要了一個盤子，讓永蓮把米倒在盤中，仔細挑選糯米。不一會兒，就揀了一升光景，盧芸連忙說：「夠了，夠了！其餘的請活佛收了吧！」

於是永蓮把米收進袋子裡。妙善大師又囑咐盧芸說：「這種米煮的時侯不要淘洗，以免傷了元氣，減少了效力，並且要用文火，不要讓它沸溢出來，要是溢出來了，脂膏盡失，更沒有效力了。」

盧芸一一答應，請三位隨便坐，自己親手把盤中的糯米捧到裡邊，交給老奶奶，詳細說明煮法，叫她去煮。一面安排素筵，款待三人，準備乾淨的上房，讓她們休息；一面又吩咐家人去請那位老醫生來，商議藥方。

老奶奶取了三碗米，放入瓦罐之中，配好了水，放在炭爐上煨，自己坐在旁邊看，防止它溢出來。大概有半個時辰，已經熬成了稀粥，頓時香氣撲鼻。於是把面上稀稀地盛了一碗，拿去給小公子吃。

小公子已經神氣渙散，好多天沒吃東西了，只好一湯匙一湯匙慢慢地灌下去，灌完了一碗，看他像是睡著了一樣，老奶奶很高興，便收拾了瓦罐，熄滅了爐火，回到房中，當她伸手去摸小公子

《觀世音普門品經》說：「常念觀世音菩薩咒，必轉危為安。」此圖右上角就畫有手持兵器刀槍的武將、山大王之流，在晚霞般光輝四射的觀世音身邊準備「放下屠刀，立地成佛」。他們的面前還跪著一位被劫持的商人，正在祈求菩薩的保佑。觀音的傳說中大多是勸人為善的，無論妙善公主還是印度王子，也無論是男是女，除了作為佛教教義本身的神學意義之外，「勸善」幾乎就是全部傳說的總動機，別的都在其次。

的四肢時，卻大吃一驚。

原來小公子的手腳，先前雖然不像常人那樣溫暖，卻還有一點兒熱氣。現在吃了一碗粥，反而變得冰涼，一點兒熱氣也沒有，連頭上也是這樣，看情況是已經沒氣了。

老奶奶頓時慌了手腳，一口氣跑到廳上，告訴盧芸，盧芸與妙善大師等人正在用齋，一聽這話，都嚇呆了。老奶奶以為糯米中有什麼花樣，一定要和妙善大師拚命，盧芸好不容易才勸住了。

正在紛擾不休的時候，老醫生來了，問明瞭原由，便說：「你們先不要吵鬧，讓我進去診一診，就明白了。」

於是與盧芸和老奶奶一起進去，診了小公子的脈，對盧芸說：「恭喜員外，小公子有生機了！」

盧芸聽說後雖然很高興，但不知道為什麼會表現出這種狀況，就問老醫生：「大夫呀，這孩子手腳冰冷，氣如遊絲，分明是個死兆，為什麼反而說有生機了呢？」

老醫生答道：「員外你不知道，這叫做神氣內聚。小公子病了很久，神氣已不相屬，幸虧吃了米汁增長了元氣，所以在內部聚斂起來，外面才有這種現象。你先等他這一覺醒來，包管大有起色。」

大家聽了這話，才放下心來，老醫生又定了藥方，才回去。

妙善大師得知這種情形，心中也十分喜悅。盧芸全家都出來拜謝請罪。妙善大師說：「你們這麼好一個地方，想不到卻不出產米穀，真是個缺憾。現在我們還有幾升稻穀在袋子裡，不如送給你們做種子吧！」

或值怨賊繞　各執刀加害
念彼觀音力　咸即起慈心

# 第二十二回

# 殲除虎患

忽然聽到人聲，正是飢不擇食，狂吼了一聲，從左右兩邊直竄出來，撲向人叢中。

盧芸和家人聽了這話，高興得手舞足蹈。當時妙善大師就叫保姆把放稻穀的布袋解下來，交給盧芸，又把粳糯米穀的種植灌溉方法，詳細地告訴他們。盧芸帶領著家人拜謝，心中很是感激不盡，夜深時大家才各去休息。

第二天清晨，梳洗過後，大家在大廳相見，大師詢問起小公子的病情，果然和那位老醫生說的一樣，神志已經清楚，腹瀉也停止了，三人也替他家高興。用過早齋，妙善大師便告辭要走，盧芸那裡肯放他們離開，說：「三位這次去須彌山，一定要從天馬峰上經過，那裡半年前來了四頭猛虎，專門傷害人和家畜，因此這條路現在沒人敢走。三位又是孱弱之人，怎麼能去呢？不如先住在我家，等我懸賞徵招獵戶，進山除了猛虎，到時侯再送三位過山。一來除了虎患，二來也好報答三位的大恩大德，現在千萬不能去！」

妙善大師笑著說：「不要緊，猛虎是佛家的巡山夜

**綠度母**
雕塑 明代
西藏拉薩布達拉宮藏

綠度母為最常見的密宗觀音之變相，而且已經完全女性化。具有青春魅力的胸部、腰肢和紅唇，都已經完全和觀音真正的出身無關。左手的蓮花具有很多意義：紅色代表升天，青色代表淨土，白色代表功德，紫色代表諸佛……

**觀音送子**

彩色大像　蘇州　清代

此圖為蘇州桃花塢作坊刻繪的佳作，採用紫、紅、灰、綠、胭脂五色套印，後以水筆染臉。觀音手中抱著一個孩子，端坐於菩提樹葉壇上，頭上龍罩著光環，祥雲圍繞在四周。波濤中，蓮花盛開。善財童子站在荷葉上，龍女托著插著楊柳枝的玉淨瓶站在觀音一側。上面，韋馱和啣著念珠的鸚鵡各居一側。色彩鮮豔，製作精良。

觀音菩薩的故事

叉，我們既然皈依佛祖，牠們也決不會傷害我們的，請員外儘管放心。我們朝拜須彌山要緊，不敢耽誤，員外的盛情，我們心領了。」

盧芸還是不敢放她們走，雙方爭持不下，盧芸就說：「既然三位一定要走，那麼讓我挑選一隊精壯的莊丁，帶著武器護送三位過天馬峰，以免徒生意外。」

妙善大師推辭不過，只好由他去挑選。沒過多久，已經挑選了三十二位精壯有力的漢子，都拿著刀槍棍棒，一齊聚集在莊外。妙善大師這才告別了盧芸，帶著保姆兩人，出了莊門，坐上白象，一路向天馬峰走去。盧芸與全莊老少又送了一程，才停下腳步，看著三個人由一隊壯丁護送著上山而去。

從這裡上天馬峰，本來有東西兩條路可以走，西邊的路比較險峻，樹木也多，野獸容易藏身；東邊的路比較平坦，樹林也少，好像平安一點。所以一班壯丁，想避免與猛虎相遇，直向東谷而

## 獅吼觀音

雕塑　明代（15世紀）　西藏拉薩布達拉宮藏

　　騎著獅子的觀音表情安詳，含笑自在。鬃毛火紅的獅子在他面前俯首帖耳，回頭乖乖聽候調遣。「獅吼觀音」是觀世音的三十三分身之一。「獅子吼」是佛教術語，在佛經中很常見，譬如《地藏菩薩本願經》中就提到釋迦牟尼在佈道之前先要發出「雲雷音，大雲雷音，獅子吼，大獅子吼……」等聲音，以威懾天龍八部、鬼怪眾生。這尊雕塑高40公分，為銅鑄鎦金，價值連城。

# 第二十四回

# 白熊靈猿

我們一跑，猴子就會追上來，牠們腳步敏捷，我們是跑不過的，那時還要被牠們所圍困，不容易對付。

永蓮入魔之後，忽然看見金甲天神，手執八棱金爪錘，闖進石洞來，照著她的腦袋就打。她這一嚇，非同小可，「哎啊」一聲尖叫，把妙善大師等二人吵醒了，看她驚慌失措的樣子，對她說：「永蓮！怎麼回事，在那裡怪叫什麼？」

永蓮這才如夢初醒，仔細一看，三個人好端端地坐在石洞中，那裡有什麼水火，更不用說有什麼天神了？才曉得一切都是幻象，便將剛才的事，向二人說明。

妙善大師說：「永蓮啊，你怎麼又走了魔呢？只怕是白天受了蟒蛇的驚嚇，所以心神才不能收斂，以至於這樣。幸虧有金甲天神把你驚醒，否則就要多損幾分功行了！」

永蓮連連稱是。看看天色已近黎明，三人便收拾好了一切，出了石洞，尋找路上山，沿途採了些野果子充饑。走到中午的時候，忽然遠遠的看見一頭大白熊，迎面走來，似乎還沒有看見她們。

妙善大師便牽著二人的手，一起逃到樹林中，悄悄地說：「我們能躲避過最好，要是躲不過，大家就倒在地上，屏住氣息，裝死人的樣子，千萬不要呼吸動彈，或許可以避過這一難。」

那只白熊走到林子附近，聞到人氣，就四下裡尋找。她們三人看見後，早就倒臥在地上，屏氣裝死。白熊一路尋到林中，一見三個人，便站住不動，看了半天，見她們無聲無息，一動也不動，真的當成了死人，便「哼哼」地叫了幾聲，以示牠的失望，然後頭也不回地走了。妙善睜眼看白熊走遠了，才招呼兩人起來。

原來熊最忌諱的就是死人，一見到死屍，就不願走近。妙善大師知道牠這種脾氣，所以用這種辦法來解難。

三人出了樹林，沿路向上走，又走了五、六哩路，覺得口乾舌燥，十分疲倦，突然發現有一條山澗小河，妙善大師說：「我們先歇息一會，舀些水來喝了再走。」

於是大家倚石而坐，永蓮取了缽盂，到河中去舀了半缽盂清

水，先遞給妙善大師喝了幾口，餘下的和保姆分了，大家席地坐下，拾起小石塊向水中扔，看那水花飛濺來取樂。

妙善大師看了，含笑說：「永蓮呀，飛石擊水，這其中也有禪機啊！你參得透嗎？」

永蓮說：「敢請大師先說。」

妙善大師說：「水本來是靜止的，被你用石子一激，變成了動態，飛濺起來，一動一靜，這裡邊就是造化的玄機呀。」

永蓮說：「不對，不對！那水原本就是動的。你看，就是我不用石子去擊它，它也會晝夜不停地在流著。石頭才是靜的，要不是我去拋擲，它絕不會自己飛到水中去呢！」

妙善大師頻頻點頭，連稱：「善哉，善哉！」

正在這時，忽然平空飛來一顆石子，「撲」地打在永蓮的額頭上。她很奇怪地說：「靜的也動了，動的原來也會靜的！」

妙善大師說：「又觀透一層！」

她們正在談論禪理，忽然對面河邊「吱、吱、吱」地跳出一群獼猴來。永蓮才醒悟剛才那一顆石子，是猴子打過來的。

那一群猴子因為看見永蓮拋石擊水，牠們就拋石來擊人。你想，這邊的三個人，怎麼經得起三、五十隻猴子的拋擊？

永蓮、保姆二人站起身來，正要逃跑，聽得妙善大師說：「不要跑！我們一跑，猴子就會追上來，牠們腳步敏捷，我們是跑不過的，那時還要被牠們所圍困，不容易對付。我想猴子這東西，生性聰明，更喜歡學人的動作，我們三人不妨一字兒排開，向前路進發，走三步拜一拜，猴子如果學我們的動作，在後面跟著，也不怕牠們來傷害我們了。」

當下大家照著大師的話去做，一字兒排開，三步一拜地向前走。猴子見她們這樣，覺得很好玩，果然學起來，也一路走著拜著，再不用石子拋擲三人了。

這三步一拜的朝山，實為妙善大師的權宜之計，後來

**蓮花手觀音**

西藏阿里
西藏後弘時期（12～13世紀）

這尊觀音十分誇張地表現了牠的原始性。牠全身裸露，冠冕中裝飾著無量壽佛坐像，右手作「與願印」，臉的樣子看起來像雷公，也像是原始性圖騰中的偶像。觀世音的形象是多變的，並不像本書中的妙善公主一樣單一，也不僅僅只有33個分身。牠是菩薩，是佛，是無處不在的神靈，所以牠也可以融於所有的文化和遺跡中，包括道家的雷神或任何民族的原始圖騰。

信佛的人，就傳爲規矩，無論朝什麼山，都由山下三步一拜地拜到山頂，淵源流傳是從這時開始的。

　　她們三人在前拜著走著，猴子也一路上跟著，就這樣走了很遠的一程。

　　忽然天空中一陣「啪啪」的聲音，刮來一陣好大的風。三人抬頭一看，只見一隻大鵬，在空中盤旋飛舞，那只鳥比尋常的要大上幾倍，眞是翼可蔽日，足亂浮雲，兩翅飛動，就扇出狂風來。

**觀音坐像**

觀音菩薩的故事

　　猴子雖然天不怕地不怕，卻怕鷹鷲之類的動物。因爲牠由上而下攻擊，不易防躲，爪牙又非常鋒利，難以抵擋，它們抓住了猴子，飛在空中，啄幾下，那猴子就得斃命。猴子要是用力抗拒，它就兩爪一鬆，從高空中將猴子摔死，然後再飛下來啄它的腦子吃。因此猴子見了鷹鷲之類，就如同老鼠見了貓一樣地害怕。何況今天遇見的是大鵬呢？

　　猴子生性極爲靈敏，牠們一聽見空中翅膀扇動的聲響，就知道對頭來了，那裡還敢學三人的跪拜，一陣「吱、吱、吱」地亂叫，紛紛四散地向叢林中逃竄，霎時間就躲得無影無蹤，一個也找不到了。

妙善大師等三人見猴子已經逃遠，也不再拜，一路緩緩地上山。走到天黑的時候，又找了一個石洞藏身，好在一路上懸崖峭壁之間，大小不等的石洞很多，所以可以隨處安身。這一晚上大家坐禪入定，各自安然無事。

次日清晨，重新上路，一連走了足足三天，才算走到半山腰。

一過山腰，景物就大大的不同了。從山下一路上來，雖然覺得山中的氣候，比平地要寒冷，但還不至於手僵足凍。這時過了山腰，卻一步比一步冷。山頂上的雪被風刮得飛下來，打到臉上就像刀割一樣；地上有水的地方，也東一塊西一塊地結成堅冰，又冷又滑，行走十分艱難。一路上除了耐寒的松柏之外，再也找不到尋常的樹木，想找些果子充饑，也找不到。

永蓮看到這番情形，暗暗叫苦，她又冷又餓，想著這樣一路地冷下去，不把渾身的血都凍起來才怪，那該怎麼辦？就連保姆見了這種情形，也有些擔憂，惟有妙善大師一片誠心地只顧往前走，就像木石一般，縱然光著腳，也毫無畏懼。

走了大半天，才看見兩棵栗子樹，上邊長著不少毛團。永蓮就去敲了幾個下來，用腳踏開分給大家吃，居然也能吃飽肚子。說來也奇怪，肚子一吃飽，身上的寒冷就減輕了不少，精神也好多了。於是又走了一程，天色昏黑，又找了個石洞過夜。

這個晚上，寒氣襲人，永蓮實在熬不住了，不住地喊冷。保姆也說：「真是寒風刺骨，讓人受不了，最好弄些樹枝，大家烤烤火才好！」

妙善大師說：「你們不要吵鬧，深夜山中那裡來的火？就算敲石點火，火光一照，就會驚動山中的野獸，野獸要是尋著火光找來，豈不是又招來災禍？所以千萬使不得，並且我們欲求成道，必須精誠專一，神魂凝聚，身體越受到痛苦，神魂也就越發地堅強，多受一番痛苦，就多增一層堅強的力量，等到受過千劫百難之後，神魂就會萬分地堅強完聚，永遠不會分散了，那時就可以成道了。成道之後，拋卻了身體，神魂即另成一個自己，大千世界，暢通無礙，具有大神通，無所不能。我們三個人，既然想成正果，一切寒冷飢餓的苦難，原本就是應當承受的，要是連這些也受不了，那裡還有正果的希望呢？我們已經歷過了不少辛苦，現在就像造塔一樣，只缺一個頂了，你們難道肯前功盡棄嗎？」

這一席話，說得二人心中恍然大悟。

# 第二十五回

# 迷津徹悟

佛祖雖身經百劫，為的是替世人消除災障。

保姆和永蓮聽了妙善大師的一席話，都覺得心地光明，寒冷也減輕了不少，於是打坐入定，過了一夜，第二天仍舊上路，這樣又走了三天。

正走著，忽然看見一座石牌坊，上刻著「勝境」兩個大字。

妙善大師說：「好了！有這一座牌坊，一定有修真的人或者廟宇了。」

三人三步一拜地進了牌坊，大概走了一哩地的光景，只見懸崖之上有一個很大的石室，石室裡面趺坐著一位長眉老者，慈眉善目，寶相莊嚴。

妙善大師向二人說：「這大概是佛祖顯化，要不然一個人在這裡修行，也一定是位有道高人。我們正該叩求他指示迷津呢！」

二人也同聲稱是，一直來到石室裡，拜倒在座下。妙善大師說：「活佛在上，弟子妙善等一行三人，從興林國來這裡朝山，拜求仙蹤聖跡，指點迷津。一直到了這裡，才遇見活佛，湊巧之極，還望活佛大發慈悲，指示迷途，使我等得歸正道，那就感激不盡了。」

長眉老者聽了這番話，睜開眼睛向三人看了一看說：「善哉，善哉！難得你們三人不辭辛勞，大老遠地來到這裡，總算是有緣人。只是我先問你，你既然拋棄了一切榮華富貴，皈依佛教，一心修行，可知道佛家清修的本旨為的是什麼？修成正果之後，你的心願又是什麼？你且一一說來。」

妙善大師說：「啓稟活佛，佛家清修的本旨，原是說眾人在世，應該沒有一點自利之心。所以佛祖雖身經百劫，為的是替世人消除災障。至於弟子的心願，是期望將來能夠脫去凡胎，走遍十方三界，救度一切苦難，使世人都歸正覺。不知道弟子的這種志向，是否符合佛家的宗旨？」

長眉老者點頭微笑著說：「原來是他在那裡故弄玄虛。但他不

這樣說，你們也不會到這裡來，一路上的魔劫也不會歷盡，不歷盡這些魔劫，就不能證道，這也是一樣不易的。」

妙善大師說：「大概樓那富律特地指點弟子來這裡拜見活佛，指點正覺的吧！」

長眉老者說：「總而言之，緣法所在，要逃也逃不掉的。今天索性我就把前因後果說給你聽吧！你的前身本是慈航大士，因為立意要救度世間苦難，所以輪迴入世，投到興林國中，才有如此慧根，如今塵劫將滿，不久就將證道。這裡的白蓮，原來是有的，現在卻已被人替你移到南海普陀洛伽山做了蓮臺，準備你日後受用。那邊的紫竹林才是你的淨土，這裡沒有你的緣分。至於證道的地方，卻還在興林國中耶摩山金光明寺。這因為要借你的證道，使一班愚民有所感動，大家好一齊歸化佛門，免受一切苦難。至於她們二個人，因緣法還沒到，還得苦修多時，但終究也會證果菩提的。」

妙善大師說：「承蒙大師指點，我們感激不盡。敢問活佛法號，以便供養瞻禮。」

**觀無量壽**

連環圖畫　清代

此圖為清初版畫《觀無量壽佛經圖頌》中的一幅。房子內，一老者和一位夫人跪在席榻上，一位高僧手執拂塵念著阿彌陀佛經。兩位虔誠的信徒的靈魂飛出體外，從蓮蕊中升至空中。他們跪拜觀世音菩薩和大勢至菩薩。觀音菩薩把甘露撒向他們，度他們前往極樂世界。

**十一面觀音立像**
雕塑 日本奈良 室生寺藏

　　十一面觀音很多見，這是日本奈良的一尊十一面觀音，面相斑駁，卻獨具匠心，刀法神妙。關於此觀音的著述很多，北周時代就有耶舍崛多翻譯的《十一面觀世音神咒經》，後來唐朝的玄奘、不空等高僧都翻譯過各種關於十一面觀音的佛經。各種版本之間雖然不免互有出入，不過都是用這個形象來隱喻人的內心經驗，以及對喜怒哀樂應該持有的平和態度。妙善公主自幼性格內向，人生際遇坎坷，但是她以寧靜的佛心對待一切，終於修成正果。

　　長眉老者說：「這倒不必，將來你自會知道。這裡我還有一件寶物送給你。」說著從懷中拿出一個白玉淨瓶，遞給妙善大師說：「此瓶你要帶回去好好供著，只要見到瓶中有水，水中長出柳枝來，那就是你成道的日子。切記，切記！此地不可久留，現在你們可以回去了。」

　　妙善大師接過那羊脂白玉的淨瓶，再拜辭謝，帶著二人走出了「勝境」牌坊，一路下山。曉行夜宿，在山中竟然沒有遇上什麼意外的枝節。

　　出了谷口，妙善大師向二人說：「這次不要再走岔了路，免得又惹魔障。」於是定了定神，辨明方向，一直向西進發。

　　就這樣走著，一天，終於來到興林國耶摩山下。

　　那些居民，一看到大師等人朝山回來，扶老攜幼地前來迎接，一時間歡聲雷動。早有人報入金光明寺中，那大小尼僧，都披著袈裟，撞鐘擊鼓，排著隊來到山下，把大師簇擁著迎入寺中。

　　妙善大師到禪堂坐定，眾尼紛紛過來參見，妙善大師便將路上的事，從頭到尾說了一遍，聽得大家眉飛色舞，不住的口宣佛號。妙善大師取出羊脂白玉的淨瓶，安放在佛前供桌上。眾尼知道這是寶物，只盼著瓶中有水，長出柳枝來，早讓大師成佛。

　　事有湊巧，在大師講說的時候，有不少閒人在聽。閒人裡邊，老少都有，其中有一個少年，名叫沈英，他生來聰明伶俐，只是一味貪玩，一天到晚地和人家開玩

笑，老實些的人，常常會上他的當。

　　他聽大師講得如此津津有味，就恨不得也趕去玩一趟。後來聽到那白玉淨瓶會自動有水，長出柳枝來，就有些不信了，暗想：「空空的一個瓶子，要是沒人去灌它和將柳枝插進去，是絕不會自生自長的。」於是靈機一動，想來與妙善大師打趣一場。但當時殿上人多，不便下手，所以溜了出去。

　　他既然有了這個念頭，那裡肯就這樣放棄呢？不過禪堂之上，整天人來人往的，晚上又關門閉戶，外人怎麼才能進去呢？所以沈英雖然想了種種方法，最終還是未能如願。

　　光陰荏苒，轉眼已經過了幾個月。這一天，沈英忽然想出一條計來。他預先準備好一罐清水，一枝楊柳，藏在隱蔽的地方，然後潛入柴房，敲石取火，把柴草點著了。無情的火焰，熊熊地燃燒起來，全寺尼僧，聽說柴房裡失火，都嚇得手忙腳亂，一齊跑到後邊，忙著打水救火。前面禪堂中，沒一個人。沈英便乘著這個機會，拿著預備好的東西，跑到禪堂，一縱身跳上供桌，將罐中的水倒入淨瓶，柳枝也插得端端整整，又擦乾淨供桌上的腳印，然後匆匆地退了出來。

　　山下居民也都趕來幫助僧眾救火，來來往往的人群，情形很雜亂，誰也不會留心沈英的行為，更不會想到這把無情火是這小子搞出來的。見他提著一個瓦罐，還當他是來救火的呢！

　　可是沈英肚子裡尋思：「現在白玉瓶中的水也灌了，柳枝也插了，照大師說，一見到這種情形，就是坐化成佛的日子。如今我弄個假的，等她明天不能坐化成佛時，就可以和她大大地開一場玩笑，那時看她還有什麼話說？」

　　再說大火幸而發覺得早，救的人又多，一會兒就被撲滅，沒有造成大的災難。忙碌了一場，已是黃昏，大家吃過了飯，收拾妥當，各自回禪房去做清課。匆忙之間，沒有誰注意供桌上的羊脂白玉淨瓶，所以沈英雖然忙碌了一場，當天卻沒有被發現。

　　直到第二天，大家起身，值日的尼僧到各處去灑掃揩拭。值大殿的性空，剛揩到供桌，發現淨瓶中的柳枝，湊上前去一看，果真是一瓶滿滿的清水。她喜出望外，放下手中的抹布，一路跑出殿來。恰好永蓮採了一束鮮花來上供，兩人撞了個滿懷，險些各摔一跤。

# 第二十六回

# 當頭一棒

一下打下去，只見有一道紅光冒出，仔細看時，紅光冉冉上升，漸漸凝聚起來，結成大師的另一法相：赤腳而立，手中捧著插楊柳枝的淨瓶。

永蓮定了定神，看著性空說：「你怎麼總是這麼莽撞？到處亂竄，究竟是爲了什麼事？把人撞得好疼呀。」

性空站穩了腳跟，雙手亂擺說：「師父呀，我看見白玉瓶中，已經有了淨水柳枝，才喜出望外，跑出來想給大師報個喜信去，沒想到匆忙之間撞了師父，還望師父恕罪。」

永蓮說：「眞的有這回事嗎？」性空說：「是千眞萬確，小尼再大的膽子也不敢撒謊！」

永蓮說：「既然如此，這花你先拿去上供，我去給大師報信。」

性空接了花回到殿上，永蓮便向大師禪房走來，只見大師正在和保姆談話，一見永蓮進來，便說：「永蓮呀，你來得正好，我正有話和你講呢！大概今天就是我坐化的日子！我昨夜入定，忽然覺得心上有一朵白蓮開放，這應該是個預兆。」

永蓮也將淨瓶中有了淨水柳枝的話說了一遍。

妙善大師說：「既然緣法到了，你們先到玲瓏閣去安排道場，就在那裡示寂吧。」

永蓮隨後去吩咐眾人預備一切，妙善大師便去沐浴更衣，換了一套莊嚴的服裝，然後徐步登臺，在居中的禪床上坐定，就像入定一樣。保姆和永蓮率領眾尼，分兩班站好，魚罄齊鳴，香煙繚繞，各念動《楞嚴經》。

再說那個少年沈英，他的天性就很頑皮，有心與大師胡鬧，所以一早就起了身，連東西也來不及吃，一口氣跑到寺中來。看見眾尼正在忙碌，又聽說大師今天果然要成佛，心中竊喜，便跑到閣上來觀看。

山上的一群居民，知道了這個消息，傳揚開來，一時間就有許多人入寺觀禮，把一座玲瓏閣，擠得水泄不通。那班尼僧個個低眉合眼地在朗誦著佛號，一班參禮的人，也都屏息站立，不敢喧嘩。

其中只有沈英看到妙善大師的情形，心中好笑說：「睡覺就老

佛弟子華岳氏敬寫
光緒四年金陵刻經處鎸板

### 十八臂觀音
#### 版畫 華嵒 清代 南京博物館藏

　　准提菩薩有十八臂，主臂作「法界印」，其餘各手分別托舉日宮太陽、月宮玉兔、如意、寶瓶等各種法器，以象徵佛法的廣大，背後的雙臂則將釋迦牟尼像高高舉起。善財童子跪拜在菩薩面前，充滿敬畏。此畫線條充沛流暢，細膩多變，金鉤鐵劃，功夫深厚。作者華嵒清代著名的「揚州八怪」之一，曾畫過西湖，尤工人物花鳥，氣派天然自由，標新立異，是難得的鬼才大家。

實地睡覺，說什麼成佛不成佛的？明明是在那裡搗鬼，讓我來嚇她一嚇，包管叫她跳起來！」

　　他打定主意，便溜到大木魚座旁拿來那個老大的魚錘，蹭到大師面前，大喝一聲，對著腦袋就是「禿」地一下，說時遲，那時快，雖然有人看見，卻來不及阻止，這一下就叫當頭棒喝。

　　一下打下去，只見有一道紅光冒出，大家只當是打破了頭，冒出來的血。仔細看時，紅光冉冉上升，漸漸凝聚起來，結成大師的另一法相：赤腳而立，手中捧著插楊柳枝的淨瓶。

　　你知道為什麼一擊之下，就會如此幻化嗎？原來大師的神魂，已修煉到不需要軀殼的地步，可是在人間待久了，被煙火塵埃薰染，泥丸宮閉塞，神魂無法脫離軀殼。等到受了意外的一棒之後，泥丸宮開啟，於是就借此脫胎而化了。沈英的頑皮，正是緣法湊巧呢！

　　永蓮走過去一摸，大師的遺體已經冰冷，於是命眾尼僧誦經念佛，自己準備和保姆一同進城，一起向妙莊王稟奏。指揮完了，二人一起下了玲瓏閣，出了正殿，一路走出山門。

　　只聽見迎面鸞鈴響的地方，飛一樣地來了兩騎快馬，上面坐著兩位官差，看見二人便問：「二位尼僧要到那裡去？我們奉了妙莊王之命，特地前來降諭，快去喚你們現任的住持出來接旨！」

保姆和永蓮還禮過後，說明一切，讓兩個官差入寺，在正殿上放了香案，大家跪聽宣旨。

原來妙莊王對於大師坐化的事，早就知道了。因他坐朝的時候，看見大師法相來到殿前，站在半空，說：「我現在已經得成正果，被佛祖封爲大慈大悲尋聲救苦觀世音菩薩，立刻就要去南海普陀洛伽山紫竹林中去觀自在了。所以特來辭駕，將來我王升天之時再來相度。」因此妙莊王降旨，將菩薩留下的肉身，供養在玲瓏閣上，永受香煙，將玲瓏閣改名爲慈悲觀音閣。大家自然遵命辦理，自有一番忙碌，不在話下。

再說耶摩山金光明寺中，保姆當然受眾人推崇做了一寺的住持，招了高明的匠人，一方面將菩薩遺留下的肉身，用上好的光明寶漆，漆起來；一方面將玲瓏閣的匾額除去，換上慈悲觀音閣的匾額，又在閣中造了一座佛龕，將菩薩的肉身供入，永受香煙。一連忙了許多天，方才完事。

興林國中，上至妙莊王，下至凡夫俗子，見持志修行，果然能夠證果成佛，於是大家都生了信念，不期地都皈依了佛門。

後來，妙莊王也被菩薩度化，歸入羅漢班中；保姆封爲保赤君；永蓮也歸南海，永侍蓮臺，就是侍香龍女。

還有那頑皮小子沈英，他自從看了菩薩成佛之後，頓時恍然大悟！他本是南方火德之精，靈氣所鍾，本來就高人一等。平時被塵世矇蔽了心竅，所以才演出種種頑皮的事端，一旦醒悟，功行超人，久後也被菩薩收在蓮臺之下，就是善財童子。

觀世音菩薩自從辭了妙莊王之後，一路雲浮風蕩，直向南海普陀洛伽山而來，不消片刻功夫，已到靈山寶境，那裡氣象萬千，果非凡俗可比。

### 龍女

雕塑　西藏拉薩　明代（15～17世紀）

　　這塊龍女浮雕的女體呈金色，窈窕婀娜，充滿神秘的圖騰美。造像的手臂自肘部以下都已經殘缺，仿佛米羅的維納斯。這塊雕刻是西藏密宗的銅鎏金吉祥物，高28公分。龍女是觀音的右脅侍，在中國民間享有崇高的聲譽，相當於釋迦牟尼身邊的阿難或原始天尊身邊的明月。因為據說她能夠給人們帶來財富，所以也叫「善財龍女」。關於龍女的傳說很多，最常見的是說她本為龍王三太子的女兒，三太子化作魚身時偶然被漁夫捕獲，販賣於市，幸得觀音菩薩派善財童子買魚放生才得救。為感謝菩薩，三太子讓自己的女兒給菩薩做侍女。由於龍女冰清玉潔、聰慧異常，還美貌可愛，她的名字時常出現在小說家筆下，譬如金庸《神雕俠侶》中的女主人公叫做「小龍女」，就有這樣的比喻意義。佛教中的龍女，傳說是護法天神婆竭羅龍的女兒，八歲時就因聽見文殊菩薩在靈鷲山說法而悟道，帶著龍身成佛，後來在觀音門下聽用。此外，也可以認為她是本書中妙善公主的女僕：永蓮。

# 第二十七回

# 中原化度

大旱雖然說是天災，到底還是人惹來的，你們這裡的一方百姓，要是尊敬天地，廣行善事，不再殺戮，歸化佛祖，上天怎會降下這等災禍，讓你們受苦呢？

觀世音菩薩自從脫胎換骨之後，辭別了妙莊王，一路腳踏浮雲，向南海普陀洛伽山而來。她此時身輕如燕，不多時，就已到了洛伽山下。這裡畢竟是靈山勝境，果然不同凡俗，奇花異草，生遍四周；珍禽異獸，相對舞蹈；白蓮池上，送來萬縷幽香之氣；紫竹林中，升起千般瑞靄。中間是一座二品蓮臺，霞光萬道，卻是空著的。菩薩到這裡，只說了一聲「善哉」，便上了蓮臺，端身趺坐在上面，這一天正是六月十九日。

所以現在民間習俗，凡是二月十九、六月十九、九月十九這三天，一律認為是觀音生日。其實，二月十九是她轉劫誕生之日，九月十九是捨身剃度之日，六月十九才是證道南海普陀洛伽山之日。習俗一齊視為生日，也是有來由的！

再說觀世音菩薩，證果蓮臺，一心觀自在，度化了妙莊王等一班人以後，與善財、龍女二人同住紫竹林中，每日講清靜大法，好不逍遙自在。

有一天，有一個僧人，叫沙門跋陀，他在西方佛國受了菩薩戒，非常想到中原傳教。如來知道他道行不深，但其志可嘉，明知道他這一去必然是徒勞無功，但並沒有勸阻。

只給了他路引牒文，讓他一路好走，這也是他命中應該有此跋涉之苦。他花費了幾年功夫，才來到了中土，雲遊各地，向眾生宣揚佛法。

那裡知道因為語言不通，中土百姓誰也不知道他在講些什麼，所以沒人去理睬他；那時候中土的百姓並不信佛教，對於僧人都視為旁門左道，就算言語相通，也絕對不會有人信他的話。因為上面的兩個緣故，沙門跋陀走遍中原各地，到處受人冷落。於是準備打道西歸，一路上順便朝山敬水。這一天恰巧到了南海，聽說觀世音菩薩在這裡，便立下心志，去向菩薩請教一切。

菩薩見他壯志可嘉，就問他中土之地的人情世故。不料沙門跋

陀說：「不能說，不能說！中原地界戰亂不絕，災難重重，到處人心險惡，爭奪侵略時有發生。弟子向他們講經說法，他們全部不能理解領悟，還把弟子當作惡人，到處受他們的奚落嘲笑。弟子受到了這樣的遭遇，倒也罷了，只可憐那班芸芸眾生，大難臨頭還執迷不悟，想度化也是無計可施，只得回歸西天向如來我佛懇求妙法，再去中土點化他們。不想經過此地，特來朝拜菩薩，還望菩薩大發慈悲，用大法力感化這一班迷途羔羊，一來使他們脫離苦海，二來也可以宣揚佛法。」

觀世音菩薩說：「善哉，善哉！這是你功行不深，言語不通的緣故。你可以先行回歸拜朝如來，以後再到東方去，我本著尋聲救苦的志願，既然知道這樣的事情，不能坐視不管，只好由我到中原去走一遭了。」

沙門跋陀拜謝過菩薩的慈悲，獨自西歸而去。觀世音菩薩吩咐善財、龍女好好看守靈山聖臺，自己便化成一個老婆婆，離開了南海紫竹林，一路向中原去了。

觀世音菩薩變作丐婦的模樣，一路上沿門乞討，接近那些愚昧且沒有心智的中土百姓。她看到各地的風氣各不相同，善良的人固然也有，頑惡的人卻占多數。那裡的男人，到底是受過聖人的教化，還略懂得些禮數，但是婦女們卻大大不同。把她們分為兩層來說，上層的貴族婦女，大都出身名門，一般會略微懂得詩書禮義，但是頤指氣使，平日在家養尊處優慣了，養成驕奢淫逸的惡習，造下了許多的惡業，逃脫不了輪迴之苦；下層的婦

**魚籃菩薩**

紙馬繪畫 清代 北京故宮博物館藏

「魚籃觀音」是著名的三十三觀音分身之一，因手提魚籃而得名。圖中的觀音頭插鳳冠，髮式與衣著都是清代仕女的模樣，樸素典雅，堪稱民間畫師眼中的美神。魚籃觀音有時也叫「馬郎婦觀音」。這是因為在傳說中，魚籃觀音在唐朝時經常化作美貌婦人示人，在金沙灘一帶手提魚籃，專門佈施饑餓的窮人。見到她的人都想和她同房，而她卻說：「如果你能在一宿中背出《觀世音普門品經》，就答應你們的要求。」於是很多人去背誦。然後她又推說要背下《金剛經》才行，然後又是《法華經》等等。後來有一馬姓公子將經文一一倒背如流。誰知新婚之夜，魚籃觀音卻化作一塊黃金鎖骨。於是大家知道原來是觀音現身，普度在慾海中沈淪的眾生。

## 法界源流圖

### 丁觀鵬 清代

　　由普門品觀音到六臂觀音，丁觀鵬畫了16幅觀音的分身，這是工筆國畫中最個大氣磅礴的一幅觀音長卷，而它也不過是整個《法界源流圖》的一部分。這16幅觀音是最典型的觀音現相，除了六臂和梵僧外，其他都是女身。在本書中，妙善公主雖然是女身，但也幻化成包括男性在內的各種分身。丁觀鵬是清朝康熙至乾隆年間的一個御用畫家，與郎世甯、唐岱等齊名。他的釋道人物功力深厚，深得皇家賞識。他所臨摹的《清明上河圖》，被皇家視為傳世珍品。尤其是他的《法界源流圖》，技藝精湛，氣貫陰陽，磅礴之勢令後人難望其項背。

女，從來沒有受過教化，一切的行為，都隨心所欲，忤逆不孝，搶奪爭鬥，哪一件沒有？他們不知道因果報應，更是可悲可歎。

於是觀世音菩薩大發慈悲，決定先向最下層的百姓說法。她的法駕一路到了中州地界，定了太室山的一個石屋做自己顯化的地方，夜裡便托夢給附近的百姓說：「明天觀世音菩薩要從這裡經過，點化有緣的人，拯救一切苦難罪惡，你們要留心等候，不要當面錯過了。遇得著遇不著，那要看你們是不是誠心了，只要一片誠心，自然就會遇到。」說完現出她的莊嚴寶相，悠然隱退。

第二天，百姓都在互相談論著昨晚的夢境，都說為什麼會有同樣的一個夢，大家覺得奇怪，在那裡議論紛紛，都懷著萬分的希望，等候菩薩的來臨。他們知道菩薩顯化時，決不會用本來面目示人的，但又不知道這次菩薩會化身為什麼樣的人物，前來點化眾生。他們因為不認得菩薩，所以只要見了一個面孔陌生的人，就認為是菩薩，大家圍著向他頂禮膜拜，往往把那個受拜之人弄得莫名其妙，直到雙方說明真相，彼此才付之一笑，一哄而散。這樣一連鬧了好幾天，誤會發生了不少，但還是不見菩薩的來臨，反而弄得大家心頭疑雲重重，就算看見了陌生人，也不敢冒昧拜認了。

其實觀世音菩薩仍舊變為一個窮苦的老婆婆，下山來到城市，一路乞求飲食，大家反而沒有留意她。

那一年正值乾旱，入夏以來，已有四十多天沒有下雨了，田中的禾苗都將要枯萎。農民們吃盡了苦頭，日夜挑水，還是杯水車薪，眼看著災情越來越嚴重，對降雨真是望眼欲穿了。假如老天再不下雨，就會顆粒無收，農民們個個憂愁焦慮，自不必說，就是城市裡的人，也愁著怎麼度過荒年。

觀世音菩薩托了缽盂，向人們乞食時，總是被人回絕說：「天這麼乾旱，今年的收成看來已經沒有希望了，我們自己還愁著明天該怎麼過活，那裡還有多餘的食物給妳這老婆婆呢？」

菩薩長歎一聲說：「大旱雖然說是天災，到底還是人惹來的，你們這裡的一方百姓，要是尊敬天地，廣行善事，不再殺戮，歸化佛祖，上天怎麼會降下這等災禍，讓你們受苦呢？就像我一個窮苦的老婆子，到這裡半天，一路乞討了數十家人，不曾求到一粒米半粒穀，足見這裡的百姓，毫無向善之心。人無善心，怎麼會有善果？這些水旱天災的降臨，誰說是不應該呢？」

這時候，有一位叫劉世顯的老人，聽了菩薩的一番話，心上一

動，暗想：「莫非這位老婆婆就是菩薩的化身嗎？」

當下上前拱手作禮說：「老婆婆說得很對，但是依照老婆婆的話，這裡的百姓因為以前沒有積善，就有今天的旱災；要是大家從今天起改過自新，這次的旱災還有得救嗎？」

菩薩說：「當然救得。上天仁慈，賜福比罰惡還要勝三分，只要人肯誠心悔過，上天決不會不寬容的。只要這裡的百姓，肯從今天起，發誓改過自新，一心向善的話，目前這場旱災，也不是沒法可救的呀！」

劉世顯聽了這一番話，再無懷疑，倒身拜下去說：「多謝觀世音菩薩顯化指點，弟子肉眼凡胎，不認得菩薩慈容，幾乎錯過。有幸蒙聽法語，頓感心竅洞開，願菩薩大發慈悲，廣施法力，普降甘霖，救了旱災，弟子甘願建廟供養菩薩、廣勸愚頑之人，使他們改惡從善，同歸菩薩座下。還望菩薩慈悲！」說著連連叩頭。

菩薩說：「劉施主，難得你一片誠心，替眾人哀求，可見你的無私之心，我如何能不答應你的請求呢？只是我看這裡的百姓，愚頑兇惡，所以化身來此點化，你回去跟眾人說，明天午時三刻，我會顯化法身，施展法力普降甘霖，叫他們親眼見到佛法無邊的力量，以此來堅定他們的信心，你再善為勸導，那就容易感化了。」

劉世顯再拜起身時，菩薩已經隱身不見。他把遇見菩薩的話，向眾人宣說。大家有些疑惑，都說：「青天白日的菩薩顯身，怎麼只有你看見，我們卻沒有看見呢？」

劉世顯說：「看見或許都看見了，只是俗眼的人認不出來而已。剛才那個托缽乞討的老婆婆，就是菩薩的化身啊！」

眾人聽了，想想果真見過這婆婆，只是不知道她是菩薩罷了，當面錯過，懊悔已經遲了。

**吉祥天女**

壁畫　唐代　敦煌第三窟

唐朝人崇拜健康的豐潤美，當時所繪的觀音像旁邊，常常有一位吉祥天女，也叫功德天，掌管著國家的安泰和眾生的幸福。她被描繪得有點像唐朝宮廷裡的丫鬟宮女，略微有些發胖。在印度神話中，吉祥天女是司命運、財富和美貌的神。佛教有很多典故來自印度教，比如觀音就源於印度教的馬頭明王。吉祥天女也有時被佛教徒借用，成為像龍女一樣的菩薩脅侍。

# 第二十八回

# 甘霖救旱

突然那白雲中間，天開一線。山頭之上，菩薩現出丈六金身，頭戴錦兜，身披袈裟，手中捧著羊脂白玉淨瓶，瓶中插著甘霖柳枝，赤著雙腳，站在光明石上。

**觀無量壽經三**
連環圖畫 清代

圖左阿彌陀佛結跏趺坐於蓮臺上，祂把恩露灑向人間。左下方觀音菩薩站在蓮臺上，祂用楊柳枝把甘露灑向作惡之人，度化他的靈魂。圖右一位和尚坐在竹椅上，手執拂塵，在念經。一位書童捧著經典伺立一旁。廊內的席楊上，一位老者雙手合什朝天曉拜。庭外祥雲繚繞，觀音菩薩、阿彌陀佛和大勢至菩薩顯身在屋檐前。

大家聽到劉世顯說托缽乞討的老婆婆，就是觀世音菩薩的化身，不覺得驚異起來。剛才確實看見過，但是誰也不知道這窮苦的婆婆，就是觀世音菩薩啊！於是有的自怨有眼不識泰山，當面錯過了良機；有的自怨不曾施捨，結個善緣。大家懊喪的情緒都溢於言表。

劉世顯講：「菩薩以慈悲救苦爲願，這些都是小事，絕不會加罪於我們的，只要以後誠心信佛就是了。菩薩說定於明日午時三刻，在此顯化寶相，爲我們祈降甘霖，你們到明天就可以瞻仰慈容，共承雨露了。」

大家聽了這話，都喜悅起來。從此傳了出去，不一會兒，

# 第二十九回

# 止貢消疫

御廚覺得十分奇怪。於是用力一劈，只見金光閃處，「書」的一聲，那蛤蜊裂開了，中間不是蛤肉，卻是端端整整的一個觀世音菩薩的法像。

馬郎聽了和尚的話，果真帶著鏟子來到妻子埋葬的地方，扒開墳頭一看，大為驚喜！那裡還有什麼屍身，卻留著一副黃金鎖子骨。

和尚說：「怎麼樣？你現在知道觀世音菩薩的法力了吧？菩薩因為這裡的百姓，不知禮義，愚矇可憐，所以特地化身美女，前來點化眾人。也是你緣法所至，傳授給你大藏《法華經》，你就該本著菩薩的宗旨，抱著宣揚佛法，勸導世人的心志，將來功德圓滿，好成正果呀！」

馬郎連連答應，說話之間，和尚已經不見了。從此，馬郎把自己的三間草屋，改作茅庵，塑起觀世音菩薩的法像供奉，但所塑的還是賣魚美女的形狀，一手提著魚籃，所以世人皆稱為魚籃觀音。又因為名義上曾嫁給了馬郎，所以又稱為馬郎婦觀音，其實都是觀自在菩薩的化身罷了。

菩薩在點化了馬郎之後，一路沿著海行走。有一天來到一個地方，看到一股怨氣沖天，聚結不散，菩薩就動了慈悲心腸，化身為一個行腳的僧人到民間去尋訪究竟。

原來此地名叫寧波，是東南海口的通航重地。這裡出產豐富，尤其是海洋珍味居多。百姓富足，家家安居樂業，又正逢開明盛世，本來沒有什麼疾苦的，可是最近幾年來，為了一件貢品，鬧得城中雞犬不寧，民怨沸騰起來。

原來這時候已經是唐朝了，唐文宗在位稱帝，他生平最愛吃海鮮，最愛吃蛤蜊。對它愛如生命，幾乎一天不能沒有這個東西，沒有蛤蜊吃就不能吃飯。蛤蜊這東西，雖然各處海口都有出產，但要算寧波出產的最為名貴，肥嫩鮮美，其他地方的不能和它相比。既然是皇帝喜歡，自然要責令寧波獻貢了。

蛤蜊是寧波的土產，寧波的漁民又多，進貢一些，本來也算不了什麼！可是為什麼鬧得民怨沸騰呢？

皇圖永固
帝道遐昌
佛日增輝
法輪常轉

**千手千眼觀音**

石刻線畫
原作遺失 清代

　　複雜如無數光芒的手，從觀音的身後伸出，指向宇宙萬物。菩薩座前，蓮花盛開，善財童子合掌參拜，龍女捧珠侍候，金剛與韋陀等佛教護法人物在兩邊聽候調遣。這是很傳統的佛教曼陀羅構圖，精美絢爛，具有神秘主義的美感。此作原為乾隆年間的石刻，距今已經有兩百多年的歷史，曾矗立在北京西直門彌勒院內。抗日戰爭時期，還有人見過此石刻。1949年後，北京城牆大拆除，彌勒院也被改為民房住宅，石刻自此遺失，不知下落。

這是因為官府差役等人狐假虎威，借了納貢這道聖旨，大大地盤剝起百姓來。漁民為了進呈貢品，自然不敢馬虎，總是先選擇一遍，然後才呈繳給收貢的差役。差役就擺出上命差遣的名目，左不是，右也不是地一味挑剔，不是嫌你選擇的蛤蜊個頭不一樣大，就是說貨色不好，總不肯爽快的過秤錄收。要是你事先送幾貫錢給這衙役，就是貨色真的不佳，他們也一樣地收下；你要是不花錢的話，他們就給你耽擱著，三天五日不給你過秤，縱然磕破了頭去求他，也是不理不睬。蛤蜊是最容易死的，幾天一擱下來，又得重新捕捉，結果還是要用錢買通差役才能過關，要是因此誤了限期，就被捉到官府，辦一個大大的罪名，包你吃不了兜著走。並且，其他的貢品，每年只獻一回或二回，次數是一定的。只有蛤蜊，卻是一年到頭不斷地要上貢，所以寧波一班漁民也是一年到頭地在獻貢的苦楚中度日。上貢些蛤蜊本來沒有什麼，但是每次都要貼上幾貫差役錢，這就太吃不消了。所以幾年之內，把那班漁民，富的弄窮了，窮的弄得要賣兒賣女，家破人亡。因為一個人的口腹之好，不知道要破了多少人家的幸福生活，說來真是可憐呀！

那麼這班漁戶未免也太笨了，難道就不能更改謀生的行當避免苛政嗎？沒那麼容易。官府事先就有準備，先將漁民的身分記錄在案，凡是登記在案的人，就逃不脫差事，並且不准中途改行，除非本人死亡，絕不能逃免。所以有很多人因為想留些產業給後代，不惜犧牲自己的性命去自殺。你想，在這種情形之下，那些百姓能不怨氣沖天嗎？

觀世音菩薩來到寧波，問明瞭情形，不住地搖頭歎息，暗想：「這一班可憐的百姓，也是前生造的孽，才有這樣的報應，如今我不救他們，他們那有脫離苦難的一天呀？」

菩薩便走到海灘上，見正好潮頭上來，許多蚌蛤都在張殼迎潮，那些漁民卻在冒死地捕捉，到處聽到一片長吁短歎的聲音。觀世音菩薩暗中運用她的法力，把自己的莊嚴寶相，深深地印入蛤蜊中去。而那些漁民，始終沒有發覺，只是捕捉夠了數，顧著前去繳納完事，好像還債一樣。

漁民正在為無法擺脫苛政，求生不得，求死不能而痛苦煎熬的時候。忽然上面下旨停止獻貢蛤蜊，並且禁止捕捉，詔各縣設立觀世音菩薩的廟宇，供養大士。

寧波的漁民，聽了這個消息，不由得喜出望外，歡呼雀躍起

圖右一位老者因為作惡，地獄之火已經向他撲來。一位手執拂塵的高僧坐在蒲團上向他講經，老人雙手合什向天跪拜，觀音菩薩、阿彌陀佛和大勢至菩薩坐在蓮花臺上顯身於屋頂上。老人的靈魂飛出體外，他坐在蓮花上，接受觀音菩薩的佛法點化，他的靈魂將超度到西方極樂世界。

來。但怎麼突然有這樣一道聖旨下來，大家還是猜測不透。後來幾經打聽，才知道其中的原因，原來多虧觀世音菩薩暗中救助，因此受恩惠的人自然免不了皈依蓮臺了。

原來那一批蛤蜊進貢入宮之後，御廚見十分新鮮，就從裡邊挑選了幾個肥大的，準備做羹奉膳。不料第一個一剖，就覺得堅如金石，再也剖不開，御廚覺得十分奇怪。於是用力一劈，只見金光閃處，「砉」的一聲，那蛤蜊裂開了，中間不是蛤肉，卻是端端整整的一個觀世音菩薩的法像，質地晶瑩通透，似玉非玉，似珠非珠，只覺得光華奪目。

御廚見了，十分驚訝，也不敢隱瞞，便拿去奏明聖上。文宗也十分驚愕，便命用金飾檀盒貯藏起來，一面下旨免貢蛤蜊了。

後來文宗召見恒正禪師，問起這件事，禪師說：「凡事沒有毫無來由的，這是菩薩想點化陛下的良苦用心，是在勸請陛下能節儉愛民。佛經上說：『應以菩薩身得度的，即現菩薩身而為說法。』」

文宗說：「菩薩身是看見了，只是沒有聽到菩薩說法。」

禪師說：「我只問陛下信還是不信？」

文宗說：「事實擺在這裡，怎麼敢不信呢？」

禪師說：「既然如此，陛下已經不用聽菩薩說法了。」

文宗因此醒悟，以後不再吃蛤蜊，並命令全天下的寺廟，都要另外開闢一殿，供養觀世音菩薩。

因為這一次的觀世音菩薩法相出現在蛤蜊中，所以世人都稱她為蛤蜊觀音。這並不是做書的胡說，這件事在《佛祖統紀普陀山志》等書中都有同樣的記載！

觀世音菩薩自從在海邊

把法相印在蛤蜊內，解救了漁民獻貢的痛苦後，便一路去往山東登州府，那裡正值盛夏時節，瘟疫盛行，死傷不斷，實在是萬分淒慘。一班庸醫，又沒有奇方妙藥可以救災去病。菩薩知道這種病是因爲正氣虧耗，被外邪侵襲所致，只有霍香可以治療。便進山採藥，變爲一個賣藥的老頭，肩背藥囊，在集市上賣藥。

那邊的百姓，一開始見了這個外來的人，沒有一個敢嘗試吃他的藥，後來有一班貧苦無錢的人，聽說他肯施診給藥，漸漸有人來求治了。果然是藥到病除，大家這才注意到他，紛紛前來求治。在兩、三個月的時間裡不知道救活了多少生靈。直到疫氣全消，菩薩才顯化寶相給智林寺優曇禪師，傳授他霍香治疫的靈方。後來優曇禪師向大家宣傳了之後，大家才知道是菩薩慈悲。於是一班受恩惠的人，各自捐錢建起了觀音庵，塑起了觀世音菩薩的法像，虔誠的供養起來。但是所塑的法像，面目打扮，雖然和別的地方的相同，但是手中不是捧著淨瓶楊柳，卻是拈著一棵藥草，這也是當地人民不忘報恩的意思，既然受了藥草的恩惠，就請菩薩拈著藥草做個紀念吧，這就是世人稱道的施藥觀音。

後世病人在危急沒有辦法的時候，往往到觀音堂去求籤問藥，實在也是淵源於此呀！

**千手千身觀音**

雕塑　日本京都
蓮華王院本堂藏

在日本京都府的蓮華王院，藏有罕見的千手千身觀音像。此觀音像不僅確實有一千只持法器的手，而且還有一千個分身，分別立在院內的三十三間堂屋裡（比喻三十三分身）。所有的塑像都用金屬製作，光輝四射，手印變幻無窮，形成一股巨大的氣勢，好像將所有觀音的傳說都統一成了一個人的神話，而妙善公主的事跡也融彙於其間。其實她的傳說來自一本名叫《香山寶卷》的書，經過元朝管道升的改寫，又經過清末曼陀羅室主人的編輯，才有了現在的詳細故事，其中很多情節是後人不斷演繹增加的，並非歷史上實有其事。

# 第三十回

# 拒寇現身

　　忽然海面風浪大作，將他們的一條小船吹得上下不定，幾乎要翻過去，把幾個東夷人嚇得魂飛魄散，不知所措。

**觀音菩薩**

無名氏　瓷塑　宋代

　　塑像細膩的衣褶縐紋幾乎雕成了鋒利的刀片。觀音的寧靜很像是居住在鄉下的一位母親，親切中帶著點冷漠。塑像頭上的冠冕幾乎是一座廟宇的頂，展現出祂的高貴。這尊瓷塑年代久遠，主要用青色與赭石色塗染，不像一般的佛教雕塑那樣絢麗多彩，但模素美觀，恰恰表現了佛學中的「無色相」哲學。

　　觀世音菩薩在登州府施藥救人，滅了瘟疫之後，當地的百姓經優曇法師宣傳後，知道是菩薩顯化救世，於是大家都捐資建造觀音庵，塑著施藥觀音供養著。菩薩便隱身在這裡歇息，閒暇的時候經常出入民間，點化有緣的人。

　　那一天，心中忽然有些感應，菩薩便施出天眼，四下一看，就明白了一切。暗想：「原來是東夷鬼子在那裡搞花樣，倒不可不去走一趟！」於是就一路向浙江地界走來。

　　原來有一班東夷國人，到中土遊歷，聽說了五臺山的勝境，便先到那邊去玩賞。那五臺山佛寺眾多，都規模宏大，所有的佛像，不是用寶石雕成，就是白玉琢就，莊嚴燦爛，五色繽紛的。東夷人生性狡猾，看到這麼多的珍寶，就動了覬覦之心。他們見法華寺中，有尊觀世音菩薩的法像，是用整塊白玉琢成的，手中捧著淨瓶，瓶中插著一朵蓮花，坐下的蓮臺，也是白玉雕成的，而且是整塊的羊脂白玉。雕就得十分工細，長有三尺左右，是稀世之寶。東夷人看在眼裡，貪念陡生，他們一商議，便乘著寺中僧人不留意的時候，偷了就走。等到寺中僧眾覺察了，那一班東夷人已經逃得無影無蹤，失去的玉觀音自然也沒了著落，只好罷休。

　　那班東夷人，自從偷得了玉觀音，一路歡天喜地的逃過來，繞道到了浙江，想由此出海，回歸本國。觀世音菩薩就在這時候受了感應，立刻動身趕來，恰好這時東夷人停船在潮音洞下，準備等天一亮就開船。

　　於是菩薩施展法力，霎時間海面上長出萬朵蓮花，綠葉隨風舞動，把海面完全遮住了，讓人辨不出東南西

北。等到天亮了，東夷人解開纜繩，卻發現竟然找不到去路。正在慌亂之中，忽然海面刮起了風浪，將他們的一條小船吹得上下不定，幾乎要翻過去，把幾個東夷人嚇得魂飛魄散，不知所措。慌亂中有人向普陀岩上看了一眼，卻看見觀世音菩薩手捧寶瓶蓮花，端端正正地站在峰巔。

東夷人到這時，才知道是菩薩在施展法力，於是狂拜哀求，願將從五臺山偷來的觀世音菩薩玉像，留在潮音洞中，讓這裡的百姓瞻禮膜拜。禱告了一番之後，頓時風平浪靜，海面上的蓮花也不見了。東夷人將玉觀音像送到潮音洞中，然後開船遠去，離開了東土大唐。

當時菩薩顯化的時候，正好有個姓張的人，親眼看見了這件事，便傳揚出去。那姓張的人又募化了一些資金，將自己的房屋，改建為觀音庵，供奉玉像，自己也皈依佛祖了。

遠近的人，聽說了這樣的奇事，都來瞻禮膜拜，因為這尊觀音玉像，不肯跟隨東夷人而去，所以世人稱她為不肯去觀音，其實仍然是持蓮觀音的寶相。那裡的海面，因為觀世音菩薩用蓮花阻止夷船，所以就稱為蓮花洋。普陀山直到現在，還是江浙一帶佛教最昌盛的地方，有小西天一說。善人善地，所以菩薩肯將這尊法像留在

**十三觀音**

雕塑　大足石刻　宋代

　　正面的主觀音作「遊戲坐」，男相而女妝，冠冕尤其絢麗。祂的身邊有十三尊觀音像，是少見的十二分身，一邊六尊，都是女性模樣，面如滿月，俊秀沈穩。觀音在歷史上有很多分身，一般有六觀音、七觀音、八觀音、十五觀音和三十三觀音、三十三應化身等。十二觀音的雕塑很罕見，僅見於大足石刻。

這裡。

再說唐朝末年，天下動亂，李克用等人殘暴不仁，弄得生靈塗炭，民怨極深。浙江臨安有個人叫錢鏐，雖然是個尋常的小人物，但生就一副忠肝義膽，練得一身好武功，看了當時的情形，心中憤憤不平，他召集鄉勇，自己組織了一支軍隊，而且屢建奇功，安定了浙江等地。但在他起兵之前，雖然有保衛家鄉的念頭，但是由於糧草兵器不容易得到，又怕弄上個作亂犯上的罪名，給錢氏蒙羞，所以他對於起兵的事，遲遲不敢下決定。

有一天，他夢見觀世音菩薩向他說：「錢鏐，錢鏐！你不要再躊躇不前。你既然有保衛鄉土的意願，拯救黎民的心志，這就是一片善念。老天保佑善信的人，就算他身經百戰也不會落敗，你快些起兵吧！」

錢鏐便將種種的困難，告訴了菩薩。

菩薩說：「你不要畏懼退縮，要知道千般手眼，只在一人。你如果不信，就跟我來！」

錢鏐只覺得眼前金光一閃，菩薩現出千手千眼的丈六金身，向他說：「錢鏐啊，你要知道，眾人要有千般手眼，才做得了千秋事業。你不要遲疑不決，儘管放膽去做，東南地界的無數生靈，都繫在你一個人身上！二十年後，你可以來天竺山中找我。」

錢鏐一夢醒來，大吃一驚，暗想：「既然是菩薩指點我，一定不會錯的。」便決定起兵，一面招集大眾百姓，告訴他們菩薩示夢的情形，一面命人畫了一幅千手千眼觀世音菩薩的法像，懸掛在家中，早晚焚香禮拜，虔誠供養。

投奔他的人，聽說有觀世音菩薩在暗中護佑，大家自然心寬膽壯，創下百戰百勝的奇功，也只為有這樣的念頭，果然保障了東南半壁江山，錢鏐也由杭州太守做到吳越王，名垂千古。

二十年後，他記起了菩薩要他去天竺禮佛的話，便向天竺山中去了。尋到天竺山上，只見一個僧人，端坐在石頭上，手中拿著一本經卷，在那裡專心地翻看。錢鏐只當是菩薩化身，便倒身下拜，口稱：「弟子遵從菩薩吩咐，才取得了今天的功績，現在東南已經沒有什麼大事了，局勢基本穩定，弟子也厭倦了榮華富貴，還望菩薩慈悲收入門牆。」

那僧人急忙還禮說：「大王不要認錯了，貧僧法號一空，因為要前去潮音洞禮佛路過這裡，幸運地遇見了菩薩，但當時卻不知

道，只看見一位僧人坐在這裡看經卷，貧僧就向他請教。他說因為與貧僧有緣，願將這《大悲心陀羅尼》、《大悲經》各一卷傳授給貧僧，並且說今天大王要到這裡來，叫貧僧在這裡等候，如果遇見大王，就順便傳話說：『現在大王功成名就，深受百姓愛戴，更應該宣揚佛法，那樣收效必然宏大，勸大王多積些功德，將來機緣到了，再來度化。』貧僧到那時才知道遇到菩薩了，禮拜一番之後，菩薩隱身去了。所以貧僧就在這裡等候大王。」

錢鏐說：「既然這樣，正是我們緣法所至。菩薩在這裡點化，想必這裡是個寶地，我想在這裡建造一座看經庵，就請大師主持一切，不知大師意下如何？」

一空和尚連聲稱善，於是這位吳越王錢鏐就撥了一筆資金，由一空招工雇匠，在天竺山大興土木，建造了一座美輪美奐的看經庵，所塑的觀世音菩薩，就是盤坐看經的樣子，座下的蓮臺就是用菩薩坐過的那塊白石雕琢成的。從此世間又有了持經觀音法像。那座看經庵由一空和尚住持。

吳越王自從聽了一空和尚轉述菩薩法論之後，除了建造這座看經庵之外，還到處興修寺院，廣宣佛教宗意，大江東西，大大小小幾百間寺院，都是由錢鏐一人興建的。

吳越地界的百姓，因為受到錢鏐的保護，能夠平安度日，因此對他的愛戴之心，自然不用說了，錢鏐既然信仰佛教，百姓們自然跟隨回應，於是大家都成了佛國的信徒。這種風氣一直流傳到現在，蘇杭一帶的百姓，信佛的人也比別處多得多。外地的人，都知道有「上有天堂，下有蘇杭」的話，把蘇杭當做佛國了。

菩薩自從點化了吳越王錢鏐之後，隨處幻化成各種人物，在民間遊歷，指點迷途，拯拔苦難，遊行自在，但世間的人卻不知道。

一天來到九華山下，菩薩抬頭觀看，覺得這座山生得清秀宜人，上面有九個山峰，雖然高低參差，但都與蓮花相像，九個峰就如同在天空中開放著的九朵蓮花一樣。山中的寺院也不少，菩薩這時就變作行腳和尚的模樣，一路上山，想去指點愚僧，留些顯跡。

走到一個山坳裡，忽然聽見有人在那裡念《多心經》，菩薩循聲走過去一看，卻原來是一個西域僧人。

**不肯去觀音院**
攝影　近代

五代十國時期，日本僧人慧萼渡海來到中國的五臺山，請得一尊觀音像，準備帶回日本。在經過舟山群島的海面時，因為颱風不斷，航行失敗。他認為這是因為觀世音菩薩不願和他一起東渡，於是就在當地修建了一座寺院，名為「不肯去觀音院」。此寺院位於舟山群島的潮音洞邊，後來此洞所在的島稱為普陀山，成為觀世音菩薩在中土的主要道場。

**三彩觀音像**

**無名氏 雕塑 明代**

　　這尊觀世音像僅僅用了
三種顏色，祂的絢麗多姿和
底座的複雜線條，卻並不遜
色於任何唐卡或曼陀羅藝術
品。這是明代嘉靖年間的作
品，在民窯燒製而成，粗線
條的輪廓比傳統的青瓷更顯
得豪放大氣。三彩藝術在唐
朝達到鼎盛，明嘉靖時略有
復興，後來逐漸失傳。

# 第三十一回

# 點化番僧

菩薩具有廣大的神通，什麼寶相都可以幻化，貧僧從今天起，發願化緣，要塑全了這六尊觀世音菩薩的法像，也好讓後世的人景仰菩薩的莊嚴。

觀音菩薩來到九華山蓮花峰的山腰裡，忽然聽見有人在那裡朗誦《多心經》，便循聲走過去，抬眼一看，原來是一個來自西域的僧人，面壁而坐，在那裡虔誠地誦讀經文。

你知道這個和尚是誰？說起來卻也是個大有來頭的人。他原本是尉賓國的王子，因為生具慧根，所以自幼就拋棄了無比奢華的生活，遁入空門，一心研求佛家奧旨，到如今早已經是道行精深，博通大乘佛教的精華了。他自取法號為求那跋陀，立下宏願，誓要將西方大乘教意的精髓，傳入中原地方，因此一路東遊，意圖向大眾黎民宣講《華嚴經》的宗旨。

可是與上次的沙門跋陀一樣，因為與中原人士的言語不通，講解經文時不能讓大眾明白其中的奧妙，因此他心裡十分懊喪，只恨自己修行不深。於是就隱居在九華山蓮花峰一個石洞中，面壁思過，不斷地誦讀著《多心經》，希望感動菩薩，給他指點迷津。

正巧今天菩薩剛好從此地經過，聽他誦經，知道他的意思。菩薩暗想：「難得這求那跋陀有這種濟世宏願，如果今天我不來點化他，那有什麼人能點化他呢？」於是，便將法身一隱，暗中幻化成其他法像去指點他。

那天夜裡，求那跋陀入定後，忽然發現石壁之上出現了一片光華，隔了一會，光華之中就湧現出一朵蓮花，蓮花中間，是觀世音菩薩的法相，菩薩頭上有一匹寶馬。求那跋陀便將自己傳經受挫的事訴說一遍，請菩薩發慈悲指點自己！菩薩只是含笑不語，然而那匹寶馬，卻奮發四蹄，在寰宇之中奔跑。求那跋

**觀音大士**

丁雲鵬 水墨圖畫 明代（17世紀）

如山峰般鼓起的怪石好像一個奇異的禪夢，將觀世音的精神籠罩在其中。竹林婆娑，苦海無邊，菩薩嚴肅地思考著大千世界的奧秘，形容慘澹，面容間透露出苦行僧的聖潔。「大士」是梵語「菩提薩」的意譯，也就是「覺有情」，或者「發大心願的人」。丁雲鵬善於用幹筆，筆下的山石肌理稠密，呈螺旋狀，與觀音潔淨的皮膚形成強烈對比，給人以深刻的印象。

**度母**

元代（13～14世紀）
西藏布達拉宮藏

　　這尊紅色的度母僅僅高45公分，是元代的精品。13世紀，由於蒙古帝國的崛起和擴張，中國戰亂頻繁，民眾對來自宗教的安慰十分依賴。於是大量的佛教微雕在民間流行，其中度母是十分常見的一種。度母即北方人所謂的「多羅觀音」，共21種。還有一種「八難度母」，指能救人於獅子、大象、蟒蛇、水災、火災、盜賊和監獄等苦難的觀音，多見於藏南一帶。度母為密宗的本尊天女，所以在兵荒馬亂的元代尤其受到崇拜。紅色的度母慈祥而安寧，如印度的舞女，又如早年的妙善公主。藏語「布達拉」相當於漢語中的「普陀」，都是梵文的音譯。西藏布達拉宮正如漢地的普陀山一樣，都是觀音的道場。可見，觀世音不僅受到漢族佛教徒的信仰，也是藏傳佛教的主要崇拜對象之一。

陀這時恍然大悟！明白菩薩是在告訴自己：要懂得中原地方的語言，必須要周遊中土各地用心學習才行。他領悟之後，石上的幻影就不見了。

　　求那跋陀第二天就離開了九華山，到處雲遊。九年之後，所有中原人士的語言他都無所不通。當他重回九華山宣講《華嚴經》時，果然人人都能瞭解佛法深意。求那跋陀就在當年面壁的地方，建了一坐尼姑庵，塑觀音像來供奉。那一尊觀世音菩薩法像，其他的地方與平常的一樣，只是頭上多了一匹寶馬，因此世人便稱之爲馬頭觀音，也稱爲馬頭明王，後世的人尊其爲畜牲道的教主。

　　自從這一尊法像不同的觀音塑成之後，善良的百姓，都有些疑惑，他們認爲好好的一尊觀世音菩薩，爲什麼頭上卻要多添上一匹馬，把畜生放在上位，那不是褻瀆了菩薩嗎？於是大家就乘求那跋陀講經說法的閒餘間隙，向他請教這其中的來歷。

　　求那跋陀先將觀音點化的事情告訴了大家，然後說：「佛家分六道輪迴，即：地獄道、餓鬼道、畜牲道、阿修羅道、人道、天道。觀世音菩薩本著大慈大悲的佛心、救苦救難的宗旨，所以也分爲六種法像。大悲觀世音能抵禦地獄道的三重魔障，要將深陷其中的世人從疾苦解救出來，所以現化爲大悲法像，世人傳說的千手觀音就是大悲法像的代表；大慈觀世音能通過抵禦餓鬼道的三重魔障，要解救淪落其中的饑渴之人，所以現化爲大慈像，世人傳說的聖觀音就是大慈法像的代表；獅子無畏觀音能抵禦畜牲道的三重魔障，要消除獸類給人帶來的痛苦，所以現化做大無畏像，馬頭觀音就是其中的代表法像；大光普照觀世音能抵禦阿修羅道的三重魔障，要化解它給人帶來的猜疑嫉忌之心，所以現化爲普照像，世人傳說的十一面觀音就是其中的代表；天人丈夫觀世音能抵禦人道的三重魔障，人道雖然能講世間道理，但其中的人都驕慢輕狂，所以要現化成天人丈夫像，世人傳說的准提觀音就是其中的代表法像；大梵深遠觀世音能抵禦天道的三重魔障，梵是天王，標王得臣，世人傳說的如意輪觀音就是其中的代表。所說的三重魔障，就是惑障、業障、苦障三樣。觀世音菩薩既然各主一道，寶相也就因此不同了。

「這尊馬頭觀音在六像中還不算異像。像十一面觀音，共有十一副面孔，正對著的三面作菩薩的面；左邊的三面作嗔面；右邊三面作菩薩面，後邊一面作大笑面；頭上一面作佛面，各不相同。

「又比如准提觀音，一個身體十八條手臂，臉上有三隻眼睛。最上面的兩隻手作說法的樣子，右邊的第二隻手表示無畏，第三隻手拿著一把劍，第四隻手拿著佛珠，第五手拿著微若布羅迦果，第六隻手拿著鉞斧，第七隻手拿著鉤，第八隻手拿著跋折羅，第九隻手拎寶鬘；左邊的第二隻手拿著如意，第三隻手拿著蓮花，第四隻手拿著罐，第五隻手拿著索，第六隻手拿著輪，第七隻手拿著螺，第八隻手拿著賢瓶，第九隻手拿著《般若波羅密經》的盒子。七寶莊嚴，又是一副不同的法像。

「至於如意輪觀音，六臂金身，頂髻寶莊嚴冠，坐自在王，作說法的寶像。第一隻手表示思維，是憫念有情的意思；第二隻手拿著如意，表示能滿足天下眾生的願望；第三隻手拿著佛珠，表示在度解蒼生的苦難；左邊第一隻手按在光明山上，表示成就無傾動；第二隻手拿著蓮花，表示能除淨一切不合佛法的物事；第三隻手拿著輪，表示能轉無上法。這又是一副寶像。

「世俗的人見識不多，所以看到了這尊馬頭觀音，就以為是異像，殊不知菩薩神通廣大，什麼寶像都可以幻化的！異像更多著呢！貧僧從今天起，發願化緣，要塑全了這六尊觀世音菩薩的法像，也好讓後世的人景仰菩薩的莊嚴。」

聽了他這一席話，大家都恍然大悟，紛紛捐送錢財，不足的部分再由求那跋陀到民間去化緣募集，好完成建造這六尊觀音法相的工程。

我在這裡有幾句話要交代一下。佛教的主旨，不外乎警世與勸善兩大道理。至於菩薩是不是用過這些寶像示世，佛家雖是這樣說，我們也不必斤斤計較它的有無。菩薩所現化的善像，那就是勸善的意思；所現化的畏懼像，那就是警世的意思。菩薩不必真有此像，說的人不妨這樣說，塑像的人不妨這樣塑，這樣說的人和塑的人，就都算得上具有菩薩心腸了。

這是很常見的十一面觀音，又稱「大光普照觀音」，分上下五層，下三層各有三面，都是典型的菩薩面相，然後依次往上為和藹慈悲相、悲哀相、微笑相和明王相。頂部還有無量壽佛像，都是對各種苦難的應對。所有的觀音重疊在一起，抽象而荒誕，但又蔚然奇觀。八隻胳膊分別做出不同的手印，以普渡眾生。佛教十分重視重疊和複數的象徵意義：恒河沙數、劫、阿僧祇、千手、分身、化身、面相、羅漢等等，都是對眾生無常，輪回無盡的比喻。這就像古希臘神話中的西緒福斯，不斷地重複推石頭上山，以證實生命的涵義。所有的重疊都是遠古人類克服死亡恐懼和終極真理的工具，正如妙善在面對死亡時的迷惑一樣，無論科學發展到何時，肉體存亡永遠是人類的迷宮。同時，十一面也是對觀世音神力的比喻，在唐朝高僧玄奘翻譯的《十一面經咒》中就說：「我有神咒心，名十一面，具大威力」。

　　比如說，憑我們的眼力是無法分辨微小沙塵的，但這不能說明沒有沙塵存在，只是我們的眼力不足以看清楚而已。所以說，大家不能因為沒見過菩薩這樣那樣的寶像，就說將其視做異像。我們只要接受了菩薩勸善和警世的苦心，那麼任憑菩薩現化成怎樣的寶像，她還是菩薩。她所說的「善知識」三字，大家應該細心的去體會呀！

　　再說當時菩薩的真身，早已離開了九華山，又轉向河南地界而來。那邊本是歷代帝王的國都所在地，一直被稱做是洞天福地，不料近來受了刀兵之災，弄得百姓顛沛流離，家破人亡。

　　原來作亂的人名叫李全，他們夫妻二人，各使一條渾鐵大槍，都是勇猛無比，號稱「李氏梨花槍，天下比無雙」。所率的軍馬也著實不少，帶兵打仗猶如洪水決堤，勢如破竹，無人能阻。直到近日他的大軍到了登封縣地界，方才歇馬駐營，沒有再長驅直入。

　　你知道為什麼？原來登封縣的西面，有座少室山，山上有座少林寺，是達摩禪師所開創的。少林寺以武功聞名天下，全寺僧眾個個精於拳腳槍棒，並且都是獨家祕傳的功夫，變化神奇，不可揣摩。李全雖然勇武，但也顧忌少林寺的威名，不敢去惹他們。他打算設法將少林僧侶招降下來，另編一支和尚軍，作為自己親率的部隊，那時他就可以橫行天下了！

　　他打好了這麼一個主意，因此暫時按兵不動，寫了一封書信，派人送到少林寺，大意不外乎「如果受降，就可以共用富貴；如果不願意受降，就要興兵攻打少林，大家玉石俱焚」等話。

　　少林寺的住持，是一位有道高僧，即便寺中一般的弟子，也都決意修行，斷絕塵緣，所以一口就回絕了。送信的人回營告訴李全。可他仍不死心，又派人帶著金銀財寶前去誘降，不料和尚們仍舊付之一笑，不為所動。最後，李全大怒，又派人去威脅說，限少林寺三天之內率眾歸降，否則就要圍攻少林寺。住持見他始終糾纏不清，十分討厭，就把傳信人的兩個耳朵割了，攆出了山門，這一來就埋了禍根。

# 第三十二回

# 市集寶鏡

一班有過惡業的人，因為照鏡看見了來生受苦的情形，也都覺悟反省，從此改過自新。這裡的民風也受此感化淳良了不少。

那人一路抱頭鼠竄，逃回營中，將主持的話原原本本地告訴李全。李全勃然大怒，馬上傳令進兵圍山。

附近的百姓，恐受魚水之殃，扶老攜幼四處躲避。觀世音菩薩見如此情形，暗想：「佛門是清靜之地，怎麼能讓這班人去滋擾生事。少林僧眾雖然擅長武功，但終究是眾寡懸殊，恐怕難以抵禦，我還得去助他們一臂之力！」

於是菩薩幻化成一個行腳僧人，赤著雙腳，一路往少林寺而來。到了寺裡，照慣例拜了佛祖，參見了執事眾僧，掛單小住。正好廚房缺少一個燒火的和尚，執事的師傅就命菩薩去充數。

這樣一住兩、三天，李全正在攻打山頭，情況十分緊急。全寺僧眾雖然同心協力地守禦，到底還是寡不敵眾，漸漸有些支援不住了。

菩薩思量：「此時不出手，更待何時？」便抽了一根鐵棍在手，大吼一聲，衝下山去，

**西方三聖觀音**
版畫　明代

此圖為紙面印刷的《西方三聖》版畫殘本。「西方三聖」就是阿彌陀佛、觀世音和大勢至菩薩的總稱。現殘存圖左阿彌陀佛，圖右觀世音菩薩。畫面精美，線條細膩流暢。阿彌陀佛雙耳頎長，身披袈裟，結跏趺坐於蓮臺上。觀世音菩薩慈眉善目，雍容華貴。祂一手執玉淨瓶，一手執楊柳枝，將甘露撒向人間。眾菩薩或念經，或執寶幢圍繞左右。

揮動寶棍殺入李全軍中，遠遠望去，只見棍頭落處，人翻馬仰，如同風捲殘雲一般。李全舞著鐵槍上前交手，不出三個回合，被菩薩一棍打下馬去，被亂軍踐踏而死。李全的妻子，戰敗後仰天長歎：「四十年梨花槍，天下無敵，想不到今天卻輸在一個和尚的手裡，還有什麼面目見人呢？」說完掉轉槍頭刺喉自盡。剩下的一班隨從，也是死的死、傷的傷，餘部大敗後四散奔逃而去。菩薩一聳身跳在嵩山的禤寨頂上，現出大威猛的寶像。少林僧眾才知道是菩薩顯化，都拜倒稱謝。隨後就將大威猛相的寶相塑成金身，另蓋了座觀音殿來供奉，這就是阿麼提觀音，怒目嗔容，手執寶棍，相貌很是可怕，與別處供養的菩薩寶相，大不相同。

菩薩雖然將李成大軍殺敗，還恐怕他們變成散匪，爲害民間，就又化作一個老婦模樣，拿著一隻錦盒，盒中放著一面青銅寶鏡，到洛陽街市上叫賣。引來一班人上前問她價錢。

菩薩說：「我這面鏡子是一件稀世寶物，要實實地賣一千兩紋銀。多一文也不要少一文也不賣，要是失去今天這個機會，往後就是出十萬八萬兩銀子也是買不到呢！」

有一個好事的青年插嘴說：「小小的一面銅鏡，卻要這麼多錢。究竟有什麼值錢的地方？妳先說說看。」

菩薩說：「我這面鏡子，好處正多呢！第一是能照見人心的善惡；第二是能現出人以往的所作所爲，絲毫不差。有這兩樣好處，難道還不值一千兩銀子嗎？」

那少年說：「老奶奶，你不要瞎說了，世界上那有這樣的寶物？這叫人怎麼相信呀，不知道你肯不肯讓我試照一下？」

菩薩說：「這倒也可以，只是借照一下，要給我二三文錢。」

少年眞的摸了三文錢給菩薩，菩薩便從盒中取出銅鏡，拿在手裡，向少年說：「來照呀！但一定要聚精會神，不要胡思亂想，才照得出眞形。」

少年對著鏡子大概有一杆煙的工夫，果然見鏡中現出的一切景象，都是自己已往的作爲，最後墮入畜牲道中，投生爲一條母狗。他看後不覺心驚膽戰！可是別人從後面看去，仍舊是一面空洞洞的鏡子，裡面什麼也沒有。

菩薩將鏡子收好，問他：「照得還滿意吧，三文錢值不

**四十八臂觀音**
智開 版畫 清代
南京博物館藏

此圖中的天女形象已經不是唐朝的仕女，而是清代的少女閨秀。四十八臂觀音往往和十一面觀音相融合，更顯得形容絢麗、法力無窮，神聖不可侵犯。這幅版畫是清朝光緒年間一個叫智開的和尚所畫。他默默無聞，名不見經傳，只是按照《造像度量經》上的說明，描繪出他心中的觀世音形象。造像異常傳神，其令人目眩的筆法不亞於隋唐大家和敦煌先驅。

177

值？」

少年揮汗如雨，臉色死灰，說道：「好，好，好！值，值，值！」

旁人見了他如此神情，爭著問他所以然來。少年哪肯說出實情，在大眾面前獻醜？只向眾人說：「大家也不用問我，要是覺得有意思，不妨自己花三文錢，也照一照，包管能夠滿意。」

一幫好事的人，聽了少年的話，爭著要試這個新鮮的玩意兒，你也出三文，我也出三文，輪流著試照。沒有照過的爭先恐後，照過的不是哭喪著臉，便是神色黯淡，滿臉失望，好一些的也是一臉驚異的神情。大家你看著我，我看著你，口裡雖不說，彼此卻是心照不宣了。

這麼一來，看熱鬧的人越來越多，風聲一傳開，搞得萬人空巷的來圍觀！菩薩卻只向眾人含笑不語，從早到晚，足足照了三千多人。這三千多人裡面，照了憂愁懊喪的，要占十分之九；喜悅愉快的不過十分之一。

這時菩薩向眾人說：「這樣的寶物，只賣一千兩銀子，卻只有照的人，沒有買的人，可見這裡沒有識貨的人，天色不早了，我要走了。」

說完，便將銅鏡放在盒子裡，站起身來，撢了撢衣上的灰塵，抬起頭來時，法像卻又換了，在惡人的眼裡，老奶奶頓時變成了兇神惡煞的模樣，看了讓人膽戰心驚；在平常人眼裡，或作嗔怒狀，或作忿恨狀，也足以令人感到寒心了；只有在善人眼裡，卻是慈眉善目的一位觀世音菩薩。

其中一班人受了驚嚇，紛紛逃走，在一陣騷亂之中，老奶奶已不見了。大家知道是菩薩來點化他們，於是述所見，大概商定了三付面目，一付是慈眉善目的菩薩面孔，一付是作大怒狀的面孔，一付是微微含怒的面孔。其中有幾個老人還說，菩薩把剛才每人所出的照鏡錢仍留在這裡，大家應該把這些錢用來在原處建庵塑像。這一尊法像，也分為三面。正面是菩薩面孔，左廂是作大怒狀的面孔，右廂是微微含怒的面孔，手持寶鏡，俗稱為三面觀音，其實就是遊戲三昧觀世音啊！

自此之後，那一班有過惡業的人，因為照鏡看見了來生受苦的情形，也都覺悟反省，從此改過自新。這裡的民風，因為受了這個感化，真是淳良了不少呢！

菩薩自洛陽現法像後，一路雲遊，不一日來到江北地方。只見那邊的民眾不知禮數，只是貪念財物，唯利是圖，爲盜爲娼都心甘情願。因此姦淫擄掠不絕，民風強悍兇惡，連國家的法律都治不了他們。

菩薩要點化他們，就變成了一個肥頭大耳的和尚。帶著無數的金銀珠寶，一路走來，這班貪得無厭的人看在眼裡，便生了覬覦之心，立刻結黨呼群，將他攔住問：「你是那裡的和尚，大膽來這裡？出家人怎麼會有這麼多寶物？敢情是搶劫來的？快快獻出來，放你一條生路，要不然休想活命。」

菩薩說：「我並沒有什麼寶物呀，也不知這世界上什麼叫寶物，只以爲向善修心，才是寶物呢！？」

眾人說：「你胡說，你身上的金珠翠玉，還不算是寶物嗎？快獻上來。」

菩薩說：「你們指的就是這些東西嗎？我正嫌它累贅呢！」於是就將身上的寶物，取出來放在地上說：「你們喜歡只管拿去！」

眾人一哄而上，七手八腳的拿著。爭著揀值錢的搶奪，轉眼間就搶了個乾淨，只留下一串婆羅子的佛珠，卻沒人要，丟在地上。

菩薩揀起佛珠，拿在手裡，含笑對眾人說：「沒用的東西，倒全部被拿去了，怎麼這樣一串寶珠，卻沒人問津呢？可見這裡的百姓，生來沒有善根呀。」

大家誰也不去管他，各自拿了東西，到市集中去變賣。不料那些寶物一件件都變作飛灰，隨風吹散，一時間蹤影全無。這些人不覺都疑神疑鬼起來。

# 第三十三回

# 托夢庇護

觀音菩薩感化江北惡俗之鄉未果，失望下任由法像被盜賊拋於江中。菩薩以白衣尊者之相托夢給潘和，點化他把法像從江中打撈出來，幫他實現了生兒子的願望。

　　在一番商議之後，看到和尚沒有走遠，大家便去找他說話。於是結伴追趕，一直追到慈雲寺裡，果然看見那個和尚在此掛單，於是都惡狠狠地來質問他。

　　菩薩合笑說：「我所有的東西，剛才都被各位拿去了，只給我留下一串佛珠，一隻缽盂。現在為什麼又來找我呀？」

　　眾人說：「你那些寶物，我們拿去後馬上就變成了灰塵，一定是你這和尚用的法術。所以特地來找你討回，快快拿出來。」

　　菩薩說：「原來是這樣，我早就說過，那些東西並不是寶物，是你們自己一定要當它們是寶物。現在我的話應驗了，卻又說我作了法，回來向我要第二次，這讓我從那裡找給你們呢？就算你們一定要，依然還是那句話，要知道貧富各安天命，要是用強力搶來的，一定享受不了。我看你們還是省悟省悟吧！」

　　大家聽說後，那裡肯罷休，都說：「這和尚如此刁滑，非要給他些厲害嘗嘗，不然決不肯拿出來的。」

　　於是眾人從四面圍攻，直打得手酸腳軟，只好住手，定睛一看，卻見是一段木頭放在地上。眾人都大吃一驚。原來這段香梨木，正是寺中重金買來，準備雕刻佛像用的。觀世音菩薩因與此木有緣法，因此特地移來作自己的替身。眾人之中，有認得字的，看見木頭上隱約現出「多寶觀音菩薩」六個字，這時大家才知道那和尚是菩薩的化身，當時倒也深悔魯莽，紛紛散去。

　　寺中的和尚就將那段香梨木雕成多寶觀音法像，一個身體四張面孔十八隻手臂，每手各拿著一件寶物，與准提觀音像差不多。寺內的僧人想賦予法像多寶的意思，所以仿照准提像而雕刻的。其實，這並不是當時菩薩所現化的意義！

　　自從慈雲寺裡雕成了這尊多寶觀音供奉起來之後。深信菩薩能保佑賜福的鄉民，紛紛前來上香求告。這本是菩薩的原意，要使他們一心向佛，不去做越軌的事。不料那裡的人，的確沒有善根。他

們不明白菩薩的意旨，一味求禱想的只是方便自己。起初他們求財求福，倒也情有可原；可後來，他們無論什麼事都要到菩薩面前來占卜祈禱，連妓院鴇兒也來燒香，叩求菩薩保佑她們生意興隆；小偷兒也來許願，求菩薩保佑他順風得利；還有那些癡男怨女，也暗中請求菩薩替他們撮合；野鴛鴦也來菩薩保佑他們白頭到老……燒香的人裡面，什麼樣的都有。把一位救苦救難、大慈大悲的觀世音菩薩，鬧得烏煙瘴氣，再也留存不得。

觀世音菩薩雖說是拯救一切苦難，但又那裡管得了這麼多歪纏的瑣事呢？況且菩薩也不能因為受了一炷香煙，就保佑他們去做那些不法的勾當呀！因此只能感歎這裡的業障太深，無法點化了。

那尊多寶觀音像的手中所拿的珠幡寶幢，的確是用很有價值的寶物做成的，那一班雞鳴狗盜之徒，早就生了覬覦之心。中間有一個叫胡七的，是一個賊黨的頭目，因為經常做大案，人家對他防範得緊，自己失手了幾次，潛伏了很長一段時間，弄得十分窘迫，現在看到這些寶物，立刻召集了幾個同黨商議，決定去偷多寶觀音手裡的寶貝。一開始，眾人還有顧慮，後來胡七自告奮勇要單獨前去，只叫大家在外面望風，偷到什麼都是大家一起分，這才讓每個人都沒話說。一切安排妥當。到了晚上，果然是他一個人翻牆到慈雲寺裡，索性把觀音像背了出來，到了個僻靜的地方，他們一齊動手，把法像上十八隻手裡的寶物全部取下，然後把觀音像丟到長江之中，看著它隨波逐流而去。他們得手之後，自然歡喜萬分，將贓物分了，各自散去。

觀音菩薩將這一切看在眼裡，卻沒有施展法力阻止他們，因為那裡確實不是久留之地的。

在他們將法像丟入江中的時候，菩薩已渡江到了金陵地界，找到了一位有緣法的善心人。這個人姓潘名和，是金陵的一個商人，在家開了一個糧食行，生活倒也小康安逸。此人生平篤信佛教，行善積德，遠近的百姓都稱他為潘好人。

他雖然一心禮佛行善，生平卻有一件缺憾，是他年近六旬，膝下只有一女，卻沒有兒子。想著盼兒子已經沒什麼希望，就打算為女兒招贅一個如意郎君，做為將來的依靠。卻因為選擇的條件過於苛刻，因此高不成低不就，一直耽擱下來，直到現在，仍舊是一點進展都沒有。

有一天他突然做了一個怪夢，夢見有一位白衣尊者向他說：

「蓮花大士」即時常行走或睡臥在蓮花池塘上的觀世音，也叫「蓮臥觀音」。印度神話中很多神都與蓮花有關，這一現象出自印度元典《智度論》，書中有一個梵天王，即萬物之主，生於蓮花。此王生八子，八子生天地人民。佛教起源於印度原始宗教，也繼承了蓮花象徵淨土與智慧的傳說。觀世音和釋迦牟尼一樣，都以蓮花為座，就是明證。不過明代畫家邵彌並沒有讓其死板地坐在蓮花上，而是行走水面，寂靜隨意的線條和大寫意的筆法，精練地概括出觀音的聖潔和神秘。

「潘老兒，你明天可以到江口去等候，中午的時候，江中有一個四面十八臂的多寶觀音法像，由江北那面漂來，你要謹慎的把法像打撈起來，送到清涼山的雞鳴寺裡，重行修整供養，就會有無量的功德。那邊的石荷葉，也正好改作蓮臺。」

潘和說：「小老兒一切遵照指示去辦，只是有一個疑問，小老兒年將六旬，膝下無子，不知是否還有生育的可能呀？」

白衣人說：「這個好辦，我就賜給你一個兒子就是了。」

說著從懷裡拿出一顆白色的圍棋子交給潘和，潘和正想再問白衣人的尊號，卻被她一推，就驚醒了。

到了第二天，他遵夢中所見到江岸邊去等候，果然撈得了多寶觀音的法像，更加使他信心百倍了。於是立刻將法像送到雞鳴寺裡，又出錢將一片荷葉石雕成蓮花座，重塑了觀音的金身。可是那尊法像，因爲有些損傷，不能直立，只好側臥在蓮葉之上，於是世人就把這一尊觀音叫做蓮臥觀音，成了觀音菩薩的又一個法像。

潘和這時恍然大悟，知道托夢給他的，就是觀世音菩薩，於是請了有名的畫家，將夢中自己看見的白衣人模樣描出，在懷中又加上一個小孩子，稱爲白衣送子觀音，供奉在家裡。後來，他眞的就生了一個可愛的兒子，這叫善人有後，也是他一生信佛的結果啊！

潘和被觀音菩薩賜子的神遇，廣爲流傳。直到現在，江南一帶凡是沒有後代的人家，都要向白衣觀音祈禱，希望能得子繁衍。其實潘和夢裡看見的白衣觀音，手中並沒有抱著孩子，給他的也只是一顆白色的圍棋子。這抱孩子的法像，不過是潘和依自己的意願創造出來的，一心想要告訴世人，如果虔誠禮佛、篤信觀音，無後的人也會得子。所以引得後人誤會，以爲觀音菩薩當時就是以這樣的法像示人的！

至於白衣觀音，在三十三像中原本是有的，是胎藏界的一尊，蓮花部的部主。白衣是表示純淨的菩提心啊！今天世上所傳誦的《白衣大悲咒》就是此尊的法門。

菩薩離開了金陵，一路來到姑蘇杭州。那時正是兵禍之後，當地的百姓，遭金兵慘殺的不下數十萬人，到處都是冤魂怨鬼。菩薩見此情景，好生不忍，於是大發慈悲，廣施法力，解除他們的苦難。菩薩變成了一個秀麗端莊的中年女子，手捧著一支楊枝寶瓶，來到冤魂集結的地方，疊石做臺，臺高數丈。她就坐在石臺之上，念誦那破地獄障的《千手千眼觀世音菩薩廣大圓滿無礙大悲心陀羅尼經》，每當誦讀了千遍之後，就取來楊枝，在寶瓶中蘸了幾滴甘露，向天空遍灑一周，然後仍舊插好楊枝，誦經超度。

當地百姓見菩薩如此情形，不明緣故，以爲遇上了奇異的事情，奔相走告，傳遍了街坊里巷，人們都一窩蜂地前來觀看。有的說是在化緣，有的說是在作法，誰也不能定論。

菩薩見眾生疑惑不解，就向他們說出一番話來。

# 第三十四回

# 慈容隱現

其實菩薩幻化現身的本意，不過是向世人昭示「色即是空，空即是色」的意思。使大家明白「不生不滅」的宗旨。

觀音菩薩見他們疑神疑鬼的，就向眾人說：「因為這裡不幸遭了金兵的侵擾，冤死了數十萬無辜的百姓，可是這許多冤死的魂魄，都是三界不收，六道不管的遊魂，他們流散在外沒有歸宿，狀況淒慘不堪。貧尼本著佛祖慈悲的意旨，既然有緣來到這裡，必然要加以救贖，因此在這裡發願作法，誦經七七四十九天，遍灑楊柳甘露，助他們脫離苦難，去往西天樂土。眾位不必猜測，貧尼既不要金錢，也不要齋飯，只想完成心願而已。」

大家聽後方才明白，但中間有些好事的人，還是向菩薩尋根問底起來。或者問她誦的是什麼經？或者問她為什麼灑水？一時間人聲鼓噪。

菩薩又說：「眾位不必如此喧嘩，此刻貧尼的心願未了，恕我不能與眾位多談，等四十九日功德圓滿之後，再與眾位詳細解釋。」

大家聽了，覺得她在這裡替姑蘇人做

### 瑤宮秋扇圖

任熊 絹本國畫 清代 北京故宮博物館藏

隨著女身觀音的普及，中國人的審美也受到影響。在對鳳眼、下巴和顴骨弧線的要求上，很多美人都被描繪成接近觀音的樣子，豐滿而慈祥，不帶一點跳脫之氣，因為觀音代表著完美。譬如清朝大畫家任熊的這幅畫，如果她手中拿的不是紈扇，而是寶瓶和楊柳枝，腳下踩著的是蓮花，那麼幾乎就是一尊典型的觀音像。

法事，超度冤魂，又不要報酬，一片好心，確實難得，所以也就不再追問下去了。大家紛紛散去，由菩薩誦經灑水，只等四十九天之後，再與她細談一切。

轉眼之間，四十九日過去了。那天晚上，菩薩功德圓滿，眾人也如約前來，聽菩薩說法。

菩薩開言說：「前日承蒙大家詢問因果，現在請聽貧尼為諸位細說。我所誦的經名為《千手千眼觀世音菩薩廣大圓滿無礙大悲心陀羅尼經》，此經可破地獄諸障超度一切幽冥苦厄，誦滿四十九天，萬劫全消；我灑的水乃是功德水，遍灑十方，只要承受了一滴，就可以去往西天樂土。貧尼也算與姑蘇有緣，無意間雲遊到此，自然應該設法超度，使亡魂野鬼有機會往生天國。如今功德圓滿，貧尼也要往別處去了。」

當地的人，感激菩薩為這裡做了這麼一場大功德法事，一致向她拜謝，中間有人問菩薩：「我聽說觀世音菩薩雲遊四海，到一處便會現出寶像真身，不知我們這些人，有沒有福分能見到菩薩的真面目呀？」

菩薩說：「有，有，有！只要你們心中有佛，那心即是佛。你們既然有想見菩薩的念頭，那你們心中就會有一個菩薩了，當然可以看見了！」

那人說：「菩薩現在在那裡呀？」

菩薩指著河邊說：「那弱水中央站的不就是菩薩嗎？」

大家順著她指的方向看去，果然看見水中有一個影子，現出七寶莊嚴的法像，眾人競相頂禮膜拜。那天正好是月中，一輪圓月，照得寰宇一片通明，水中一團月影，也相映生輝。只見菩薩的寶像，冉冉地走入月影當中，漸漸地隱沒了。眾人拜完起身，那石臺上的尼僧卻早已不知去向，大家這時才恍然大悟，原來那尼僧就是觀世音菩薩的化身。於是其中善心向佛的人，出錢出力，就在菩薩誦經的地方，建築起一座觀音庵，塑著觀世音菩薩誦經灑水的法像供養起來，民間都稱之為灑水觀音。

在那些看見菩薩法相的人裡面，有一個丹青妙手的畫師，名叫邱子靖，他又將菩薩顯身時的情形用工筆畫出，畫中月影婆娑，水光蕩漾，菩薩七寶莊嚴的法相現身其中，真是出神入化，名叫水月觀音。這幅畫像一出，一班信徒，紛紛趕來求他繪畫或借去臨摹，因此在當時，平常人家所供養的菩薩畫像，大半都是水月觀音，其

餘的便是灑水觀音了。一直延續到今天，蘇杭一帶的居民家裡所供養的，還是以水月觀音居多呢！

其實菩薩幻化現身的本意，不過是向世人昭示「色即是空，空即是色」的意思。使大家明白「不生不滅」的宗旨。難得邱子靖生有慧根，了悟了其中真意，畫出這座寶像，留示後人，也無非是要世人覺悟。不過現在一些供養水月觀音、念佛誦經的人，能夠悟出其中真意的，恐怕也是百中無一吧！因為他們只知道誦讀經文的字句，不能夠參透其中的道理啊！當時菩薩並未急著離開姑蘇，只是另外變化了一個模樣，隱居在人間，想看看這一幫善徒之中，哪個有緣法。佛家所云度化世人，是使世俗向善，使佛教宗義廣播於世。透過暗中觀察，果然被她發現了一個，菩薩見他生有慧根，將來可能得修正道，但現時卻有災禍臨頭。

菩薩暗想：「他既是虔誠禮佛之人，我不救他，誰還能救他呢？」於是便化身來指點他。

你知道那人是誰？他是一個藥店的老闆，名叫賈一峰。平時急公好義，抱著只賺薄利的心態，往往賣藥給窮人時，總比別人家便宜不少；遇到實在窘迫無錢的人，他又肯賒藥，也從不索討藥錢，因此大家都稱他為善人。他平時篤信佛教，家裡店中都供著觀世音菩薩，除了早晚膜拜，沒事的時候就坐在佛前念誦《觀世音經》，從沒有一日間斷。

但他這樣的好人，偏偏妻子卻生性淫蕩，與鄰家的男人有些曖昧，外面人都知道，惟獨他不明白。人家都說，善人沒有好報也就算了，為什麼還會招致如此惡報呢？況且他又是個信佛的人，難道是菩薩不靈嗎？都替他暗中歎息。

可是因果報應，終還是有的。一天，賈一峰要往外省去進貨，頭一天夜裡，突然夢到觀世音菩薩在他家現身，手執如意，頭上現出一條金龍，用如意敲著他腦門說：

「賈一峰聽好了，你不久就會有大禍臨頭，我憐你誠心向佛，不忍見你有殺身之禍，所以特來救你。如今有四句偈語在此，你聽明白了：逢橋莫停舟，逢油即抹頭，鬥穀三升米，青蠅捧筆頭。切記，切記，千萬不要忘了！」

賈一峰拜領後驚醒，將這四句偈語，翻來倒去地背熟了，銘記於心。你想菩薩的吩咐，他那裡敢忘記呢？

第二天，他坐船動身，走了不到半天的路程，忽然天降傾盆大

雨，恰好這時船開到一座橋下，划船的舟子想在橋下躲雨。賈一峰記起菩薩警言，連說道：「使不得！我們快搖過去，千萬不要停！」

舟子看見他如此驚慌的神態，不知是何道理，不過既然雇主這麼說，只好冒雨搖了過去。划了還不到一箭之地，只聽見「轟通」一聲響，剛才所停的橋攔腰斷成兩半。舟子說：「好險呀！要不是聽從賈老爺的吩咐，這會兒大家都沒有命了！賈老爺，看你剛才的神情，好像預先知道一樣，眞是奇怪呀！」

賈一峰就將菩薩夢中所說的話，一一講給舟子聽了，舟子從此以後也虔心禮佛起來。賈一峰到達目的地後，與各藥商接洽生意，而後付款載貨回家。路上這一來一往的時間，足足有兩個多月。這兩個月的時間裡，他的妻子與鄰家的男人正打得火熱，大有難解難分的勢頭。那日當賈一峰到家時，已是黃昏時分，他因爲感激菩薩救了他斷橋之災，所以一進門就到菩薩面前焚香拜謝。起身時，那屋梁上掛著的一盞長明燈，忽然繩斷而掉下來，燈裡邊的油灑了他一身。他猛然記起偈語中的第二句，便馬上毫不遲疑的把油向頭上抹去，直到抹得滿頭光鮮和女人一樣。

賈一峰換過外衣，與妻子敘談了一番離別之情，其中也少不得提起斷橋之事。之後待吃過晚飯，一同入房休息。

鄰家的男人見賈一峰回來了，再不能過去和他妻子尋歡作樂，心中一下怒火中燒，晚上睡在床上翻來覆去的，那還睡得著呀？越想越恨，後來陡然動了殺心，去廚房摸了一把菜刀，翻牆到了賈家，悄悄地潛入房中，走到床前，揭開帳子，舉刀要砍。忽然又停住了，心中暗想：「不要殺錯了人，不然有點捨不得！」略一思索：想到女人頭上一定有香油的味道，倒也不難分辨。於是用鼻子一聞，只聞得睡在床外邊的那個人油氣撲鼻，於是就認定睡在裡面的那個一定是賈一峰無疑了。於是重新舉起刀來，用盡平生力氣，向床裡面的那個人的頭上劈去，只聽見「禿」的一聲，那人的腦瓜兒已被砍成兩半。

賈一峰從夢中驚醒過來，大聲呼救，由於當時敲石點火，很要一些時間，鄰家那男人乘機逃跑了，等到賈家四處搜尋兇手，那還有一點蹤影。

# 第三十五回

# 一峰剃度

　　因心記觀世音菩薩屢屢點化之恩，一峰和尚在各地朝禮拜山時，每遇到名山奇石，便雕刻一尊菩薩的法像，留示後世，所刻的就是他曾經看見的寶相。

　　一峰見妻子被殺，十分悲傷，四下尋找兇手，卻是蹤影全無，不得已連夜去告之岳丈。

　　丈人來家裡一看，硬說是賈一峰所為。他說：「門沒有開，窗戶也沒開，發生這等殺人的事，不是你做的還會是誰？」弄得一峰真是百口莫辯。

　　第二天丈人便告到官府，官府差人驗屍之後，也懷疑是賈一峰所為，便用嚴刑拷問。試想一峰本是個正當商人，又不是江洋大盜，身體孱弱，那裡經得起種種酷刑？實在不能忍受痛楚時，只有自歎命中冤孽，與其活受罪，不如一死了之。他打定主意，便一口承認了。

　　官府將他打入死牢，預備擬定文告，通傳出去，不料提筆之時，卻有十來個青蠅飛來聚集筆端，把筆團團抱住。剛下手趕開，等到重新下筆時卻又聚集，屢試不爽。縣官心生疑惑，暗想：「莫非此案真有冤枉？所以青蠅示兆。」

　　於是縣官便與師爺商議，師爺說：「等我到獄中去問他再做定奪。」

　　師爺到了囚牢，看見賈一峰在那裡念佛誦經，便問到：「你已定死罪，念佛還有什麼用？」

　　一峰說：「菩薩曾說過要來相救的，我知道那決不是騙人的。」

　　然後一峰將觀音托夢贈偈的事情原原本本的說了一遍，師爺聽到「青蠅捧筆頭」的話，不覺大吃一驚，然而第三句「鬥穀三升米」卻怎麼想也解釋不了。想了一會，忽然靈機一動：「一鬥穀除了三升米以外，其餘七升不是糠還是什麼？」便問一峰：「你認得康七這個人嗎？」

　　一峰說：「認得，認得！就是我家左鄰住的那個男人，他就叫康七。」

　　師爺點頭回去，將此事告知縣令。第二天縣官出簽提康七到

案，果然一審定案，康七認罪伏法。一峰的奇冤，總算得以昭雪。

賈一峰自從受了這場意外之災，雖然說免了殺身之禍，但對於世事人情，已經灰心已極，於是便將身家財產，全部施捨給貧苦的百姓，自己決意到杭州靈隱寺剃度出家，禮佛清修。

他一路上不借車馬之力，用兩腳行走，來到了嘉興地界。一天晚上，他在一家旅店客房中睡覺，恍惚間隱約聽到有人叫他的名字。抬眼一看，竟是妻子和康七二人，渾身是血迎面沖過來，一個手裡提著血淋淋的人頭，一個斜披著半個腦袋，要撲過來向他討命，情形十分淒厲可怕。

一峰見了，心驚膽戰，向門外逃去卻發現房門已被兩個厲鬼擋住，別無出路。驚恐慌亂之中，忽然想起觀音菩薩來，便索性將兩眼一閉，默念觀世音菩薩的法號。隔了一會兒，惡鬼沒有撲上身來，他這才大著膽子，睜開眼睛，屋裡那裡還有什麼厲鬼，只見一尊菩薩，站在一張蓮葉上面，旁邊還有一個赤身的童子，對著菩薩作合掌朝拜之狀，緊接著，就消失了蹤影。

**觀音菩薩**

雕塑 日本香川縣 法蓮寺藏

這尊觀音像的面容呈黑色，十分嚴肅，四隻手執著不同的兵器，讓人望而生畏。它是著名的「七觀音」之一，有時也是密宗的准提觀音。古代佛教徒創造了這樣的形象，是為了比喻觀音要讓人產生正信，就像好獵手捕獲獵物一樣有把握。

一峰如夢初醒，回憶起剛才發生的事，亦真亦幻。但菩薩兩度顯化的法像，卻深深地印在他的心上，其實境由心造，他這次的遭遇就和入定時的走火入魔一樣。

第二天，他離開了嘉興縣城，一路向杭州的方向走，沿途經過不少鄉村市集。到了一個名叫胡家莊的地方，看見有一群人圍聚在田壟上。一峰心裡好奇，就走上前去，一看才知道，原來一個姓王的農民在刨地時，忽然觸著一件堅硬的東西，於是用鋤頭在四周細心地挖開，到二尺深的時候，挖出一尊一尺半長的碧琉璃瓦質的佛像，雖然被泥沙掩埋多時，但仍然可以清晰的看見其輪廓。這一大群人圍在那裡，爭著要看這尊從地裡挖出來的佛像。

一峰擠身進去，仔細看了一遍說：「是你們這一方的百姓有福分，所以菩薩之身，託付到這裡。你們應當虔誠供養起來，包管日後會保佑你們豐衣足食。這裡是否有廟宇？最好先將這尊法像送到寺廟供養才好。」

那姓王的問他說：「你這人既然口口聲聲說是菩薩的法身，但是菩薩也有好多的名號，這一尊又是什麼菩薩呢？」

一峰說：「這是觀世音菩薩呀！」

大家聽了都說：「不對，不對！觀世音菩薩的法像，我們也曾見過，並非是這樣的裝扮，而且多是女身，為什麼這尊卻是男身呢？你倒說說看。」

一峰說：「菩薩自從成道以後，周行天地，隨時幻化，或男或女，或老或少，都不一定，有時還化作種種法身警世呢！你們何必大驚小怪呢？」

又將自己兩次見菩薩顯化的事，講給他們聽了，大家這才相信了他，便把那尊法像送到廟中去供養。因為這尊法像得自田間，所以大家都稱之為壟見觀音。

一峰到了杭州靈隱寺後，拜元寂禪師為師，剃髮為僧，隨眾修行，和眾僧一樣誦經禮懺，打坐參禪。

打坐不是容易的事，心中不能有一點雜念。即使有一絲雜念產生，就會走火入魔，弄得不好，還會變成瘋癲殘廢呢！

一峰和尚雖然有些根基，但到底被凡俗矇蔽太久，剛開始時始終不能入定。打坐的時候，總是看見康七和自己妻子的怨魂，提著血淋淋的人頭，前來滋擾，令他惴惴不安，無法安心修行。

一天，一峰強迫自己抑制心懷、打坐入定，不料康七等二人的

怨魂又領著一班無頭野鬼前來滋擾。正在危急時刻，一峰突然看到一位青頸菩薩，一首三面。正面是慈光普照相，右邊是獅子面，左邊是豬面，頭戴寶冠，冠中有化身的無量壽佛。一身四臂，右邊第一隻臂執杖，第二隻臂執蓮花，左邊第一隻臂執輪，第二隻臂執螺，以虎皮做裙子，以黑虎皮於左臂角絡，披黑蛇為神線，在八葉蓮花上站著，瓔珞環佩，威猛異常。不消片刻功夫，把一群遊魂野鬼吃了個乾淨，臨了還揮杖向一峰和尚一擊，令他頓覺心地光明，再無一絲雜念。

第二天，做完誦經功課，一峰和尚將昨夜的事告知元寂禪師，向他請教自己所見的究竟是什麼菩薩。

元寂禪師說：「善哉，善哉！你所見的正是青頸觀自在菩薩啊！是觀音菩薩所變的明王相，虔心禮念這尊觀音，可以脫離一切恐怖畏懼的心情。」

接著，元寂禪師便將《青頸觀自在菩薩陀羅尼經》一卷，傳給了一峰，叫他每逢恐懼時，便念此經，可以解除魔障。從此一峰和尚功行精進，數年之後，便到各處去朝禮拜山。因心記觀世音菩薩屢屢點化之恩，每遇到名山奇石，便雕刻一尊菩薩的法像，留示後世。所刻的就是他曾經看見的寶相，因此今天各地所留的菩薩石像，不是龍頭觀音，就是一葉觀音或青頸觀音。一葉觀音俗稱為童子拜觀音，其法像最多，幾乎到處可以看見，這些都出於一峰和尚之手啊！

一峰和尚後來去朝南海，無意間在海濱巨浪之中，見到了一尊琉璃觀音的法像，寶像身長一尺三寸，遍體通明，七寶莊嚴。一峰便設法在巨浪之中撈起寶像，帶回杭州靈隱寺去供養。這一尊菩薩或稱為琉璃觀音，或者因為他是從水中撈起來的，叫做氽來觀音。

後來一峰和尚在靈隱寺做住持多年，坐化之時，他已預先知道。當日他香湯沐浴，趺坐禪龕，打坐修煉的一室之內，香氣繚繞，鼻垂二尺多長的玉筋，當時有上萬人拜送他身登極樂，大家看到如此情景，都說一峰和尚定是羅漢化身，所以圓寂之時才會有這麼多的吉祥瑞兆，如今他又重回佛國去了。

自此之後，篤信佛教的杭州人，比以前又多增加了幾倍的信心。

綠度母　唐卡西藏

# 第三十六回

# 善士孝子

善士王荊石欲畫千幅觀世音菩薩寶像傳播民間，教化民風。菩薩化身前去，親筆畫下八幅寶相圖，供後人臨摹瞻仰。荊石獲贈無患子。菩薩化身賣藥郎中，一個年幼的孝子前來為父親求診。

早先，賈一峰被抓受審時，姑蘇的黎民百姓見他行善卻得惡報，妻子被殺，自己也被屈打成招，惹上殺身之禍，都很為他抱不平，有的更說是菩薩沒有感應。直到縣官審清了這樁無頭案，眾人才知道菩薩一直在救他，殺妻冤案最終被破，也多虧菩薩留偈指點。於是大家摒棄心中的疑團，越發深信菩薩的法力，更加虔誠地供奉了。

觀音菩薩一路又來到太倉地界，遇見一位善人。此人姓王名錫爵，號荊石，曾經做過大官，現在歸隱家園，享受清閒快意。他雖然曾做大官，但始終樂善好施，終身不娶。晚年喜歡談佛論經，信念堅定，不管寺院遠近大小，他都親自寫了匾額送去懸掛，向眾人倡導佛法精意。

恰好有位圓通法師，也是一位有道高僧，來到太倉宏揚佛法。荊石與他往來密切，兩人談禪說法，非常透徹。在這樣一位顯赫官宦、一位得道高僧的倡導下，太倉的百姓都如影隨形地研習佛理，使佛法極為興盛。

荊石十分高興，想起觀世音菩薩的種種顯化的事跡，便打算出資聘請名家畫手畫一千幅菩薩的法像圖，施捨到民間，使百姓一心向善。這一來是他誠心信佛的結果，二來也能藉此改變世事民風，教化民眾不要為非作歹，從而約束律法不能觸及的世態人情。

他打定了主意，便和圓通法師商議說：「我聽說觀世音菩薩每次顯化，所現的寶相，都各不相同。今天我想畫一千幅菩薩的寶像，施捨給百姓，使大家信奉菩薩，不知道畫哪一種寶相最好？」

圓通法師說：「居士肯這樣費心宣揚佛教，真是功德無量。如果要問菩薩寶相，照《千光眼觀自在菩薩祕密法經》的說法，一共有八種。第一是金剛觀自在菩薩，第二是與願觀自在菩薩，第三是數珠觀自在菩薩，第四是鉤召觀自在菩薩，第五是除障觀自在菩薩，第六是寶劍觀自在菩薩，第七是寶印觀自在菩薩，第八是不退

**觀音菩薩變相**
石刻白描 明代

這個外形類似於達摩祖師的僧人也是觀世音的一個分身。由於歷史上的觀世音本為印度婆羅門教的一名男子,得成正果後又千變萬化,以至於人們經常變化祂的形象,改寫祂的歷史,甚至將祂與東土禪宗一祖達摩的形象統一起來。只有畫中的淨瓶才能讓人想起祂真正的身分。

轉金輪觀自在菩薩。八尊菩薩有八種寶相，各有一種神通。究竟應該畫哪一相，貧僧也不敢斷定，還是居士自己決定吧。」

荊石躊躇了一會說：「那就這樣吧，我們就多雇幾個畫工，先讓他們齋戒沐浴，虔誠禱告菩薩，請菩薩托夢賜一印兆，菩薩在夢中顯現的是什麼樣的寶相，就叫他們按樣照畫，那不是更好嗎？」

圓通法師說：「如此最好。」於是荊石命人招雇畫工，一個月之內，剛好招到了八位。便將祈夢畫像的事，告訴了他們，大家也自然照辦。可是一連幾日，八個人中沒有一個得到過夢兆，荊石心中十分不解。

當時菩薩恰巧由此經過，聽說此事，就化身爲一個白衣秀士，登門造訪，說是善畫各種觀音寶像。荊石聽後大喜，連忙請入相見。那秀士自稱曾經七次夢遊佛國，所以熟悉各類菩薩的面目，既然是善人發此宏願，所以願意相助。言談之後，荊石對秀士非常滿意。

荊石問：「究竟畫哪一副寶相爲好！」

秀士說：「既然圓通法師向善士說起觀音八相，依我看不如八種寶相都畫，以免有缺陷。」

荊石大喜，便下令擺開香案，準備好金銀汁、純淨的筆硯、清潔的紙張，請秀士動手開畫。秀士略一沉思，提筆就畫，只見他出手迅捷，運筆如風，揮毫似電，不消片刻，就畫好了一尊。重新取來一幅紙鋪好，又是一陣子揮灑，便又畫成了一尊。像這樣不過大半天功夫，八尊寶像，已全部畫完，真正是八樣法身。

第一幅，題著「金剛觀自在菩薩」，畫爲棱眉怒目狀，表示忿怒相，用來懾伏群魔。第二幅，題著「與願觀自在菩薩」，畫得慈眉善目，左手拿著一幅經卷，右手做施願狀，以大慈之相，廣結善緣。第三幅，題著「數珠觀自在菩薩」，菩薩閉目瞑坐，手中扣著一串念珠，做默數之態，呈現大悲相，了除塵劫，超度世人。第四幅，題著「鈎召觀自在菩薩」，一頭三面：正面端詳，頭戴天冠，冠上附有化身阿彌陀佛；左面怒目而視，鬢髮聳豎，頭戴月冠；右面皺眉縮目，狗牙上出，一身六手：一手拿絹素，一手持蓮花，一手抓三叉戟，一手握鉞斧，一手施無畏，一手把如意寶杖，結跏趺坐，表示是圓通相，爲取人天之魚於菩提之岸。第五幅，題著「除障觀自在菩薩」，一頭三目，右手拿寶鏡，左手做施願狀，普照之相，可破除六道三障。第六幅，題著「寶劍觀自在菩薩」，頭上湧現蓮花，一手

拿寶劍，一手舉胸前，做解脫之相，能斬除六慾。第七幅，題著「寶印觀自在菩薩」，一身三面，都呈慈悲狀，一手拿寶印，一手拿鈴鐸，一手拿幡幢，一手拿劍，一手拿寶鏡，一手拿蓮花，做迅奮之相，驅馳三界。第八幅，題著「不退轉金輪觀自在菩薩」，玉面含笑，頭戴寶冠，冠中有化身無量壽佛，兩手捧金輪作旋轉狀，做如意相，助人轉除惡業。

荊石看了這八幅寶像，大喜過望，讚不絕口。

那秀士又說：「如今善人有了這八幅畫像做藍本，可以給畫工臨摹，我要告辭了。」

荊石苦勸他留下，秀士婉拒，送上金銀，秀士也不收，反而拿出一顆圓子，送給荊石，說這是西方無患子，常佩帶在身上，可以免除一切災害，更能益人智慧。荊石謝了又謝，一直把他送到大門之外，才拱手作別。

菩薩留畫給王荊石之後，又變成一個賣藥草的行腳醫生，挑著兩個藤筐，筐中放著幾十樣藥草，來到鬧市之中，在人煙稠密的地方，找了一個乾淨的地方，將擔子放下，取出一塊粗布鋪在地上，盤膝而坐，好像在等著主顧上門，其實卻在暗中觀察來來往往的行人，細辨其中的忠奸賢佞。

這時，忽然來了一個十二、三歲的孩子，衣衫襤褸，蓬頭垢面，跑到菩薩跟前，劈頭就問：「賣藥的老爺爺，你會治病嗎？」

菩薩說：「你這個傻孩子，不會治病，怎麼好來賣藥，那不是要誤人性命嗎？」

小孩說：「那麼請你看病，不知道要花多少錢？」

菩薩說：「行醫的人，原本就是半積功德半養生計的。如是有緣的人，不但不要診金，連藥也肯送給他呢！」

小孩聽了這話，高興得拍著小手說：「好了！今天我父親遇見你這個老爺爺，總算有救了。我只求老爺爺發發慈悲，治好我父親的病，我一輩子都不敢忘了你的大恩大德呀！」說著拖著菩薩就要走。

菩薩說：「你先不要慌，先將你父親的病，說給我聽聽，看我治得好治不好。如果我治得好，再跟你回去不遲。」

那個小孩子便將他父親的病情，說了出來。

# 第三十七回

# 治病醫痧

　　菩薩治好了孝子的父親，還教他們種植薄荷。在海虞，菩薩用中指血鎮住了虞山四腳蛇的毒性和凶性。為救治所有患痧疫的小孩，菩薩覓得有緣人，傳授對症之法，囑其廣為傳播。

　　那個小孩子聽了菩薩的話，一面放開了手，一面說：「我父親名叫張四，以賣燒餅為生，家裡除了我們父子二人之外，沒有別人。窮得很，一天賣餅下來的錢，只夠我們吃稀粥，可是，一天不賣我們就會沒有吃的。兩天前，父親說身體不好，可是還勉強出去賣餅，想不到晚上父親回家後就支援不住，倒頭便睡，後來竟然不省人事。我喊他不答應，推他也不動彈，身上燙得像烘燒餅的爐子。第二天我想請位大夫來看看，可惜沒有診金給他們，所以一個也不肯來。我急忙去找二伯，怎奈二伯也是窮得身無分文，沒有辦法。父親從前天晚上病倒的，昨天整整一天，今天又是半天，身上熱得更厲害，看來是很難救治了。我正想到城外去請娘舅來，想不到在這裡遇到老爺爺，真是再巧不過。求你好心去替我父親看一下，就當是積德了！」

　　菩薩說：「這樣呀，那我們現在

### 白衣大士

杜陵內史　絹本國畫　明代　北京故宮博物館藏

　　觀音輕靈的身體穩穩地坐在荷葉上，幾乎沒有重量。乳白的裝束勾勒成一個三角形，彷彿落在蓮花上的一堆雪，清涼明淨。經過了近千年的歷史，觀音轉變成了女身。自六朝之後，觀音就有女身出現，但開始並沒有引起人們的注意。後來梁高祖和武則天都自稱菩薩，人們才開始認識到女性也是佛性的一部分。白衣大士，就是「白衣自在」，也叫白衣觀音，因穿白衣，坐白蓮花中而得名。白色純淨，以此象徵菩提之心。

### 吼獅子吐寶

潘秉衡 琢玉稿本 近代
北京工藝美術研究所藏

　　獅子本來是印度以及非洲與南美一些國家的祥獸。中國上古並沒有關於獅子的繪畫，佛教傳入後，獅子才逐漸被中國人所喜愛，後來還像長頸鹿變形為麒麟一樣，變為神物，被稱為「瑞獅」。觀音騎在獅背上，手持蓮花，似正在訓誡善財童子。由於此圖是為了琢玉而畫的鐵線稿本，還沒有製作成雕塑，所以很多地方與一般的觀音圖並不符合。潘秉衡是中國近代的工藝美術大師，是完美繼承傳統玉雕藝術的罕見天才，留下了不少作品。我們從他的手稿上就可以看到他精湛的技藝。

　　就走好了。」

　　於是菩薩挑著擔子，跟著小孩回家，連轉了兩個彎，來到一座破爛不堪的土地廟裡，只見張四直挺挺地躺在一張床上，牙關緊咬，閉著雙眼，就像早已死去了一樣。菩薩一見之下，知道他是受了風寒，便從藤筐裡取出一束藥草，交給了孩子去煎。

　　不多一會藥煎好了，倒在瓦罐裡，只覺得香氣四溢，清心開胃。菩薩又讓那孩子用竹筷撬開張四的牙關，熱熱地灌了一碗。隔了大約半個時辰，又灌了一大碗，只見張四頭上臉上漸漸地冒出汗來。

　　菩薩說：「現在不礙事了。出了一身暢汗，自然會清醒，病就會好了。」

　　於是便告辭要走，那孩子說：「老爺爺慢走，你的藥也要本錢呀，我身上還有五個銅板，就給你吧！你千萬不要嫌少，這只是略表敬意啊。」

　　菩薩暗想，難得這窮苦人家出了這樣的孝順兒子！就對他說：「你不要破費錢財了，我這藥草，是從山裡採的，不曾花費本錢。我看你小小年紀，就有一片孝心，十分可敬。如今給你一包種子，你可以撒到河岸邊，等到長成之後，你可以拿去賣給藥店，這藥名叫薄荷。可以賺些小錢，好與你父親過活。」

　　孩子接下種子，拜了又拜，謝了又謝。那張四在夜裡果然出了一身暢汗，又一次排出了體內的積毒，頓時清醒了許多，不久病便痊癒了。父子倆依照菩薩的吩咐，便以種薄荷為生，後來竟成了小康人家。

　　再說菩薩離開了太倉，一路

向西北前行。行入海虞地界，路上聽說，近來，虞山上忽然生出了一種怪蟲，似蛇非蛇，通體翠綠，長有四腳，形似壁虎，卻又大上幾倍，當地的人稱之爲四腳蛇。這東西藏匿在草叢當中，行動極爲迅速，且與草木本色相近，很不容易辨認。這種蟲子毒性無比，被牠咬過的人，不出十步，就會毒發身亡，無藥可救。所以當地靠山爲生的人，都嚇得不敢進山了，斷絕了生計，都叫苦連天呢！

菩薩聽到此話，記在心裡，就變化成一個賣眼藥的捕蛇化子，來到海虞城外，一打聽，果然有此事。大家看他是外來的捕蛇人，認爲他有些本領，便都來請他設法除掉四腳蛇，以絕禍害。菩薩當時就答應了，一個人背著裝蛇的筐子，走進了深山，找到蛇洞，施展無邊法力，將全山的四腳蛇，全部捉了，放入筐中，帶下山來。

菩薩對眾人說：「這東西雖然毒性劇烈，但卻可以入藥救人，世上缺它不得，所以我沒有把牠殺死。等我下了禁咒，使牠以後不再咬人就是了。」

眾樵夫看他如此厲害，自然也無話可說。只見菩薩咬破了自己的中指，從筐中捉出一條條的四腳蛇，在每條的額頭上滴上一點兒鮮血，然後放回草叢中。說也奇怪，自此以後，那四腳蛇雖然多，卻見人就逃，更別說咬人了。直到現在，虞山的四腳蛇，額上還有鮮紅的一點印記，據說這個特點，別處的四腳蛇都沒有。閒言少說，卻說那時正是春夏交替時節，因爲天氣忽熱忽冷的，很多小孩子都患上了一種叫痧疫的怪病，而且是最危險的丹痧，一不留心，受一點風或熱得太過，就會導致內陷，一旦毒氣攻心，便無藥可救。

菩薩見了，心生不忍，扳指一算，在藥物中只有赤檉柳可以救治這種病症。可幸的是這赤檉柳在民間野生的有很多，現在又恰逢夏季，正是它鼎盛生長的時候。

菩薩計劃找一個有緣的人，將醫治痧疫的藥方傳授給他，以保一方小孩兒的性命。於是一路來到辛峰之下，聽見有兩個人，坐在山坡上講話。

年輕那個說：「如今天道淪喪，行善積德，被弄得要家破人亡；惡貫滿盈，反而在那裡逍遙快活。老伯伯你想，城東嚴家的老員外，他真正是個慷慨好心的大善人！修橋補路，他哪一件不做？夏天開堂施診給藥，冬天開廠施粥給衣，也不知道救了多少人的性命。如今他自己的孫兒出了丹痧，據說受了一點風，丹痧就隱了，

請了很多醫生都束手無策，看來已經是沒有生還的可能了。你想這氣人不氣人？」

老漢說：「這也是命中注定的事。論理說嚴員外這種人家，本不該有這種讓人難受的事，倒應是長命百歲的！但現在既然發生在他身上，又有什麼辦法呢？大家只能搖頭歎氣罷了。」

原來他們嚴姓一族，是嚴文靖公的後代。其中有一位道徹先生，他生就一副慈悲心腸，喜歡做善事。但唯一的缺憾是年過三十仍膝下無子，大家都勸他納妾，但他一直也沒有找到合適的人。有一天他到親戚家中，見到了一個婢女，光著頭沒有蓄髮。先生無意間問起，才知道她還是個啞巴。

於是他便向那親戚說：「叫她把頭髮留起來，我就娶她為妾。」

親戚哪裡肯信，道徹便寫約留聘，第二年真的就娶了回去。人家都很奇怪他為什麼會納一個啞巴為妾。道徹說：「她天生不能言語，已經是十分可憐了，何況主人不許她蓄髮，人家知道她是啞巴，自然不會去娶她，那她後半輩子的日子，豈不是更加淒慘？我因此才納她為妾啊！」

菩薩正巧從路上採了一束赤檉柳拿在手中，聽了二人的話，就走上前去，向二人說：「丹痧內陷確實不好醫治，只有用這赤檉柳煎服才能痊癒，你們可以拿去送到嚴家，叫他們趕緊煎成濃汁服下，一個時辰後，如果再不見效的話，就另外用炭風爐一隻，燒了熾炭，取紅棗放在炭中煨燃，痧子自然會被推出來的。這是祕方，你們要是能廣為傳播，就是無量功德了。」

那少年接過赤檉柳正要走，忽然又轉過身來說：「先生，敢問你老人家尊姓大名，家住那裡？回頭嚴老員外問起來，我好回話。」

菩薩說：「我無名無姓，要是嚴老員外問你，你就說有一個洛伽山人，雲遊到此，聽說員外家小孩病重，所以特地傳此祕方，員外聽了，他自然會知道的。」說完便和二人告別下山。

再說那少年拿了那一束赤檉柳，拔腳飛跑，直入嚴府，將上面的事說了個明白。

員外問：「既然這樣，你可問過那人的姓名？」

少年說：「他說沒有名姓，卻叫做洛伽山人。」

員外一聽此話，倒身便拜，把少年嚇了一跳。

# 第三十八回

# 割股療疾

留菩薩借宿的孝婦割股療親，菩薩送她藥方治好了婆婆。菩薩在回南海的路上，遇到了身世坎坷的吳璋，打算幫他度過難關。

嚴道徹聽少年說出洛伽山人四個字，就知道是菩薩顯靈，立刻跪倒向天空拜謝。拜完起身後。要少年稍等，自己拿著那束赤檉柳到裡邊，說明用法，叫家人快去煎給小孩兒吃了。家中的上下人等，聽說是菩薩指示，都喜出望外，笑逐顏開，知道小公子這次有救了。

道徹拿了五十兩銀子酬謝少年，這才對少年說明他遇見的是觀世音菩薩，又向他打聽菩薩顯靈的地方。那少年不費力就得了白花花的五十兩紋銀，喜不自勝，把菩薩現身的位置細細地告訴道徹後，便道謝而去。

道徹重新入內，藥已煎好了，灌給小孩兒吃了一盞，隔了半個時辰，面部已斑斑點點地推出痧症來，當晚就推齊了，大家小心呵護，一周以後，孩子漸漸地回復了元氣，道徹又請名醫調治，不久就痊癒了。

再說那少年回去，知道遇見了菩薩，便告訴了那老漢。大家認為菩薩所傳的藥方，自然是靈應的，於是廣為傳布，患有同樣病症的人家，也如法炮製，果然十分靈驗，這一來不少小孩兒因此得救。大家為了感激觀世音菩薩的大恩大德，就把赤檉柳改名為觀音柳。

嚴道徹在孫兒病好之後，便招工雇匠，大興土木，在辛峰的東面、菩薩當日顯靈的地方，建起一座廟宇，題名為白衣庵，塑白衣觀音的法像。這位菩薩的手裡拿的不是楊枝，而是一枝赤檉柳，作施捨之狀。大家因為菩薩救護小孩兒，使他們能延年益壽，所以稱之為延命觀音。這座白衣庵，一直香煙鼎盛，留傳到現在，依然矗立在山腰上，每天進香朝聖的人絡繹不絕。每逢到了二月、六月、九月的十九日，四鄉八鎮的人都來燒香，盛況一點兒不比杭州三月的香市差呢！

菩薩傳了藥方之後，就離開了海虞地界，一路依江傍岸而行，

**大士像**
賈師古 絹本國畫 宋代
北京故宮博物館藏

這尊觀音菩薩慈祥大度，猶如一座雪山，俯視著芸芸眾生。祂的頭髮捲曲幽雅，還帶著印度男性的特徵。手中的淨瓶裡飛出清澈的水流，澆灌著一朵在岩石上盛開的蓮花。整個畫面使用了小寫意的隨意筆法，又用工筆勾勒了菩薩的五官，使祂看上去安詳而豐潤。賈師古是宋朝很有名的國畫大家，是釋道畫宗師李公麟的弟子，梁楷的老師。他繼承了唐以前的佛教繪畫傳統，刻意表現了觀世音本為男身的歷史事實。宋代佛教藝術表現觀音，往往都作男身。直到宋末女畫家管道升編輯完成《觀音菩薩傳略》，妙善公主的形象才逐漸得到完善，開始深入人心。

到處廣施恩澤，拯救眾生，但從不輕易以真面目示人，所以很多受過恩惠的人並不知道她就是救苦救難的觀世音菩薩。

那一日菩薩又來到滄州地界，在一個小村子裡求宿。走到一家門前，只見裡邊走出一個婦人，面有愁容，手裡拿著一個藥罐，出來倒藥渣。

觀世音菩薩這時已變化成一個中年婦人，於是上前說：「大嫂，我路過此地，因天色已晚，無處存身，所以特來與大嫂商量，看看是否願意借宿一晚。」

那婦人說：「本來可以留妳借宿，但現在因為婆婆生病，家中又缺人手，恐怕照顧不周，所以不敢留宿貴客。請你還是另找別家去吧。」

菩薩說：「別人家都有男子，諸多不方便，還請大嫂行個方便。我也並不要大嫂照顧什麼，只求一席之地，過了這一夜，明早就會告辭，決不再打擾清淨。」

走上前去，拱手作禮說：「老丈你好，我要到饒州去尋親，路過寶莊，天晚雪大，不能趕路，所以斗膽借貴處留宿一宵，明早就走，如您肯收留，我感激不盡。」

老者一聽他是江南口音，知道他所言不虛，便說：「好說，好說，如此便請裡邊坐吧。」

二人一同到了中堂，見禮後分賓主坐定，互問來歷。原來那老者姓尤名鼎，早年以販貨為生，著實有些積蓄。有一個兒子，現已子承父業在外經商。媳婦白氏，年紀尚輕，是一個風流人物。如今家裡除了翁媳二人之外，沒有別人。所以當吳璋入內敘話的時候，尤鼎就叫白氏出來相見了，烹茶敬客。不料那白氏一見了吳璋，就動了邪念。當晚尤鼎擺酒切肉款待客人，晚餐之後，帶領著吳璋到廂房休息，翁媳二人也各自回房。

那白氏和衣躺了一會兒，一心只想著吳璋相貌堂堂，清秀可愛，那裡還睡得著？大概到了半夜光景，便悄悄地走到廂房跟前，輕輕的叩門。

吳璋正好一覺醒來，聽得有叩門的聲音，便問：「外邊是誰？」

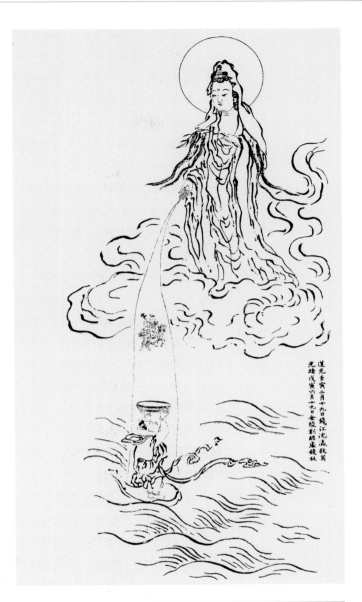

**觀音賜子**

沈瀛 版畫 清代 南京博物館藏

送子觀音左手持一枝楊柳，右手做「施願印」，表示要滿足人間信佛者的願望。在掌中送下的氣流中，有一位頭戴太子冠騎著麒麟的童子，象徵一切尚未降生的嬰兒。善財童子在一旁迎接著菩薩的恩賜。此圖中觀音衣紋的畫法接近蘭草筆法，據說畫家叫沈瀛，是清朝揚州一位畫竹蘭的高手。此畫作於西元1842年農曆二月十九，恰逢觀音的誕辰日。當時中國正處於兩次鴉片戰爭前後，民間信佛之風濃厚，人們紛紛期望佛教的智慧和觀音的慈悲能拯救中國，給普通人帶來天倫之樂。由於傳說中的觀音肉身妙善公主為女性，於是人們自然認為她能主管生育，在民間尤其受到敬重。

白氏說：「是我呀，因爲怕你孤眠難宿，特來陪伴。」

吳璋聽了大驚說：「使不得，使不得！娘子的名節要緊，不可貪一時的歡愉，玷污了終身清譽，請快點回房歇息。」

無奈那白氏此時已經邪心蕩漾，廂房門本沒有鎖，她竟自行推門進屋來了。

吳璋急忙披衣下床，用好言相勸。不想那白氏居然鑽進他的被窩。吳璋無可奈何，心想除非立刻離開這裡，否則兩人的名節絕不會保全。於是他便拿著自己的東西，不辭而別。開門出去，藉著地上積雪的反光，認明了路徑，連夜踏雪而去。

那白氏未能如願，便將廂房裡不相干的東西藏了兩件，悻悻地回到自己的房間。

第二天起身，尤鼎不見吳璋，正在詫異，白氏假意檢查什物，這也不見了，那也沒有了，硬說吳璋是個竊賊。尤鼎因爲損失不算大，並沒有去追究，絕想不到昨夜有這麼一回事。

再說吳璋一路走去，雖然風雪漫天，卻都是平坦大路，不止一日，已到饒州地界，打聽到親王府中，他母親陸氏果然在那裡。他便上書給親王，企求帶回母親終養天年。親王不准，屢次上書，終不能得到親王的允許。他就在王府的附近，租了一間屋子住下來，匾額上書「尋親」兩個字，門上貼著一副對聯，寫著「萬里尋親，歷百艱而無悔」，「一朝見母，縱九死以何辭」。他獨自居住在內，虔誠的念誦《觀世音經》。

如此大約過了一個月的光景，一天恰好親王由他門前經過，看見了匾額對聯，不覺驚異的說：「想不到吳璋這個人，倒算得上是個孝子。」便召他相見，問明一切。

吳璋便將路上的事，原原本本地敘述了一番，親王聽了，也爲之感動，便依了他的請求，命陸氏相見，准吳璋奉母回籍，又贈給他不少的盤纏路費。

母子倆心知，吳璋全靠菩薩的一路救護、指點，他們才能有今天。所以母子倆決定先買船前往南海朝拜，然後再回原籍。後來吳家子孫繁榮，也算是純孝之報，我算一言表過。

在他母子去朝南海之時，觀世音菩薩正化身爲一個漁民，在粵海之濱，結那不空鈞羈索、萬法紫金光明鈞，鈞取海中一個怪物，替那裡的百姓除害呢！

# 第四十回

# 回歸南海

我替你們將怪物捉了，你們都可以重歸故土，安居樂業了。現在我要回南海去了，不能在此久留。傳語給世人，要他們多行善事，少種惡因，虔誠信佛，自有你們的好處。

菩薩自從解救吳璋毒蛇咬足之難後，就一路雲遊，來到粵海之濱，見這裡蠻夷交雜，風俗遠比不上蘇杭等地，所以塵劫也較爲深重。蠻煙嵐嶂固然厲害，但最近海中出的一件怪物，才是民間的大害。

觀世音菩薩暗想：「雖然塵劫早已注定了，解度不開，但只要能行方便處總要給他們些方便。那海中的怪物，我不替他們除了，還有誰能除掉它呢？」

於是菩薩便化身爲一個漁民，來到海濱，準備了寶索金鉤，去擒那怪物。你知道那怪物是怎樣的一種東西嗎？且聽我細細說來。

那東西似魚非魚，似龜非龜，頭生得和龍頭一樣，卻沒有龍鬚；身上披著一層堅厚的甲殼，與龜相似；身體的長度卻比龜要大上兩倍；頭頸完全像龜，尾巴卻像大魚，也長著四腳，趾間有厚皮相連，用來做划水的工具；通體深褐色，略現出金色的光采，體長一丈六、七尺，形狀極爲恐怖。這東西平常藏匿在水底，覓食時就浮出水面，如同一隻小船一樣，而且行動極快。

### 玉印觀音
#### 雕塑　大足石刻　唐代

大印在中國是政治權力的象徵。妙善公主出家之前，也是算是半個政治人物，所以有「玉印觀音」這種形制。這種觀音像存世不多，大都神態嚴肅，嘴唇呈方形，跏趺於金剛座上。此雕塑存於大足石刻的轉輪經藏窟，神態大方，端正無私，與權印的意義互相協調，技法精湛。

最奇怪的，牠不僅能在水中活動，還能上岸行走。憑著牠一副鋒利的牙齒和堅厚的甲殼，什麼都不怕。牠最喜歡的食物，就是豬羊牛犬之類的家畜，尤其喜歡吃人。牠力大無比，海船遇見牠，無論船身有多大，只消牠用背一掀，不是打個大窟窿沉下去，就是翻身打滾，決無倖免。上岸時，就是農家最大的水牛，被牠一口咬住，拖著走時，強也強不得一下。其餘的畜類遇到牠時，自然更不消說了。

粵海裡邊，本來沒有這怪物，是在前一年的夏季，不知從那裡闖入粵海來的。開始還不過為害漁船海舶，大家已經受夠了牠的牽累，商人視為畏途，漁民絕了生計。於是，近海的漁民都在商議捕捉的辦法，屢次用大網滾鈎去與它火拼，不但不能將怪物捕獲，反而死傷累累。這一來，反激怒了那怪物，牠本來只在水中猖獗，並不上岸為害；一火拼之後，牠索性闖到陸地上來橫行霸道了，見了人畜，肆意攻擊。有時候深夜了還撞破牆垣，到屋裡去捉人充饑，人家在睡夢之中，如何能防得住？即使火銃鳥槍去打，也不能對牠有任何影響。附近村落的百姓，受不了怪物的侵擾，都遷到內地去居住。

這時恰好菩薩住進這裡，知道了金鼇在此為害，所以大發慈悲，為民除害。當下菩薩就在海濱尋了一座空屋藏身，找了十萬八千根天蠶絲，編成一條羈索，又取寶瓶中的楊柳枝，削成九個倒刺鈎兒，連在羈索的一頭。然後取來海濱的沙土，堆捏成一個人形，九個倒刺鈎兒就深深地埋在泥人的肚子裡。

菩薩做這幾件東西，倒也費了不少時日。附近百姓中有幾個膽大的人，時常到海邊打探，看見菩薩這般舉動，不免要問。菩

### 象牙送子觀音

無名氏 雕塑 明代

象牙的裂紋細膩優美，好像是專門為觀音製作的衣紋。觀世音在這裏雕刻得好像一個普通中年婦女，但圓潤有神。象牙由磷酸鈣和有機體組成，在氣溫懸殊不定，乾燥或冷熱無常的情況下，很容易龜裂。不過，這樣的風化性毀壞卻反而增加了藝術品本身的古樸美。在明朝象牙觀音像中，最多的要數送子觀音。由於她迎合了多子多孫的中國傳統，所以受到所有富貴家庭的歡迎。

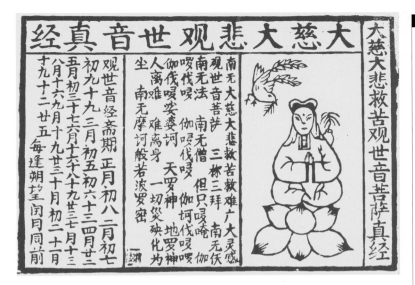

**觀世音真經**
無名氏 紙馬
廣東佛山出品 近代

　　紙馬為中國民間喪葬用品，在廣東佛山，從宋朝起就有各種「祿馬」印刷品。人們用它來祭奠亡靈，也祈求吉利。西元1949年之後為破除迷信，紙馬藝術在中國幾乎消失殆盡。到了「文革」期間，由於冤假錯案普遍增多，又有人開始漸漸復活它的功能。這幅《觀世音真經》就是那時的作品，因此全部為紅色。觀音造型簡樸，左邊刻有《大悲咒》，是那個年代人們對觀音崇拜的寫照。

　　薩便將捕捉金鼇的事告訴他們。大家聽了，都有點不信，認爲那個連火銃都不怕的怪物，難道這幾件微小的物件就可以制得服牠嗎？

　　菩薩做好了那幾件東西之後，等了幾天。有一天傍晚，那金鼇蟄伏在海底，連日來捕捉魚蝦充饑，吃得膩煩了，就到海面上張望，又不見有船舶經過，一想還是到陸地上去尋找，或許有些人畜可食。牠便湧著波浪，一直向海濱而來。

　　那時，恰有百十來人聚在海濱與菩薩講話，一聽那波浪的聲音不對，都嚷著：「怪物來了，怪物來了！」

　　果見波掀浪湧，壁立數仞。菩薩便右手抓著了羈索的一頭，左手提著泥人，喝退眾人，自己迎了上去。

　　金鼇到了岸邊，便冒出水面來，一見了菩薩便又沉到水下面去。只聽見一陣呼呼吸水的聲音，水面上出現了一個大大的漩渦來。牠吸足了一口水，重新又冒起水面，昂著頭伸著脖子，把嘴一張，只見一道水柱像遊龍一般沖著菩薩射過來。菩薩站立不動，那股水打在身上，水花四散飛濺，如同下起一陣傾盆大雨，濺得那班圍觀的百姓，個個都渾身濕透了。眾人都暗暗替菩薩擔心。可是看到牠那副安閒鎮靜的樣子，又覺得牠好像有十分的把握，急著要看牠如何捕捉。

　　金鼇噴那股水，足足有一袋旱煙的工夫，方才射完。牠見這

二十四孝的故事成形於元朝。由於蒙古王朝給儒教造成了巨大的衝擊，中國社會世風日下。有鑑於此，文人郭守正收集了古代的一些孝子故事，編輯出版，結果引起了轟動。其中包括哲學家曾子、漢文帝、文學家黃庭堅以及傳說中的人物董永、楊香、郭巨等的故事。妙善公主的傳說成形也在元朝，並且十分強調她對父親的態度，以此來詮釋千手的來歷。這是受儒家孝道影響的典型文化現象。

一股水沒有將菩薩打倒，也十分驚異，接著忿怒起來，大叫一聲，張牙舞爪，一直向菩薩撲過來。

菩薩等牠到了跟前，喝道：「孽畜休得無禮！連我也認不得了嗎？今天賞你一個人吃吃。」說完把手中的泥人迎頭摔去。

那金鼇一見有人吃，便張開血盆大口，「啪」的一聲，囫圇吞下，接著還想來撲菩薩。不料那泥人一入牠腹中，立刻融化開了，羈索上九個倒刺楊枝鈎兒，生生地綁在牠一顆心的四周，纏得緊緊的，無從擺脫。牠撲上去時，只見菩薩將手中羈索輕輕一扯，那金鼇就狂叫起來，不住地在沙灘上打滾，失卻了以往的威猛勢頭。

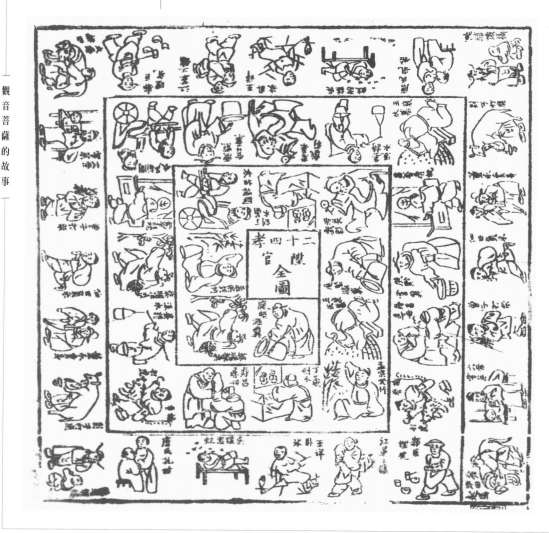

菩薩說：「孽畜在人間時日已久，不知道殘害了多少生靈，照理應受天誅。如今我本著慈悲的意旨，度你到南海去修行，也好懺除罪孽。你願意也不願意？」

說著放鬆了手中的羈索，那金鼇畢竟有些通靈，聽了這話，伏在沙灘之上，眼望著菩薩，一動也不敢動，好像表示滿意一樣。那一班看的人都覺得詫異，暗想：「怎麼如此一根羈索，就制服這麼一個巨大的怪物？」

但是天下事理都一樣，且瞧一頭絕大的牛，只因為鼻子裡穿了一根繩，就是幾歲的小兒也能呼叱它，俯首貼耳，一強也不敢強；要是去了這根穿鼻繩，那可對不起，不要說是小兒，就是大人它也不買你的帳。這就叫一物降一物。何況那金鼇被菩薩的楊枝鉤兒綁住了心，自然不能再發威了。

菩薩收了金鼇，向眾人作別說：「我替你們將怪物捉了，你們都可以重歸故土，安居樂業了。現在我要回南海去了，不能在此久留。傳語給世人，要他們多行善事，少種惡因，虔誠信佛，自有你們的好處。」

說罷便跳到金鼇的背上，現出莊嚴寶相，只見那只金鼇，奮開四足，轉身入海，浮在水面，一路南去了。

眾人這時才恍然大悟，知道是觀世音菩薩顯靈，都倒身下拜，謝除怪大恩。以前遷移走的百姓，又都搬了回來，重新開始生活。因為感激菩薩的大恩，大家集資建造了一座觀音禪院，塑起菩薩踏金鼇的法像，虔誠供奉不在話下。

再說菩薩一路回到南海普陀洛伽山，自有善財、龍女出來迎接。菩薩便將金鼇放入白蓮池中，教它悔過修心，自己走入紫竹林中，高坐蓮臺，享受清福。

我書寫到這裡，也乘機結束。所有餘事不再詳敘了。菩薩的事跡，本來很多很多，大有記不勝記的感慨。除了經卷之外，還有《觀音靈感錄》、《普陀天竺各志高僧傳》等，都記述了菩薩的很多事跡。有了這些書本，我更不必抄襲陳篇，納入本書了。

自觀世音菩薩赤腳入中原，前後一共現化了三十三座寶相，其間男女身都有，所以現在各處廟宇中所供的觀世音菩薩的法像，也各不相同。這最後一尊法像，大家都稱她為鼇頭觀音，寺院中往往塑在三世諸佛的後壁，這倒是各地相同的。

# 觀世音經

在佛經有關觀音菩薩的經典中，最流行的是經中之王《法華經》中的《觀世音菩薩普門品》。因集中敘述了觀音菩薩大慈大悲、普渡眾生的功德和能力，所以這一品被人們廣泛傳抄，單獨流行，又稱為《觀世音經》。

後秦·鳩摩羅什　譯

爾時，無盡意菩薩即從座起，偏袒右肩，合掌向佛而作是言：世尊，觀世音菩薩以何因緣，名觀世音？佛告無盡意菩薩：善男子，若有無量百千萬億眾生受諸苦惱，聞是觀世音菩薩，一心稱名，觀世音菩薩，即時觀其音聲，皆得解脫。若有持是觀世音菩薩名者，設入大火，火不能燒，由是菩薩威神力故。若為大水所漂，稱其名號，即得淺處。若有百千萬億眾生，為求金銀、琉璃、硨磲、瑪瑙、珊瑚、琥珀、珍珠等寶，入於大海，假使黑風吹其船舫漂墮羅剎鬼國，其中若有乃至一人稱觀世音菩薩名者，是諸人等皆得解脫羅剎之難，以是因緣名觀世音。若複有人，臨當被害，稱觀世音菩薩名者，彼所執刀杖，尋段段壞，而得解脫。若三千大千國土，滿中夜叉羅剎欲來惱人，聞其稱觀世音菩薩名者，是諸惡鬼尚不能以惡眼視之，況復加害。設復有人若有罪，若無罪，杻械枷鎖，檢系其身，稱觀世音菩薩名者，皆悉斷壞，即得解脫。若三千大千國土，滿中怨賊，有一商主將諸商人，齎持重寶，經過險路，其中一人

作是唱言：諸善男子，勿得恐怖，汝等應當一心稱觀世音菩薩名號，是菩薩能以無畏施於眾生，汝等若稱名者，於此怨賊，當得解脫。眾商人聞，俱發聲言南無觀世音菩薩，稱其名故，即得解脫。無盡意，觀世音菩薩摩訶薩威神之力巍巍如是。若有眾生多於淫欲，常念恭敬觀世音菩薩，便得離欲。若多瞋恚，常念恭敬觀世音菩薩，便得離瞋。若多愚癡，常念恭敬觀世音菩薩，便得離癡。無盡意，觀世音菩薩有如是等大威神力多所饒益，是故眾生常應心念。若有女人設欲求男，禮拜供養觀世音菩薩，便生福德智慧之男。設欲求女，便生端正有相之女。宿植德本，眾人愛敬。無盡意，觀世音菩薩有如是力，若有眾生恭敬禮拜觀世音菩薩，福不唐捐。是故眾生皆應受持觀世音菩薩名號。無盡意，若有人受持六十二億恒河沙菩薩名字，複盡形供養飲食衣服臥具醫藥，於汝意云何？是善男子善女子功德多不？無盡意言：甚多，世尊。佛言：若複有人受持觀世音菩薩名號，乃至一時禮拜供養，是二人福正等無異，於百千萬億劫不可究盡。無盡意，受持觀世音菩薩名號，得如是無量無邊福德之利。無盡意菩薩白佛言：世尊，觀世音菩薩，雲何遊此娑婆世界？云何而為眾生說法？方便之力其

事云何？佛告無盡意菩薩：善男子，若有國土眾生應以佛身得度者，觀世音菩薩即現佛身而為說法。應以辟支佛身得度者，即現辟支佛身而為說法。應以聲聞身得度者，即現聲聞身而為說法。

應以梵王身得度者，即現梵王身而爲說法。應以帝釋身得度者，即現帝釋身而爲說法。應以自在天身得度者，即現自在天身而爲說法。應以大自在天身得度者，即現大自在天身而爲說法。應以天大將軍身得度者，即現天大將軍身而爲說法。應以毗沙門身得度者，即現毗沙門身而爲說法。應以小王身得度者，即現小王身而爲說法。應以長者身得度者，即現長者身而爲說法。應以居士身得度者，即現居士身而爲說法。應以宰官身得度者，即現宰官身而爲說法。應以婆羅門身得度者，即現婆羅門身而爲說法。應以比丘、比丘尼、優婆塞、優婆夷身得度者，即現比丘、比丘尼、優婆塞、優婆夷身而爲說法。應以長者居士宰官婆羅門婦女身得度者，即現婦女身而爲說法。應以童男童女身得度者，即現童男童女身而爲說法。應以天龍、夜叉、乾闥婆、阿修羅、迦樓羅、緊那羅、摩眼羅伽、人非人等身得度者，即皆現之而爲說法。應以執金剛神得度者，即現執金剛神而爲說法。無盡意，是觀世音菩薩成就如是功德，以種種形遊諸國土，度脫眾生。是故汝等應當一心供養觀世音菩薩，是觀世音菩薩摩訶薩於怖畏急難之中能施無畏，是故此娑婆世界皆號之爲施無畏者。無盡意菩薩白佛言：世尊，我今當供養觀世音菩薩。即解頸眾寶珠瓔珞價值百千兩金而以與之，作是言：仁者受此法施珍寶、瓔珞。時觀世音菩薩不肯受之。無盡意複白觀世音菩薩言：仁者憫我等故，受此瓔珞。爾時，佛告觀世音菩薩：當憫

此無盡意菩薩及四眾，天龍、夜叉、乾闥婆、阿修羅、迦樓羅、緊那羅、摩羅伽、人非人等故，受是瓔珞。即時，觀世音菩薩憫諸四眾及於天龍人非人等受其瓔珞，分作二分。一分奉釋迦牟尼佛，一分奉多寶佛塔。無盡意，觀世音菩薩有如是自在神力，遊於娑婆世界。

爾時，無盡意菩薩以偈問曰：

世尊妙相具，我今重問彼。佛子何因緣，名爲觀世音。
具足妙相尊，偈答無盡意。汝聽觀音行，善應諸方所。
弘誓深如海，歷劫不思議。侍多千億佛，發大清淨願。
我爲汝略說，聞名及見身。心念不空過，能滅諸有苦。
假使興害意，推落大火坑。念彼觀音力，火坑變成池。
或漂流巨海，龍魚諸鬼難。念彼觀音力，波浪不能沒。
或在須彌峰，爲人所推墮。念彼觀音力，如日虛空住。
或被惡人逐，墮落金剛山。念彼觀音力，不能損一毛。
或值怨賊繞，各執刀加害。念彼觀音力，鹹即起慈心。
或遭王難苦，臨刑欲壽終。念彼觀音力，刀尋段段壞。
或囚禁枷鎖，手足被杻械。念彼觀音力，釋然得解脫。
咒詛諸毒藥，所欲害身者。念彼觀音力，還著於本人。
或遇惡羅刹，毒龍諸鬼等。念彼觀音力，時悉不敢害。
若惡獸圍繞，利牙爪可怖。念彼觀音力，疾走無邊方。
蚖蛇及蝮蠍，氣毒煙火然。念彼觀音力，尋聲自回去。
雲雷鼓掣電，降雹澍大雨。念彼觀音力，應時得消散。
眾生被困厄，無量苦逼身。觀音妙智力，能救世間苦。
具足神通力，廣修智方便。十方諸國土，無刹不現身。
種種諸惡趣，地獄鬼畜生。生老病死苦，以漸悉令滅。
眞觀清淨觀，廣大智慧觀。悲觀及慈觀，常願常瞻仰。
無垢清淨光，慧日破諸暗。能伏災風火，普明照世間。
悲體戒雷震，慈意妙大雲。澍甘露法雨，滅除煩惱焰。
諍訟經官處，怖畏軍陣中。念彼觀音力，眾怨悉退散。
妙音觀世音，梵音海潮音。勝彼世間音，是故須常念。
念念勿生疑，觀世音淨聖。於苦惱死厄，能爲作依怙。
具一切功德，慈眼視眾生。福聚海無量，是故應頂禮。

爾時，持地菩薩即從座起，前白佛言：世尊，若有眾生聞是觀世音菩薩品自在之業普門示現神通力者，當知是人功德不少。佛說是普門品時，眾中八萬四千眾生，皆發無等等阿耨多羅三藐三菩提心。

215

# 心經

《心經》又稱《般若波羅密多心經》。本經文字簡煉，僅有兩百六十字。全經前後均昭示般若能度一切苦厄，以慧益、度脫一切眾生爲歸依，顯示了大乘佛法的根本，已經成爲東方人千餘年來人生哲學的圭臬。

唐·玄奘 譯

觀自在菩薩，行深般若波羅密多時，照見五蘊皆空，度一切苦厄。

舍利子！色不異空，空不異色，色即是空，空即是色。受想行識，亦復如是。

舍利子！是諸法空相，不生不滅，不垢不淨，不增不減。是故空中無色，無受想行識，無眼耳鼻舌身意，無色聲香味觸法。無眼界，乃至無意識界，無無明，亦無無明盡。乃至無老死，亦無老死盡。無苦集滅道，無智亦無得，以無所得故。

菩提薩埵，依般若波羅密多故，心無掛礙。無掛礙故，無有恐怖，遠離顛倒夢想，究竟涅槃。

三世諸佛，依般若波羅密多故，得阿耨多羅三藐三菩提。

故知般若波羅密多，是大神咒，是大明咒，是無上咒，是無等等咒，能除一切苦，眞實不虛。

故說般若波羅密多咒，即說咒曰：

揭諦揭諦，波羅揭諦，波羅僧揭諦，菩提薩婆訶。

## 觀音菩薩誕生日
二月十九日

## 觀音菩薩成道日
六月十九日

## 觀音菩薩出家日
九月十九日

## 燃香禮佛日
每月初一、十五日

正月初八日、二月初五日、二月初七日、三月初三日、
三月初六日、三月十三日、四月二十二日、五月初三日、
五月十七日、六月十六日、六月十八日、六月二十三日、
七月十三日、八月十六日、九月二十三日、十月初二日、
十一月十九日、十一月二十四日、十二月二十五日。

## 十齋期
**每月**：初一日、初八日、十四日、十五日、十八日、二十三日、
二十四日、二十八日、二十九日、三十日（月小二十七日起）。

## 六齋期
**每月**：初八日、十四日、十五日、二十三日、二十九日、
三十日(月小二十八日起)。

## 花齋期
**每月**：初一日、十五日。

## 觀世音菩薩成就的五種觀

1. **真觀**。即契入實相，擺脫虛妄觀念和名相，進入了真如。
2. **清淨觀**。當觀念和矛盾消融之後，我們就擁有了清淨無妄的心境。
3. **廣大智慧觀**。即般若波羅蜜，體證到「空」和「互即互入」的本性。
4. **悲觀**。即了知眾生的痛苦，並尋求使眾生從痛苦中解脫出來的方法。
5. **慈觀**。深入觀察眾生，知道做什麼能夠給眾生帶來幸福，就去做什麼。

## 觀音菩薩三十三現

1. **楊 柳 觀 音**。
2. **龍 頭 觀 音**：為三十三身觀音內天龍身。
3. **持 經 觀 音**：為三十三身觀音內聲聞身。
4. **圓 光 觀 音**：在圓光中現出色身，可使人免災消禍。
5. **遊 戲 觀 音**：乘五彩雲，左手安放於偏臍處，作遊戲法界狀。
6. **白 衣 觀 音**：是三十三身觀音內的比丘、比丘尼身。
7. **臥 蓮 觀 音**：合掌坐於池中的蓮花座上，是三十三身觀音內的小王身。
8. **瀧 見 觀 音**：倚於斷崖上觀瀑布的姿勢。
9. **施 樂 觀 音**：右手撐頰，倚於膝上。
10. **魚 籃 觀 音**：其像乘於大魚背上，一為手提盛有大魚之籃，謂可排除羅剎、惡龍等障礙，民間稱為「馬郎婦觀音」，表明觀音在中國的民俗化、民族化。
11. **德 王 觀 音**：右手持綠葉一枝趺坐於岩石上，是三十三觀音的梵王身。
12. **水 月 觀 音**：為三十三身的辟支佛身。
13. **一 葉 觀 音**：乘一葉蓮花漂于水上，是三十三身內的宰官身。
14. **青 頸 觀 音**：坐於斷岩上，右膝立起，左手扶岩壁，是三十三身內的佛身。
15. **威 德 觀 音**：左手持蓮花在岩上觀水的姿勢，是三十三身內的天大將軍身。
16. **延 命 觀 音**：右手掌頰，倚於水邊岩上，此為普門品內「咒詛諸毒藥」的象徵，能除此諸害而得命。

17.**衆 寶 觀 音**：右手著地，左手置於立者的膝上，是三十三身內的長者身。

18.**岩 戶 觀 音**：坐於岩窟內欣賞水面，是普門品中「蚖蛇及腹蠍」一句的象徵。

19.**能 淨 觀 音**：佇立的海邊岩石上，作靜寂相，是普門品中「假使黑風吹」一句的象徵。

20.**阿 耨 觀 音**：左膝倚於岩上，兩手相交眺望海景，可避海上遭遇龍魚諸鬼大難之險，普門品中有「龍魚諸鬼難」一句。

21.**阿摩提觀音**：三目四臂，白肉色，乘白獅，身有光陷，天衣瓔珞，在三十三身內是左膝倚於岩上，兩手置於膝上，是三十三身中的毗沙門身。

22.**葉 衣 觀 音**：身披千葉衣，頭戴玉冠，冠上有無量壽佛像，四臂，右第一手持吉祥果，左第一手持鉞斧，第三手持羂索，是三十三身中的帝釋身。

23.**琉 璃 觀 音**：又名香王觀音，乘一片蓮花，輕浮水面，雙手捧香爐，是三十三身中的自在天身。

24.**多尊羅觀音**：直立乘雲的姿勢，是普門品有「或值怨賊繞」一句的象徵。

25.**蛤 蜊 觀 音**：出現在蛤蜊貝殼中，是三十三身內的菩薩身。

26.**六 時 觀 音**：右手持梵夾的立像，是三十三身中的居士身。

27.**普 照 觀 音**：雙手披衣，立於山嶽之上，是三十三身中的大自在天身。

28.**馬郎婦觀音**：身披天衣，兩手垂立，是三十三身內的婦女身。

29.**合 掌 觀 音**：合掌立於蓮花臺上，是三十三身內的婆羅門身。

30.**一 如 觀 音**：坐於雲中蓮花座上，左立膝，是普門品中「雲雷鼓掣電」一句的象徵。

31.**不 二 觀 音**：兩手垂直，乘一片蓮葉，浮於水面，是三十三身中的執金剛神身。

32.**持蓮花觀音**：乘坐蓮葉，兩手執蓮莖的姿勢，是三十三身中的執金剛神身。

33.**灑 水 觀 音**：右手執灑杖，左手執灑水器，作灑水相，是普門品中「若為大水」一句的象徵。

# 佛門密宗六觀音

**千手千眼觀音**：即大悲觀音。

**馬頭觀音**：馬頭觀音原頭頂為馬形，其形象憤怒威猛。馬頭觀音稱獅子無畏觀音，此觀音專門懲治惡人，行療眾生，息天災地變。

**十一面觀音**：十一面觀音又名大光普照觀音，密號慈憨金剛。其形面有多種不同。一種為前三面作菩薩面，左三作面，左三面似菩薩面，狗牙上出，後一面作大笑，頂上一面作佛面，面部都向前。另一種說法，其一面為目真面，化惡有情；其二違慈面，化善有情；三為寂面，化導出世淨業。這三面教化三界便有九面。九面上有一暴笑面，表示教化事業需要極大的威嚴和極大意樂方能成就，最上有一佛面，表示以上一切總為成佛的方便。另外還有一說，即象徵觀音修完了十個階位，功行圓滿達到十一地。

**准提觀音**：也作準胝觀音、七俱胝佛母准提或作人天丈夫觀音等。准提意為潔淨，指此觀音心性潔淨。

**如意輪觀音**：亦名大梵深遠觀音，因其手分別持寶珠和輪寶，故名如意輪，密號持寶金剛。如意輪觀音戴莊嚴冠，冠有化阿陀佛。觀音有六臂，右第一手作思維相，第二手持如意寶，第三手執念珠，左邊第一按明山，第二手持蓮花，第三手持寶輪，六臂表示能以大悲心解除六道眾生的各種苦惱。

**天臺宗六觀音**：大悲觀音、大慈觀音、獅子無畏觀音、大光普照觀音、天人丈夫觀音、大梵深遠觀音。大悲即千手觀音、大慈即聖觀音、獅子無畏即馬頭觀音、大光普照即十一觀音、天人丈夫即准提觀音、大梵深遠即如意輪觀音。

**密宗在六觀音之上又有十五觀音之說，添加的觀音有：**

**不空羂索觀音**：梵名為阿車伽皤賒，以手持不空羂索而得名，象徵此菩薩以從不落空之羂索，普渡眾生。

**白衣觀音**：又名白處觀音。白衣觀音身著白衣，處白蓮花中，手執白蓮花。

我國民間稱白衣觀音爲白衣大士。

**葉衣觀音**：葉衣觀音身披樹葉，名柔和忍辱衣，作天女形，頭戴寶冠，有四臂。

**水月觀音**：水月觀音一般都以一輪圓月爲背景，觀音結跏趺坐於岩石上的蓮花座上。而岩石往往聳立於一池碧波之中，上有月下有水，月照人，水映月，而美麗的觀音在其中，給人一種空靈靜謐的美感。

**楊柳觀音**：楊柳觀音是以手持楊柳枝爲特徵。

**阿摩齒來觀音**：又稱阿摩提觀音，意譯無畏觀音即馬頭觀音。

**多羅觀音**：多羅意爲眼，或作瞳子，是由觀音眼中所生，《曼殊師利經》稱此觀音爲「一切之慈母，天人藥又無一非子者，故號世間母。」多羅觀音合掌持青蓮，爲一位端莊的婦女。

**青頸觀音**：又稱青頭觀音，青頭觀音之像往往坐在斷崖上，左手撫岩，右手撫膝，誦此觀音，臨危不懼。

**香王觀音**：香王觀音右臂下垂，五指皆伸，左臂屈肘，手當左胸，拈青蓮花。

國家圖書館出版品預行編目資料

觀音菩薩的故事／曼陀羅室主人 著.
—— 初版. —— 臺中市：好讀，2004〔民93〕
面： 公分，——（新視界；6）
彩圖精緻版
1.觀音菩薩-傳記-通俗作品

ISBN 957-455-745-6（平裝）

229.2                                    93016145

🦋 好讀出版

新視界 06
**觀音菩薩的故事**

作者／曼陀羅室主人
總 編 輯／鄧茵茵
文字編輯／陳淑惠
美術編輯／李靜佩
發行所／好讀出版有限公司
台中市 407 西屯區何厝里 19 鄰大有街 13 號
TEL:04-23157795　FAX:04-23144188
http://howdo.morningstar.com.tw
（如對本書編輯或內容有意見，請來電或上網告訴我們）
法律顧問／甘龍強律師
印製／知文企業（股）公司　TEL:04-23581803

總經銷／知己圖書股份有限公司
http://www.morningstar.com.tw
e-mail:service@morningstar.com.tw
郵政劃撥：15060393　知己圖書股份有限公司
台北公司：台北市 106 羅斯福路二段 95 號 4 樓之 3
TEL:02-23672044　FAX:02-23635741
台中公司：台中市 407 工業區 30 路 1 號
TEL:04-23595820　FAX:04-23597123
（如有破損或裝訂錯誤，請寄回知己圖書台中公司更換）

初版／西元 2004 年 10 月 15 日
初版四刷／西元 2006 年 5 月 10 日
定價：450 元
特價：299 元

Published by How Do Publishing Co., Ltd.
2004 Printed in Taiwan
ISBN 957-455-745-6

# 讀者回函

只要寄回本回函，就能不定時收到晨星出版集團最新電子報及相關優惠活動訊息
因此有電子信箱的讀者，千萬別吝於寫上你的信箱地址

書名：**觀音菩薩的故事**

姓名：_____ 性別：□男 □女　生日：_____年_____月_____日

教育程度：_____

職業：□學生 □教師 □一般職員 □企業主管
　　　□家庭主婦 □自由業 □醫護 □軍警 □其他_____

電子郵件信箱（e-mail）：_____　電話：_____

聯絡地址：□□□_____

**你怎麼發現這本書的？**

□書店 □網路書店（哪一個？）_____ □朋友推薦 □學校選書

□報章雜誌報導 □其他_____

**買這本書的原因是：**_____

□內容題材深得我心 □價格便宜 □封面與內頁設計很優 □其他_____

**你對這本書還有其他意見嗎？請通通告訴我們：**

_____

_____

**你買過幾本好讀的書？（不包括現在這一本）**

□沒買過 □1～5本 □6～10本 □11～20本 □太多了，請叫我好讀忠實讀者

**你希望能如何得到更多好讀的出版訊息？**

□常寄電子報 □網站常常更新 □常在報章雜誌上看到好讀新書消息

□我有更棒的想法_____

**你希望好讀未來能出版什麼樣的書？請盡可能詳述：**

_____

_____

我們確實接收到你對好讀的心意了，再次感謝你抽空填寫這份回函
請有空時上網或來信與我們交換意見，好讀出版有限公司編輯部同仁感謝你！

好讀的部落格：http://howdo.morningstar.com.tw/

# 好讀出版有限公司　編輯部收

407 台中市西屯區何厝里大有街 13 號

電話：04-23157795-6　傳眞：04-23144188

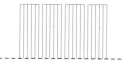

沿虛線對折

# 購買好讀出版書籍的方法：

一、　先請你上晨星網路書店 http://www.morningstar.com.tw 檢索書目
　　　或直接在網上購買

二、　以郵政劃撥購書：帳號15060393 戶名：知己圖書股份有限公司
　　　並在通信欄中註明你想買的書名與數量。

三、　大量訂購者可直接以客服專線洽詢，有專人爲您服務：
　　　客服專線：04-23595819轉232 傳眞：04-23597123

四、　客服信箱：service@morningstar.com.tw